葛景春——著

SPM 南方传媒　广东人民出版社

·广州·

图书在版编目（CIP）数据

诗酒风流赋华章 / 葛景春著 . -- 广州 : 广东人民出版社，2025.2. -- ISBN 978-7-218-18454-8

Ⅰ . I207.227.42；TS971.22

中国国家版本馆 CIP 数据核字第 2025C2X467 号

SHIJIU FENGLIU FU HUAZHANG

诗酒风流赋华章

葛景春　著

版权所有　翻印必究

出 版 人：肖风华

责任编辑：陈泽洪　戴璐琪
责任技编：吴彦斌
装帧设计：仙境设计

出版发行：广东人民出版社
地　　址：广州市越秀区大沙头四马路 10 号（邮政编码：510199）
电　　话：（020）85716809（总编室）
传　　真：（020）83289585
网　　址：http://www.gdpph.com
印　　刷：天津中印联印务有限公司
开　　本：710mm×1000mm　1/16
印　　张：17　　字　　数：268 千
版　　次：2025 年 2 月第 1 版
印　　次：2025 年 2 月第 1 次印刷
定　　价：69.00 元

如发现印装质量问题，影响阅读，请与出版社（020-87712513）联系调换。
售书热线：（020）87717307

目　录

壹　三杯通大道，一斗合自然
——唐代酒文化的内涵

第一节　一尊春酒甘若饴——唐代的酒 / 002
　　一、酒的起源 / 002
　　二、唐代的酒类 / 005

第二节　金罍玉斝泛兰英——唐代的酒具 / 010
　　一、酒具的起源 / 010
　　二、唐代的酒具 / 011

第三节　一朝权在手，看取令行时——唐代的酒令 / 013
　　一、酒令的功用 / 013
　　二、射覆猜拳令 / 014
　　三、口头文字令 / 015
　　四、骰子令、酒筹令、酒牌令及其他 / 016

第四节　酒中有全德——饮酒的哲学 / 019
　　一、酒与儒家思想 / 019
　　二、酒与道家精神 / 021
　　三、酒与佛禅 / 023

四、酒神精神与饮酒哲学 / 025

第五节　壶中别有日月天——酒之文化内涵 / 031
　　一、酒的物质文化 / 031
　　二、酒的精神文化 / 033

 不可一处无此君
　　——酒在唐诗中的文化功用

第一节　酒旗风影落春流——唐朝的饮酒风气 / 036
第二节　赋诗开广宴，赐酒酌流霞——朝宴乡饮 / 039
　　一、朝廷宴会 / 039
　　二、庆吊与社饮 / 045
第三节　今日登高醉几人——节日饮宴 / 050
　　一、元日·除夜 / 050
　　二、寒食·清明·上巳 / 053
　　三、端午·中秋·重阳 / 057
第四节　调移筝柱促，欢会酒杯频——公私酒宴 / 066
　　一、会饮行乐 / 067
　　二、即席赋诗 / 070
　　三、朋友对饮 / 072
第五节　劝君更尽一杯酒——送别饯行 / 075
　　一、入京赴选 / 076
　　二、落第贬谪 / 077
　　三、游宦送别 / 079

第六节　横琴倚高松，把酒望远山——独酌情怀 / 082

　　一、何以解忧 / 082

　　二、酒之魅力 / 083

　　三、独酌成诗 / 085

第七节　吴姬对酒歌千曲——艺妓佐酒 / 088

　　一、酒筵歌舞 / 088

　　二、簪花从事 / 091

　　三、管领春风 / 094

放歌乘美景，醉舞向东风
——醉眼中的诗世界

第一节　脱鞍暂入酒家垆——豪士醉眼中的世界 / 098

　　一、一饮千钟气如虹 / 098

　　二、豪侠笑尽一杯酒 / 100

　　三、马上倾酒论英雄 / 105

第二节　开轩面场圃，把酒话桑麻——隐者醉眼中的世界 / 109

　　一、亦吏亦隐赛神仙 / 109

　　二、醉月迷花不事君 / 115

　　三、醉眼蒙眬见桃源 / 119

第三节　隔座送钩春酒暖——情人醉眼中的世界 / 123

　　一、世界皆呈玫瑰色 / 123

　　二、情郎醉眼出西施 / 126

　　三、痴女醉眼识玉郎 / 129

第四节　一瓢长醉任家贫——贫士醉眼中的世界 / 134

　　一、浊醪必在眼 / 134

　　二、一酌散千愁 / 137

　　三、忧道不忧贫 / 141

第五节　生为醉乡客,死作达士魂——达士醉眼中的世界 / 144

　　一、酒是达士魂 / 144

　　二、黄金难买少年狂 / 147

　　三、诗酒真名士 / 152

 **自称臣是酒中仙**
——酒与唐代诗人

第一节　自古名士多豪饮——文人好酒的传统 / 160

第二节　眼看人尽醉,何忍独为醒——斗酒学士王绩 / 163

　　一、王绩的生平事迹 / 163

　　二、王绩的思想苦闷与酒之关系 / 164

　　三、王绩的咏酒诗 / 167

第三节　长安市上酒家眠——饮中八仙 / 175

　　一、四明狂客贺知章 / 176

　　二、酿王李琎 / 178

　　三、左相李适之 / 179

　　四、潇洒美少年崔宗之 / 180

　　五、坐禅酒客苏晋 / 181

　　六、酒中仙李白 / 182

七、醉中草圣张旭 / 182

　　八、酒吃焦遂 / 184

第四节　举杯邀明月，对影成三人——酒仙翁李白 / 186

　　一、酒仙翁的酒史 / 186

　　二、李白的咏酒诗 / 194

　　三、李白对酒文化的影响 / 200

第五节　醉里从为客，诗成觉有神——诗圣杜甫与酒 / 205

　　一、诗圣的诗酒生涯 / 205

　　二、诗圣的酒中之趣 / 213

　　三、诗仙与诗圣酒神精神之异同 / 219

第六节　酒狂又引诗魔发——醉吟先生白居易 / 221

　　一、从直谏斗士到醉吟先生 / 221

　　二、醉吟先生的酒世界 / 224

　　三、酒仙·酒圣·酒徒——李、杜、白咏酒诗之比较 / 233

第七节　爱酒有情如手足——醉士皮日休 / 235

　　一、皮日休与诗酒 / 235

　　二、皮陆咏酒唱和诗 / 240

　　三、皮陆咏酒唱和诗的审美趣味 / 245

伍　诗酒风流
——唐诗与酒及酒文化的关系

第一节　诗乃酒之华，酒是诗之媒——诗与酒相伴相生 / 250

　　一、诗是酒的精神花朵 / 250

二、酒是诗的催生素 / 251

第二节　酒壮诗之胆，诗高酒之名——诗与酒相辅相成 / 252

一、酒赋予诗胆气与魄力 / 252

二、诗使酒化俗为雅 / 253

三、酒激发了诗人的创造力 / 254

四、诗丰富了酒的文化内涵 / 255

第三节　无诗酒不雅，无酒诗不神——酒和酒文化与唐诗不可分割之关系 / 257

一、酒与酒文化是唐诗所反映的重要内容 / 257

二、酒在诗人创作中的重要功用 / 258

第四节　腹有诗酒气自华——唐代酒文化精神对中国文化的影响 / 259

一、唐代的酒诗给后人树立了样板 / 259

二、酒文化精神对中国民族性格的贡献 / 260

三、取其精华去其糟粕，发扬优秀文化传统 / 261

三杯通大道，一斗合自然

——唐代酒文化的内涵

第一节
一尊春酒甘若饴——唐代的酒

一、酒的起源

酒的起源甚早,大概可追溯至人类文明发展初期,只是具体的时间很难指证。中国最早的文字甲骨文中,便有"酒"字。我国最早的史书《尚书》中,有《酒诰》一篇,是周公命令康叔在卫国宣布的戒酒令,其中指出要以殷纣王宴饮无度导致亡国之例为诫,可见西周时卫国的酒风之盛。《诗经》中有"我有旨酒"(《小雅·鹿鸣》)、"既醉以酒"(《大雅·既醉》)、"朋酒斯飨"(《豳风·七月》)之句,《周礼》中有"酒正""酒人""浆人"之职,《楚辞》中有"奠桂酒兮椒浆"(《九歌·东皇太一》)、"援北斗兮酌桂浆"(《九歌·东君》)的诗句。

如果说这些有关酒的文字记载时代较晚的话,那么传说中酒的起源更早,有神农氏辨药知酒味、黄帝言酒能治病之说,还有原始时代古猿造酒的传说。在传说中,以仪狄造酒和杜康造酒最为有名。《战国策·魏策》载:"昔者帝女令仪狄作酒而美,进之禹,禹饮而甘之,遂疏仪狄,绝旨酒。"王粲在《酒赋》中说:"帝女仪狄,旨酒是献。"也说的是仪狄。仪狄是大禹时人,既然神农氏能辨药知酒味,黄帝言酒能治病,可见在大禹时期之前就已掌握了造酒方法。杜康造酒之说则更晚。杜康是夏朝时人,宋人窦苹在《酒谱》中说:"魏武帝乐府亦曰：'何以解忧，唯有杜康。'予谓杜氏本出于刘，累在商为豕韦氏，武王封之于杜，传国之杜伯，为宣王所诛，子孙奔晋，遂有杜为氏者。"因此，杜康也不可能是始造酒者。窦苹说："然酒果谁始乎？予谓智者作之，天下后世循之而莫能废。"此话等于什么也没有说，因此，是谁发明了酒，至今仍是一个未破解的谜。古猿造酒的传说，始见于明清的笔记小说。明人李日华在《紫桃轩又缀》中说："黄山多猿猱，春夏采杂花果于石洼中，酝酿成酒，香气溢发，闻数百步。"清人李调元《粤东笔记》卷九载："琼州多猿……尝于石岩深处得猿酒，盖猿以稻米杂百花所造，一石米则有五六升许，味最辣，极难得。"又有清人笔记小说《粤西偶记》："平乐等府山中，猿猴极多，善采百花酿酒。樵子入山得其巢穴，其酒多至数石，饮之得香美异常，曰猿酒。"由此有人推断，古猿时就已可能造酒。但这也只是想当然耳。

实物的考古可以证明，中国至少在商代就有了酒。1977年，在河北平山县中山王墓中出土的两个铜壶中，有呈墨绿色或翡翠色的液体，经化验，证明是酒。1994年，中国社会科学院考古研究所在发掘山东滕州前掌大商代墓葬中，出土了一件青铜卣（yǒu）。该青铜卣刚出土时，铜器密封严实，荡之有声，从中倾倒出的液体晶莹透澈，经化验，证明也是酒。此外，山西平陆县曹川乡的西汉大墓出土的卣中也有酒。这说明，从实物上来看，我国至少在商代就有了酒。

从酒器上来看，也能知道酒的历史。如我国原始社会时期的文化遗址中，也出土了一些盛酒的陶器。如大汶口文化的陶鬶（guī）、陶杯、彩陶背壶、圜底大口尊，仰韶文化的水鸟啄鱼纹蒜头壶、船形彩陶壶、波浪纹彩陶钵、鱼鸟纹葫芦瓶，良渚文化的蟠螭禽鸟纹双鼻壶、禽鸟纹黑陶壶、漏斗型流滤酒器，龙山文化的蛋壳陶高柄杯、陶鬶、陶觚（gū）、陶壶、陶罍（léi）等。这些器具在出土时多有较固定的组合，可以推知它们皆为酒器。酿酒和农业的出现有着较为密切的关系，而我国比较成熟的农业约出现于八千年前的裴李岗文化时期，这为酿酒提供了不可缺少的物质前提。"综上可知，我国酿酒的起源，应不会晚于距今六千年左右的新石器时代的中晚期。"[1]

根据中国古代酒的酿制方法来划分，酒可分为用谷物酿造的甜酒、白酒和

---

[1] 杜金鹏、岳洪彬、张帆《醉乡酒海——古代文物与酒文化》，第7~8页。

用水果酿造的果酒三大类。其中甜酒和果酒出现较早。中国是一个农业古国，大概从生产的粮食有了剩余之后，人们便开始造酒了。到了商代，酿酒的技术有了长足的发展，曲蘖（niè）开始出现。蘖是用发芽的谷物所制成的酿酒发酵剂。用这种糖化剂所酿成的酒，就叫作"醴"，是一种甜酒。秦汉以后，制酒的技术有了很大进步，酒的产量和质量有明显提高，品种也逐渐增多。汉代已出现多种制酒用的酒曲，仅扬雄的《方言》中记载的地方名曲就有八种之多。北魏贾思勰的《齐民要术》一书，在卷七就专门记述了制曲酿酒的技术和原理。[①]

白酒即烧酒，学名叫蒸馏酒，出现要晚些。中国何时出现白酒，一直有争论，主要有东汉说、唐代说、宋代说和元代说。主张白酒在元代才出现的主要依据是明代大药物家李时珍的一句话："烧酒非古法也。自元时始创其法，用浓酒和糟入甑，蒸令气上，用器承取滴露。……其清如水，味极浓烈，盖酒露也。"[②] 主张宋代说的依据是北宋田锡《曲本草》和南宋人的《丹房须知》《游宦记闻》中的记载，当时已有制酒的蒸馏器。主张唐代说的依据是唐人陈藏器《本草拾遗》中的记载，证明唐代就有制酒的蒸馏器，且唐人诗中就有"白酒新熟山中归"（李白《南陵别儿童入京》）、"烧酒初开琥珀香"（白居易《荔枝楼对酒》）、"自到成都烧酒熟"（雍陶《到蜀后记途中经历》）的诗句。

最终决定何时出现白酒的是何时出现蒸馏器。可喜的是，据考古发现，已经发掘出了一些不同年代的制酒蒸馏器。1975年12月，在河北省青龙县土门子公社，发现了一套金代黄铜蒸馏器；此外，在安徽省天长县汉墓中出土了一套制酒的青铜蒸馏器。这就说明，在汉代就已经有酿制烧酒的器具，那么白酒（烧酒）至少在汉代时就已出现。[③]

中国的果酒主要是葡萄酒。葡萄酒原产于西域。《史记·大宛列传》中记载："（大）宛左右以蒲陶（萄）为酒，富人藏酒至万余石，久者数十岁不败。俗嗜酒，马嗜苜蓿。汉使取其实来，于是天子始种苜蓿、蒲陶肥饶地。"《汉书》上说葡萄是张骞通西域时带入长安的。这说明，在汉武帝时葡萄已由西域传入中原，

[①] 王守国、刘海鹰编《诗酒乐天真》，第2页。
[②] 《本草纲目》卷25《谷四·烧酒》。
[③] 杜金鹏、岳洪彬、张帆《醉乡酒海——古代文物与酒文化》，第11~13页。

并广为种植，但皇宫中所用的葡萄酒还是由西域各国进贡。直到唐贞观十四年（640），唐"破高昌，收马乳葡萄实，于苑中种之。并得其酒法，帝自损益造酒，酒成，凡有八色，芳辛酷烈，味兼醍醐，既颁赐群臣，京中始识其味"（《册府元龟》卷970），这时才得到了高昌用葡萄酿酒的方法[①]。

二、唐代的酒类

中国的三大酒类到唐代在品种上有了很大的发展，《唐国史补》在谈到唐代的名酒时说："酒则有郢州之富水，乌程之若下，荥阳之土窟春，富平之石冻春，剑南之烧春，河东之乾和蒲萄，岭南之灵溪、博罗，宜城之九酝，浔阳之湓水，京城之西市腔，虾蟆陵郎官清、阿婆清。又有三勒浆类酒，法出波斯。三勒者谓庵摩勒、毗梨勒、诃梨勒。"

从唐诗中来看，唐代的酒就更加丰富多彩。唐诗中有新酒、旧酒、生酒、熟酒、清酒、浊酒、绿蚁酒、浮蛆酒、葡萄酒、美酒、薄酒、村酒之称。从酒的颜色来看，有碧色、绿色、白色、黄色、真珠红色、琥珀色、乳白色、流霞色、瓮头青色等。从酒的产地上来看，有新丰酒、长安酒、临川酒、金陵酒、成都酒、巫峡酒、巴陵酒、兰陵酒、郫水酒、射洪酒、鲁酒、蜀酒、乌程酒、馀杭酒、新罗酒等。唐代的酒多带"春"字，除了上面《唐国史补》中所举的荥阳的土窟春、富平的石冻春、剑南的烧春之外，还有金陵酒名金陵春、江陵酒名抛青春、射洪酒名射洪春、宣城酒名老春等。此外，唐代还有用花草和药物所酿的酒，如李花酒、薤白酒、蒲黄酒、藤花酒、地黄酒、梨花酒、黄花酒、茱萸酒、石榴花酒等。从这些酒的名字中我们就可以发现唐代酒的花色品种之多，仿佛酒香中散着花香，充满着春天的气息。

粗分起来，唐代的酒可分为三大类：水酒、果酒和烧酒。

（一）水酒

从造酒的工艺来看，唐代所酿的酒基本上是水酒，即甜酒。这些水酒的度

---

① [美] 谢弗著，吴玉桂译《唐代的外来文明》，第313页。

数较低，味道发甜，一些酒瘾大的人喝了嫌不过瘾。诗人韩愈以酒量（亦称酒户）大著称，他曾一度喜欢喝甜酒："一尊春酒甘若饴，丈人此乐无人知。花前醉倒歌者谁？楚狂小子韩退之！"（《芍药歌》）后来他可能因酒量大，嫌喝甜酒不过瘾，白居易曾写了一首诗打趣他："近来韩阁老，疏我我心知。户大嫌甜酒，才高笑小诗。"（《久不见韩侍郎戏题四韵以寄之》）

唐代的水酒分清酒、浊酒，浊酒即未经过滤的酒。白居易有一首有名的诗：

绿蚁新醅酒，红泥小火炉。
晚来天欲雪，能饮一杯无？

（《问刘十九》）

所谓"绿蚁"，或叫"浮蛆"，就是指酒上所飘的浮渣如蚁，"新醅酒"即未经过滤的新酒。浊酒大多带有酒糟。清酒是经压榨或过滤过的酒，通常是临饮时才将酒糟滤去或将酒从酒糟中压出。李白有一首诗写道："风吹（一作白门）柳花满店香，吴姬压酒劝客尝。"（《金陵酒肆留别》）这"压酒劝（一作唤）客"就是从酒糟中压榨出酒来，再请人喝的意思。浊酒一般都是家酿的酒，像白居易所说的"绿蚁新醅酒"，就是自己家酿制的酒。当然，酒肆有时也卖这种酒，但价钱要比清酒便宜。杜甫晚年因家贫，喝的多是浊酒，后因有肺病，连浊酒也给戒掉了：

万里悲秋常作客，百年多病独登台。
艰难苦恨繁霜鬓，潦倒新停浊酒杯。

（《登高》）

诗人戎昱，重阳节那天有人到他家做客，他拿出家酿的浊酒待客，觉得很不好意思，只好劝酒说："莫嫌浊酒君须醉，虽是贫家菊也斑。"（《九日贾明府见访》）意思是说，酒虽不好，但您老将就点，一定要不辞一醉。我虽家贫，但我种的菊花还是开得不错的。诗人贯休是个和尚，一次他晚上出来散步，见农家烧荒，一阵风起，飘来了田家浊酒的酒香（《秋晚野步》："烧岳阴风起，田家浊酒香。"），惹得他贪婪地多吸了几口酒香气。可见贫家和田家所饮的多是浊酒。

而清酒却与浊酒不同，因经过加工，口感要好一些，因此价钱要比浊酒贵一些。杜甫《偪侧行赠毕四曜》诗中说："街头酒价常苦贵，方外酒徒稀醉眠。速宜相就饮一斗，恰有三百青铜钱。"他所说的酒价当是浊酒，而清酒就贵得多了，尤其是那些名贵的酒，更是价值十千："金樽清酒斗十千，玉盘珍羞直万钱"（李白《行路难三首》其一）、"夜清酒浓人如玉，一斗何啻直十千"（独孤及《东平蓬莱驿夜宴平卢杨判官醉后赠别姚太守置酒留宴》）。

这些名贵的清酒，是用香花和香料的叶子浸泡蒸煮过滤的："洗花蒸叶滤清酒。"（曹唐《小游仙诗九十八首》其二十八）平时大都是用"金樽""玉壶"一类精美贵重的酒器盛装着，喝酒时有歌舞相伴：

渭城桥头酒新熟，金鞍白马谁家宿？
可怜锦瑟筝琵琶，玉壶清酒就倡家。

（崔颢《渭城少年行》）

好的清酒颜色澄澈，气味甘香，喝了心情十分舒畅：

谢将清酒寄愁人，澄澈甘香气味真。
好是绿窗风月夜，一杯摇荡满怀春。

（孙氏《谢人送酒》）

如果在酒中加入各种花草和香料，便可制出各种独具风味的药酒了，如茱萸酒、薤白酒、蒲黄酒、石榴酒、屠苏酒、竹叶青酒、松醪酒等各种名目。

各式各样的清酒和浊酒，丰富了唐人的生活，也给诗人增添了许多情趣和诗意。

（二）果酒

唐代的果酒主要是葡萄酒。自从汉武帝时期张骞通西域，西域的葡萄被引进中原，在长安、洛阳等地开始种植。在唐代，中原地区种葡萄已很普遍，在唐诗里就可以发现许多咏葡萄的诗篇："年年战骨埋荒外，空见蒲桃入汉家"（李颀《古从军行》）、"杨柳千条花欲绽，蒲萄百丈蔓初萦"（沈佺期《奉和春日幸望春宫应制》）、"蒲萄架上朝光满，杨柳园中暝鸟飞"（储光羲《蔷薇》）。

贞观十四年（640）唐太宗学得西域的酿酒法以后，宫内也开始酿造葡萄酒。但是，唐代京城里喝的葡萄酒，绝大部分还是西域所贡，或西域商人从西域运到中原的。据《杨太真外传》，李白为玄宗作《清平调词》三首，杨贵妃十分高兴，"持玻璃七宝杯，酌西凉州蒲萄酒，笑领歌，意甚厚"。杨太真所饮之葡萄酒即西凉州所贡。鲍防《杂感》诗说："汉家海内承平久，万国戎王皆稽首。天马常衔苜蓿花，胡人岁献葡萄酒。"看来边地胡人每岁贡酒，已成惯例。

从唐诗中可见，葡萄酒也大都与胡人和边塞有些关系：

金笳吹朔雪，铁马嘶云水。
帐下饮蒲萄，平生寸心是。

（李颀《塞下曲》）

吾闻昔日西凉州，人烟扑地桑柘稠。
蒲萄酒熟恣行乐，红艳青旗朱粉楼。

（元稹《和李校书新题乐府十二首·西凉伎》）

通天白犀带，照地紫麟袍。
羌管吹杨柳，燕姬酌蒲萄。
银含凿落盏，金屑琵琶槽。
遥想从军乐，应忘报国劳。

（白居易《寄献北都留守裴令公》）

石国胡儿人见少，蹲舞尊前急如鸟。
织成蕃帽虚顶尖，细氎（dié）胡衫双袖小。
手中抛下蒲萄盏，西顾忽思乡路远。

跳身转毂宝带鸣，弄脚缤纷锦靴软。

（刘言史《王中丞宅夜观舞胡腾》）

唐太宗贞观之后，除了西域边疆地区生产葡萄酒之外，凉州、长安等地也开始生产，其已从宫廷走入了普通百姓家。王翰著名的《凉州曲》"葡萄美酒夜光杯，欲饮琵琶马上催。醉卧沙场君莫笑，古来征战几人回？"即说明在凉州，一般的将士也能喝到葡萄美酒，可见葡萄酒在唐代的边陲已成常见的饮品了。

（三）烧酒

除了酿造水酒之外，唐代某些地区，特别是蜀中地区已经开始酿制烧酒，即蒸馏酒。雍陶诗云："自到成都烧酒熟，不思身更入长安。"（《到蜀后记途中经历》）蜀中剑南有烧春酒，"烧春"即烧酒的意思。此外，在唐诗中也多次提到白酒，除了一些是形容酒的颜色之外，其实所指的就是烧酒。诗人徐夤曾送给他的好友崔侍御两瓶白酒，还专门写了一首诗对这种白酒加以说明和夸赞：

> 雪化霜融好泼醅，满壶冰冻向春开。
> 求从白石洞中得，携向百花岩畔来。
> 几夕露珠寒贝齿，一泓银水冷琼杯。
> 湖边送与崔夫子，谁见嵇山尽日颓？

（《白酒两瓶送崔侍御》）

此诗将白酒比作"几夕露珠"和"一泓银水"。"露珠"，不正是暗指此酒是蒸馏之酒吗？"银水"则是形容此酒浓度之高。可见此白酒确实非一般之水酒，而是烧酒。诗人将此酒看得如此珍贵，看作"白石洞中得"的仙酒，并作为珍贵礼物送给要好的朋友。若是一般的两瓶水酒，还有什么值得夸耀的呢？他绝不会如此看重，如此大费笔墨。况唐时确已有制烧酒之器具，已被考古者所发现。所以烧酒在唐时已经出现，确实是一不容置疑之事实。

第二节
金罍玉斝泛兰英——唐代的酒具

一、酒具的起源

酒具可以说是与酒同时产生的，与酒的历史一样古老。远古时代的人喝酒所用的酒具主要是自然物或是由其制成的可盛放的物件，如贝壳、螺壳及石臼一类的东西。到了人类能够制作陶器时，酒具大都是陶制品。现在所能见到的如大汶口文化时期的陶鬶、陶杯、彩陶背壶、圆底大口尊，仰韶文化时期的水鸟啄鱼纹蒜头壶、船形彩陶壶、波浪纹彩陶钵、鱼鸟纹葫芦瓶，良渚文化时期的蟠螭禽鸟纹双鼻壶、禽鸟纹黑陶壶、漏斗形的滤酒器，龙山文化时期的蛋壳陶高柄杯、陶鬶、陶觚、陶壶、陶罍等，都是新石器中期或末期的酒具。到了夏、商、周、春秋及战国时期，随着青铜器的发明和使用，酒具也多由青铜制成。在近代所进行的商代考古所发掘出的青铜器中，酒器占一半以上，主要的类型有爵、斝（jiǎ）、觚、盉（hé）、壶、尊、罍、瓿（bù）、彝等。到了秦汉时期，由于漆器的广泛使用，酒器大都为漆器，其形制主要有杯、樽、卮、扁壶等，其中以漆木制成的耳杯最为盛行，在长沙马王堆出土的漆耳杯竟达九十件之多。耳杯为椭圆杯，两边有耳，形似两只翅膀，故又称"羽觞"。到了魏晋，由于瓷器的制造技术日益发达，青铜及漆木所制的酒具逐渐被瓷器代替，瓷器成了最普遍、最常用的饮酒器具，其形制有鸡首壶、樽、杯、盅等。当然，在以上各种陶、青铜、漆木、瓷器酒具盛行的同时，还有少量的贝、玉、兽角、象牙、金、银、玻璃、玛瑙、竹木等质料的酒具在被使用。

唐以前中国的酒具基本上都已齐全。如果以用途来分的话，大体可分为饮酒器、温酒器、斟酒器、盛酒器、冰酒器、娱酒器、造酒器等。饮酒器主要包括流行于商周时期的爵、觥、角、觚、觯，流行于西周至春秋时期的羽觞，流行于战国秦汉时期的卮、杯、碗、盏等。温酒器主要有盉、鬶、樽、斝、铛、爵、炉、注子、注碗等。斟酒器主要有盉、鬶、樽、斝、觥、注子、执壶等。盛酒器主要有缸、瓮、樽、罍、瓿、缶、彝、壶、卣、钫、锤、瓶等。冰酒器主要有鉴、缶、樽、盘、壶、卣等。娱酒器主要有骰子、令筹等。其中不少器物是一器多用，如爵既可以作为饮酒器，也可以作为温酒器，盉、鬶、斝、注子等不仅可以作为温酒器，也可以做斟酒器使用①。

二、唐代的酒具

唐代的酒具是承前代而来。上层社会所用的酒器以玉器、金银器居多，下层社会多用瓷器和陶器。

从唐诗中来看，唐代的酒器是丰富多样的，不但形制多样，而且质料各异："翠幕珠帏敞月营，金罍玉斝泛兰英"（上官昭容《驾幸新丰温泉宫献诗三首》其三）；"更待西园月，金尊乐未终"（祖咏《宴吴王宅》）；"鲙下玉盘红缕细，酒开金瓮绿醅浓"（陈羽（又作朱湾诗）《宴杨驸马山池》）；"共喜光华日，酣歌捧玉杯"（张说《东都酺宴四首》其二）；"鲁酒白玉壶，送行驻金羁"（李白《秋日鲁郡尧祠亭上宴别杜补阙范侍御》）。

从这些诗中，我们可以看到，诗人们所用的酒具有金罍、金尊、金瓮、玉斝、玉杯、玉壶等。在其他的一些唐诗中，还有玉缸、玉瓶、玉杯、玉碗、玉觞、金盏、金壶、银瓶、郫筒、羽觞、鸬鹚杓、舒州杓、力士铛、瘿木樽、玻璃碗、金屈卮、金叵罗、琉璃锺、玛瑙杯、紫霞杯、鹦鹉杯、鸳鸯杯、夜光杯、流霞杯等酒器，真是琳琅满目，美不胜收。

---

① 杜金鹏、岳洪彬、张帆《醉乡酒海——古代文物与酒文化》，第15页。

出土的唐代文物中，有相当一部分是酒器。近年考古人员在陕西扶风法门寺、西安何家村发掘出了一批珍贵的金银酒器。西安何家村所发现的是唐代邠王遗留下的一座窖藏，其中有一批精美的酒具，其中的几件堪称精品，值得介绍。

掐丝团花金杯：造型别致，装饰精美。酒杯的把手是 Q 形的金圈，杯的腹部焊附着用金丝编结成的蔷薇式团花四朵，团花的边缘接连缀着成串的小金珠。花瓣中心镶嵌着宝石，团花四周、杯口边及杯底均焊接有用金丝编结成的云朵八个，工艺水平精湛细致，堪称我国古代工艺品中的杰作。

鸳鸯莲瓣纹金碗：该碗敞口，有喇叭形圈足，通体饰鱼子地纹。外腹錾出两层浮雕式仰莲瓣，每层十瓣，上层莲瓣内分别錾出狐、兔、獐、鹿、鸳鸯、鹦鹉等珍禽异兽，空白填以花草，花瓣间装饰有鸿雁、鸳鸯、凤鸟等，并配以仿忍冬花纹；下层莲瓣内均錾以忍冬花纹。内底为宝相花，外底有振翅鸳鸯和忍冬纹。其精美程度令人叹为观止。

镶金牛首玛瑙杯：杯形呈兽角状，长 15.5 厘米，椭圆形口，口径 5.9 厘米。它是采用淡青、鹅黄双色浸润纹的深红色玛瑙为原料雕制而成的。杯下部为牛首状，牛嘴镶金，牛口闭合，牛眼圆睁，牛耳后抿。彩色浸润纹带，从牛头额顶顺杯口两侧通向杯口。造型因材制宜，构思巧妙，手艺精工；整体流光溢彩，炫人眼目。

除了上面所介绍的之外，这个窖藏还出土有鸳鸯莲花纹执壶、金花鸳鸯银羽觞、双狮金铛、八瓣莲花白玉盏等[1]，均是绝等上品的酒具。

在唐诗中所提到的一些金、银、玉制的酒具中，有些是外国或外域的进贡品。如显庆二年（657），吐蕃赞普献给唐朝皇帝的贡品中有一件"金颇罗"，即唐诗中的"金叵罗"酒器；上元二年（761）龟兹王献"银颇罗"，还有西域进贡的罐、银壶等[2]。

---

[1] 杜金鹏、岳洪彬、张帆《醉乡酒海——古代文物与酒文化》，第29~33页。
[2] [美]谢弗著，吴玉桂译《唐代的外来文明》，第556页。

第三节
一朝权在手，看取令行时——唐代的酒令

一、酒令的功用

无论是国宴、家宴、君臣宴饮还是朋友相聚，饮酒都离不开酒令。我国饮酒自古就有行酒令的传统。《左传》昭公十二年记载，齐景公到晋国庆贺晋国的嗣君即位，在欢庆的酒宴上，刚刚即位的晋昭公就举箭投壶，晋国大夫荀吴赋诗以助酒兴："有酒如淮，有肉如坻。寡君中此，为诸侯师。"结果晋昭公投箭中壶。齐景公不甘示弱，也举起箭来说："有酒如渑，有肉如陵。寡人中此，与君代兴。"说毕，也将箭投进了壶中。齐晋争霸主，借酒宴赋诗以表其志，其投壶、赋诗，就开了后代酒令的令辞之先河。

《诗经》中就有饮酒时设"监史"的记载。"监史"又称"酒监"，就是掌领行酒令之人。《诗经·小雅·宾之初筵》："凡此饮酒，或醉或否。既立之监，或佐之史。"此所立之监史，即司酒的令官，行酒令以劝酒。

汉代饮酒设酒监已相当普遍，最有名的是朱虚侯刘章为吕后做酒监的故事。《史记·三十世家·齐悼惠王世家》载，吕后有一次请大臣和吕氏家族的族人宴饮。刘章入侍吕后，吕后命他为酒筵的酒监。刘章受命说："臣，将种也，请得以军法行酒。"吕后答应了他。在大家酒意正浓时，刘章向吕后赋了一首《耕田歌》："深耕穊种，立苗欲疏。非其种者，锄而去之。"吕后点头默认。过了一会儿，

一个吕氏族人因醉逃酒，刘章追了出去，拔剑将他斩了，回来向吕后报告说："有亡酒一人，臣谨行法斩之。"吕后和左右大臣都大吃一惊，但已答应他以军法行酒令，无法治他的罪。这就是行酒令如军令的故事。

唐代时酒筵活动更加丰富多彩。酒监被称为"明府"，"明府"之下设二录事："律录事"和"觥录事"。明府管骰子一双、酒杓一支，总管酒宴的始终。"律录事"又名"酒纠"，专司宣令和行酒。而"觥录事"专管执酒杯（觥）罚酒。酒令的名堂就更多了，据今人王昆吾考证，现在所知晓的唐人酒令的名目有二十多种，如历日令、罨（yǎn）头令、瞻相令、巢云令、手势令、旗幡令、拆字令、不语令、急口令、四字令、言小名令、雅令（千字文令、诗令、经史令）、招手令、骰子令、鞍马令、抛打令、下次据令、卷白波、莫走等。据王昆吾分类，这些酒令大致可分为三类：律令、骰盘令和抛打令①。而今人麻国钧将这些酒令大体分为六类：射覆猜拳、口头文字、骰子、牌、筹子、杂等②。

唐代这些酒戏与酒令和唐诗有着密切关系，像射覆、猜拳、投骰、斗牌等在唐诗中屡被吟咏，更不用说席上限韵联句、罚酒吟诗了。唐诗中大半的游戏之作，皆成于酒筵之上。

二、射覆猜拳令

射覆就是把一件东西扣藏在碗碟之下，让人去猜是何物。猜拳就是手握藏一件东西，让人去猜。这类酒令是从汉代"藏钩"戏发展而来的。传说汉武帝的钩弋夫人生来手拳，后来将其手掰开，原来手中握有一玉钩，因此汉武帝封她为钩弋夫人。从此汉宫中开始流行藏钩的游戏，后来藏钩发展成了酒令。李白诗"更怜花月夜，宫女笑藏钩"（《宫中行乐词八首》其六）、李商隐诗"隔座送钩春酒暖，分曹射覆蜡灯红"（《无题二首》其一）中的"藏钩""射覆"，即行酒中让人猜字或猜物的酒令。猜中者免酒，猜不中者罚酒、罚诗或罚唱等。

后来行酒令从藏钩发展为猜拳，又名"猜枚""搏拳"，即手握拳，让人

---

① 王昆吾《唐代酒令艺术》，第3页。
② 麻国钧、麻淑云编著《中国酒令大观》，第3页。

猜手中是否有物。唐人诗"城头椎鼓传花枝，席上抟拳握松子"（无名氏《残句》）、"酒钩送盏推莲子，烛泪粘盘垒蒲萄"（白居易《房家夜宴喜雪戏赠主人》），说的就是让人猜手中所藏的松子和莲子。

唐代还有一种手势令，即以某种手势来表示某种东西，让人来猜。后来猜拳由猜物演变成猜指头数，以对方所出的指数与自己所出的指数之和与口中所喊之数相合否，以定输赢，就成了"划拳"，又称"拇战"。因射覆猜拳比较简单易行，所以在酒筵中最为盛行。即使是现在，在一些酒馆或朋友相聚的宴会上，仍然可以经常见到猜拳中火柴之有无的情景和听到吆五喝六的划拳声。

三、口头文字令

口头文字令，是唐代酒令的一大门类，有拆字令、千字文令、诗令、经史令等多种形式，尤其为文人雅士所喜爱，像在酒筵上的限题作诗，席上同题联句就属于这种情况。

李白有一篇有名的《春夜宴从弟桃花园序》，就是酒席上以作诗定赏罚的酒令说明。序曰："夫天地者，万物之逆旅也；光阴者，百代之过客也。而浮生若梦，为欢几何？古人秉烛夜游，良有以也。况阳春召我以烟景，大块假我以文章。会桃花之芳园，序天伦之乐事。群季俊秀，皆为惠连；吾人咏歌，独惭康乐。幽赏未已，高谈转清。开琼筵以坐花，飞羽觞而醉月。不有佳咏，何伸雅怀？如诗不成，罚依金谷酒数。"所谓"如诗不成，罚依金谷酒数"，就是依晋人石崇在金谷园中的酒令为法："或不能者，罚酒三斗。"（石崇《金谷诗序》）《唐诗纪事》卷三九载："长庆中，元微之、（刘）梦得、韦楚客同会于（白）乐天舍，论南朝兴废，各赋《金陵怀古》诗。刘（梦得）满引一杯，饮已即成，曰：'王濬楼船下益州，金陵王气黯然收。千寻铁锁沉江底，一片降幡出石头。人世几回伤往事，山形依旧枕寒流。今逢四海为家日，故垒萧萧芦荻秋。'白公览诗曰：'四人探骊龙，子先获珠，所余鳞爪何用耶？'于是罢唱。"此为同题赋诗，刘禹锡诗先成，其余的人因服善认输而罢唱。

至于酒筵上联句作诗的情况就更为常见。大历三年（768），江陵李之芳尚书送其甥宇文晁至石首县赴任，在家中设宴钱别。席上请杜甫和崔彧作陪。席间，杜、李、崔三人依令联句赋诗,以送别宇文晁。杜甫起令,吟曰:"爱客尚书贵,之官宅相贤。"李之芳接令,吟曰:"酒香倾坐侧,帆影驻江边。"崔彧接吟:"瞿表郎官瑞,凫看令宰仙。"杜甫接吟:"雨稀云叶断,夜久烛花偏。"李之芳接吟:"数语欹纱帽,高文掷彩笺。"崔彧接吟:"兴饶行处乐,离惜醉中眠。"杜甫又接吟:"单父长多暇,河阳实少年。"李之芳最后结束全诗:"客居逢自出,为别几凄然。"(杜甫《夏夜李尚书筵送宇文石首赴县联句》)

像这样在席上联句的情况,在唐代非常普遍,尤其是在中唐诗人中出现得最多。如颜真卿、刘全白、裴循等人的《登岘山观李左相石尊联句》,严维、鲍防、谢良辅等人的《酒语联句各分一字》,裴度、刘禹锡、崔群等人的《春池泛舟联句》,裴度、白居易、刘禹锡《度自到洛中与乐天为文酒之会联句》,李绛、崔群、白居易、刘禹锡、庚承宣、杨嗣复《花下醉中联句》,韩愈、李正封《晚秋郾城夜会联句》,皮日休、张贲、陆龟蒙《寒夜文宴联句》等,都是酒筵上联句令的佳作。《全唐诗》录唐代诗人的联句七卷之多(卷七八八~七九四),其中大部分都是酒宴上的作品。

四、骰子令、酒筹令、酒牌令及其他

此外在酒筵上更多的是用骰子、酒筹、酒牌等行酒令。骰子就是色子,在博戏上它的用途最广,用于酒令也为数甚多。皇甫松的《醉乡日月》中就有"骰子令"的记载。骰子是个六面体,每面刻有幺(一)、二、三、四、五、六这六个用点刻就的数码。玩骰子的个数不等,有时用一个,有时用两个,有时用三个或更多个。用法不一。一般是掷点数以决定饮酒的顺序,有时也以各种掷法以决输赢。张祜、杜牧《骰子赌酒》联句:"骰子逡巡里手拈,无因得见玉纤纤。"元稹《赠崔元儒》:"今日头盘三两掷,翠娥潜笑白髭须。"都谈到了酒筵上的骰子令。

酒牌又称"叶子酒牌""叶子",通常是用纸制成的,也有用其他材料如铜制成的。刘禹锡等人的《春池泛舟联句》中有"杯停新令举,诗动彩笺忙"的诗句,其中的"彩笺"指的就是叶子酒牌。宋人欧阳修在《归田录》卷二中说:"唐世士人宴聚,盛行叶子格(叶子酒牌),五代国初犹然,后渐废不传。今其格世或有之。"唐代的叶子今已难以见到，不过从后人所传的叶子酒牌中尚可见到它的踪影。今人金维坚曾见到一种形类铜钱的叶子酒令铜牌，上面铸有"王母""曼倩""双成""琴仙""诗仙""棋仙""醉仙""散仙""拔宅仙""壶中仙"等字样，叶子酒令铜牌的前面是人像，后面是诗。"王母"牌背面上的诗曰："我有蟠桃树，千年一度生。是谁来窃去，须问董双成。""双成"即王母娘娘的侍女董双成，其牌背面上的诗曰："王母叫双成，丁宁意甚频。蟠桃谁窃去，须捉座中人。""曼倩"即曾偷王母仙桃的东方朔，其牌背面诗曰："青琐窗中客，才称世所高。如何向仙苑，三度窃蟠桃？""醉仙"即李白，其牌正面有"陪饮"二字，背面诗曰："笑傲诗千首，沉酣酒百杯。若无诗酒敌，除非谪仙才。"该牌的行令方法大约是摸得"王母"牌者，命令得"双成"牌者去捉拿得"曼倩"牌者罚酒，得"醉仙"牌者陪饮一杯[①]。

酒筹是一种用竹签、牙签或金、银、铜等金属制成的用以行酒令的筹签，上面写有诗句或文句及得此筹签者应得的奖罚。1982年考古人员在江苏丹徒县丁卯桥发掘了一个唐代大型的银器藏窖，窖中出土了一套筹子酒令。在一个玉烛筒（银筒）中装有五十枚酒筹，还有一枚令旗。酒筹的规则中共有"自饮""劝饮""处（罚）""放"四种。每枚筹签上刻有《论语》中的句子[②]。

关于用酒筹行酒令之事，在唐诗中屡见描写。白居易《与诸客空腹饮》："碧筹攒米碗，红袖拂骰盘。醉后歌尤异，狂来舞不难。"元稹《何满子歌》："何如有态一曲终，牙筹记令红螺碗。"方干《赠美人》："剥葱十指转筹疾，舞柳细腰随拍轻。"黄滔《江州夜宴献陈员外》："清管彻时斟玉醑，碧筹回处掷金船。"朱湾《奉使设宴戏掷笼筹》："今日陪樽俎，良筹复在兹。献酬君有礼，赏罚我无私。莫怪斜相向，还将正自持。一朝权在手，看取令行时。"这些诗中所描写的用酒筹行令的情况非常具体生动，再现了唐代诗人们在酒筵上用筹令行酒的情景。由此可见，酒筹是酒席上行酒令的常用之物。后人还以

[①] 金维坚《酒令诗牌》，《文物》1982年第11期，又见麻国钧、麻淑云编著《中国酒令大观》，第278页。
[②] 陆九皋、刘建国《江苏丹徒县丁卯桥出土唐代银器窖藏》，载《文物》1982年11期，又见麻国钧、麻淑云编著《中国酒令大观》，第451页。

唐诗制成酒筹令，在筹的上部刻上唐人诗句，下部刻上饮酒的方法。如一种酒筹是这样写的：

  玉颜不及寒鸦色　面黑者饮
  人面不知何处去　须多者饮
  仙人掌上雨初晴　净手者饮
  养在深闺人未识　初会者饮
  人面桃花相映红　面红者饮
  世上如今半是君　惧内者饮[①]
  ……

  以上所举，是唐代所通行的酒令。除此之外还有"抛彩球令"，如"球来香袖依稀暖，酒凸觥心泛滟光"（杜牧《羊栏浦夜陪宴会》）；"传杯令"，如"深锁雷门宴上才，旋看歌舞旋传杯"（章碣《陪浙西王侍郎夜宴》）等。此外还有"传花令"，如刘禹锡《和乐天宴李周美中丞宅池上赏樱桃花》："樱桃千万枝，照耀如雪天。……妖姬满髻插，酒客折枝传。""酒胡子令"，如徐夤《酒胡子》："红筵丝竹合，用尔作欢娱。直指宁偏党，无私绝觊觎。当歌谁攘袖，应节渐轻躯。恰与真相似，毡裘满颔须。"

[①] 麻国钧、麻淑云编著《中国酒令大观》，第492页。

第四节
酒中有全德——饮酒的哲学

一、酒与儒家思想

饮酒虽然是一种娱乐，但是它既是一种群体的社会活动，又是个体的生活方式。因此，它必然会受到儒家、道家和佛禅思想的影响和制约。

中国的儒家是讲礼乐的。礼是讲等级的，它强调群体社会中的差别性和秩序性。而乐是讲和合的，它所强调的是不同等级人们之间的团结和睦关系，起一种调和矛盾的作用。而儒家的这些礼乐思想也表现在饮酒活动上。在儒家的一些祭礼上，有相当多的酒礼和饮礼。在儒家的经典《周礼》和《仪礼》中，就专门列有"酒正""酒人""浆人"及"乡饮酒礼"等项目。这些酒正、酒人和浆人就是专门司祭礼和饮酒之礼的。他们"祭祀以法""掌酒之赐颁，皆有法以行之"（《周礼注疏》卷五《天官冢宰下》），即按礼规定的等级来用酒祭祀和司饮酒之礼。《仪礼》中的《乡饮酒礼》，对主宾饮酒之礼也记载得很详细，主宾进退之礼都有严格规定，体现出儒家饮酒活动中受礼法限制的一面。但在更多场合下，饮酒则表现为乐的和合精神。《礼记·乐记》中说："乐者为同，礼者为异。同则相亲，异则相敬。"又说："故酒食者，所以合欢也。乐者，所以象德也。"所以儒家乐的精神就是求同求和，在礼的范围内，求得群体的团结融洽。而举行酒会，大家团团而坐，上下频频举杯，左右觥筹交错，你敬我让，有来有往，其乐融融，皆大欢喜，一时缩短了彼此之间的身份和等级的差距，增强了群体间的凝聚力。这就发挥了酒的"合欢"作用。所以上至皇帝朝廷朝贺庆典，下至黎民百姓的乡社之饮，都无不以酒为介，来和合众心。唐太宗在一次宫廷酒筵上大宴群臣，高兴地吟道："共乐还乡宴，欢比大风诗。"（《幸武功庆善宫》）一次，诗人王驾参加了江西农村的社日酒宴，诗情大发，写下了一首乡村社饮盛况的诗：

    鹅湖山下稻粱肥，豚栅鸡栖半掩扉。
    桑柘影斜春社散，家家扶得醉人归。
              （一作张演《社日》）

  这些诗描绘了朝廷君臣饮酒欢会和乡野百姓聚众会饮以庆丰收的和乐情景。

  酒还可以作为亲友、朋辈之间联络感情的黏合剂和增进家庭亲情的增稠剂。朋友相聚，离不开酒；亲友重逢，离不开酒；家庭团圆，也离不开酒。乾元二年（759），杜甫在战乱中路过老友卫八处士家，受到老友的热情招待：

    问答未及已，驱儿罗酒浆。
    夜雨剪春韭，新炊间黄粱。
    主称会面难，一举累十觞。
    十觞亦不醉，感子故意长。
              （《赠卫八处士》）

  几杯老酒传达了朋友间的深情厚谊，使流离中的杜甫感念不已。

    脱鞍暂入酒家垆，送君万里西击胡。
    功名只向马上取，真是英雄一丈夫！
              （岑参《送李副使赴碛西官军》）

  这是送别酒；

> 杯盘狼藉宜侵夜，风景阑珊欲过春。
> 相对喜欢还怅望，同年只有此三人。
>
> （白居易《酬郑二司录与李六郎中寒食日相过，同宴见赠》）

这是重逢酒；

> 雨中禁火空斋冷，江上流莺独坐听。
> 把酒看花想诸弟，杜陵寒食草青青。
>
> （韦应物《寒食寄京师诸弟》）

这是思亲酒；

> 弟妹妻孥小侄甥，娇痴弄我助欢情。
> 岁盏后推蓝尾酒，春盘先劝胶牙饧。
>
> （白居易《岁日家宴戏示弟侄等兼呈张侍御二十八丈殷判官二十三兄》）

这是团圆酒。

然而在更多的情况下，酒是消除个人疲劳、释放精神压力、减轻思想负担、消愁解闷的消解剂，这就与道家思想挂上了钩。

二、酒与道家精神

道家思想和儒家思想相反，主张的是摆脱儒家思想束缚的解脱出世、追求个人思想解放的自由哲学。它正好与儒家讲求群体秩序、处处以礼法为约束形成互补。那些仕途上的失意者、官场上的失败者，往往要到道家思想里去寻找精神上的解放和思想上的安慰，而饮酒正是通向精神解放的最好途径：

> 此日长昏饮，非关养性灵。

眼看人尽醉,何忍独为醒?

(王绩《过酒家五首》其二)

独酌劝孤影,闲歌面芳林。
长松尔何知,萧瑟为谁吟?
手舞石上月,膝横花间琴。
过此一壶外,悠悠非我心。

(李白《独酌》)

春来酒味浓,举杯对春丛。
一酌千忧散,三杯万事空。
放歌乘美景,醉舞向东风。
寄语尊前客,生涯任转蓬。

(贾至《对酒曲二首》其二)

独酌复独酌,满盏流霞色。
身外皆虚名,酒中有全德。

(权德舆《独酌》)

  酒能麻痹人的思想,让人忘却世间的痛苦;也能使人思想活跃,达到道家超然世外的精神境界,在醉中与道冥冥相通。李白有首诗,既是一首酒徒对酒的颂歌,又是一篇醉中悟道的有得之作:

天若不爱酒,酒星不在天。
地若不爱酒,地应无酒泉。
天地既爱酒,爱酒不愧天。
已闻清比圣,复道浊如贤。
贤圣既已饮,何必求神仙?
三杯通大道,一斗合自然。

但得醉中趣，勿为醒者传。

(《月下独酌四首》其二)

此诗大讲喝酒上应天道、下应地理，顺乎人情；既通于大道，又合于自然。理直气壮地说出了一番"爱酒不愧天"的道理。谁说唐人的诗不善于说理？李白的这首诗，不就是一篇酒徒们高喊饮酒有理的哲理宣言吗？

三、酒与佛禅

佛教自从传入中国，便与中国的传统思想文化相摩相荡，与儒道逐渐融合，产生了中国式的佛教——禅宗。禅宗不像佛教其他派别那么强调佛教的戒律，对礼佛、念经、做佛事都比较随便。它不立文字，随缘取譬，直指人心，强调"即心是佛"，主张顿悟。所谓"青青翠竹，尽是法身；郁郁黄花，无非般若"认为"挑水劈柴，皆是悟道"。因此，禅宗对佛教徒的饮酒，不但不予反对，反认为这也是悟道的方式之一。因为在酒醉之时，人世皆忘，四大皆空，如同悟道一般。诗人方干说：

纵居鼙（pí）角喧阗处，亦共云溪邃僻同。
万虑全离方寸内，一生多在五言中。
芰荷叶上难停雨，松桧枝间自有风。
莫笑旅人终日醉，吾将大醉与禅通。

(《赠式上人》)

"大醉与禅通"，确实道出了饮酒与参禅的关系。传说拾得是一个得道的高僧，他虽是个和尚，但见了一些出家人喝酒吃肉，却并不反对，还写诗道：

我见出家人，总爱吃酒肉。
此合上天堂，却沈归地狱。
念得两卷经，欺他道廛（chán）俗。

岂知廛俗士，大有根性熟。

(《诗》)

　　对于出家人喝酒吃肉，有些人认为是违背教规戒律的行为，来世应下地狱。拾得却认为，此种人"合上天堂"，因他们行虽同市廛之中的俗人，却在佛性上是有根性的。大概这就是佛性不违人情，顺其自然的道理吧。另一位诗僧寒山更是肆无忌惮，公开招人饮酒：

有酒相招饮，有肉相呼吃。
黄泉前后人，少壮须努力。
玉带暂时华，金钗非久饰。
张翁与郑婆，一去无消息。

(《诗三百三首·有酒》)

　　此诗与俗人及时饮酒行乐之旨无二，强调人生无常，世事短暂，若不及时行乐，就像张翁与郑婆一样，大限一到，就永远也回不来了。
　　拾得还把酒比作般（bō）若（rě），多饮自会令人清醒：

般若酒泠泠，饮多人易醒。
余住天台山，凡愚那见形？
常游深谷洞，终不逐时情。
无思亦无虑，无辱也无荣。

(《诗·般若》)

　　这里拾得把般若比作清凉的美酒，多饮会使人清醒，使人达到"无思亦无虑，无辱也无荣"的入禅境界。这种酒醉似参禅的体会，自称"醉吟先生"的白居易体会最深。他认为在醉中达道的速度更快，更彻底：

佛法赞醍醐，仙方夸沆瀣。

未如卯时酒，神速功力倍。
一杯置掌上，三咽入腹内。
煦若春贯肠，暄如日炙背。
岂独肢体畅，仍加志气大。
当时遗形骸，竟日忘冠带。
似游华胥国，疑反混元代。
一性既完全，万机皆破碎。

(《卯时酒》)

卯时酒竟比佛法和仙方使人悟道更加迅速、彻底，三杯之后不但四体通畅，似若遗其形骸，如游华胥之国，而且得其全性，万机皆无。对于诗人来说，酒比佛法中的醍醐和仙方中的仙露更厉害。因为酒可以使诗人更快地进入一个遗世脱俗、超然世外的思想境界，无须读经，也无须坐禅，就能达到佛禅一样的境界。

四、酒神精神与饮酒哲学

酒神本来是个外来词，在中国只有酒仙、酒圣、酒鬼，而没有酒神。希腊神话中有一个酒神名叫狄俄尼索斯，他和光明之神阿波罗都是主管艺术的神。日神精神代表宁静、理智、道德、伦理和秩序，而酒神精神却代表狂醉、热情、享乐、反抗、追求自由和表现生命与自我本能等。这种酒神精神和我国儒家的和乐认同精神、道家愤世嫉俗的逍遥自由精神及佛禅超尘脱俗的遗世独立精神是一致的，其中心精神就是放松身心，追求精神自由。

儒家饮酒哲学主要强调团结和乐的社会功用，通过饮酒活动来达到君臣一致、上下同心、缩短差距、减少矛盾的社会效果，它不过是用饮酒活动来达到维护社会秩序和稳固统治的目的，其功利性是相当强的。儒家是外向的、群体型的。而道、释两家却是内向的、个体型的，主要是从个人主体方面，通过饮酒实现身心的解放，以解除尘世生活和社会秩序对人的思想精神的束缚和压迫，求得心灵的自由和抚慰。因此，道、释的精神与饮酒的哲理精神最为接近。它表现为如下几个方面：

首先，酒消解和减轻了人们在现实生活中的忧虑和焦灼。这是酒的最基本功用，即以酒浇愁，以酒解愁之谓也。酒精可以松弛人的紧张神经，麻痹人的痛苦心灵，给人以些许的安慰，让人释放精神上的压力：

百年长扰扰，万事悉悠悠。
日光随意落，河水任情流。
礼乐囚姬旦，诗书缚孔丘。
不如高枕枕，时取醉消愁。

（王绩《赠程处士》）

主人邀尽醉，林鸟助狂言。
莫问愁多少，今皆付酒樽。

（独孤及《萧文学山池宴集》）

未济卦中休卜命，参同契里莫劳心。
无如饮此销愁物，一饷愁消直万金。

（白居易《对酒》）

然而，有时酒并不能消愁解忧，人们在醉中反而增加烦忧，增强了心中的忧患意识，这就是李白所云的"抽刀断水水更流，举杯消愁愁更愁"。

其次，酒激发了人们对现实的批判精神。人们在现实中饱受社会环境和生活的压力，充满了压抑感。只有在酒桌上，三杯老酒下肚，头昏耳热之际，方感到突然来了勇气，才敢于面对现实生活中的黑暗与不平，大发牢骚，大喊不平。他愤慨，他不满，他痛哭，他狂歌，他发泄，他控诉，他要把满腔的郁闷和委屈都倾泻出来。如李白的《答王十二寒夜独酌有怀》：

君不能狸膏金距学斗鸡，坐令鼻息吹虹霓。
君不能学哥舒，横行青海夜带刀，西屠石堡取紫袍。

> 吟诗作赋北窗里，万言不直一杯水！
> 世人闻此皆掉头，有如东风射马耳。
> 鱼目亦笑我，谓与明月同。
> 骅骝拳跼不能食，蹇驴得志鸣春风。
> 折杨黄华合流俗，晋君听琴枉清角。
> 巴人谁肯和阳春，楚地由来贱奇璞。
> 黄金散尽交不成，白首为儒身被轻。
> 一谈一笑失颜色，苍蝇贝锦喧谤声。
> 曾参岂是杀人者，谗言三及慈母惊。
> 与君论心握君手，荣辱于余亦何有？
> 孔圣犹闻伤凤麟，董龙更是何鸡狗！
> 一生傲岸苦不谐，恩疏媒劳志多乖。

李白可以说是借着酒劲把对朝廷政治的不满，对权臣悍将飞扬跋扈的愤怒，对黑白颠倒的社会现实的愤慨，对自己怀才不遇的苦闷，一股脑儿都倾泻了出来。李白是如此，杜甫也是这样，他在《醉时歌》中写道：

> 但觉高歌有鬼神，焉知饿死填沟壑！
> 相如逸才亲涤器，子云识字终投阁。
> 先生早赋归去来，石田茅屋荒苍苔。
> 儒术于我何有哉？孔丘盗跖俱尘埃。
> 不须闻此意惨怆，生前相遇且衔杯！

一生信奉儒家信条，忠厚老实如杜甫者，醉后尚且如此大发牢骚，愤抒不平，把批判的矛头对准社会的不公与自己的不遇，竟说出"儒术于我何有哉，孔丘盗跖俱尘埃"这样过激的话来，可见酒之功用，于他可谓大矣。若是在平时，他敢吗？只有在酒中，他才能放下一切顾虑，大胆放言，指斥黑暗之现实。酒壮英雄胆，可谓信矣。

再次，酒激发了人们的创造精神。唐代很多优秀的诗篇和卓越的艺术品，都是在酒后或醉中完成的:"李白一斗诗百篇,长安市上酒家眠。天子呼来不上船,自称臣是酒中仙。"(杜甫《饮中八仙歌》)李白酒后诗情大增,能一连写出许多诗歌,而且大部分是传诵千古的佳作,如《将进酒》《襄阳歌》《宣州谢朓楼饯别校书叔云》《金陵酒肆留别》《月下独酌》《把酒问月》等。连杜甫的许多诗歌也是在酒后完成的,如《夜宴左氏庄》《饮中八仙歌》《醉时歌》《曲江对酒》《遭田父泥饮美严中丞》等。酒还极大地激发了书画家的创造能力:"张旭三杯草圣传,脱帽露顶王公前,挥毫落纸如云烟。"(杜甫《饮中八仙歌》)张旭十分好酒,"饮醉辄草书,挥笔大叫。以头揾水墨中而书之,天下呼为张颠。醒后自视,以为神异,不可复得"(李昉《太平广记》卷二〇八)。唐代的郑虔诗书画兼善,曾自写所制诗并画进呈朝廷,玄宗皇帝称其诗书画为"郑虔三绝"(同上)。他好酒,经常与杜甫在长安酒肆痛饮。每次作画,都饮至酣醉,然后提笔作画,运笔如神。杜甫称他"酒后常称老画师"(《送郑十八虔贬台州司户伤其临老陷贼之故阙为面别情见于诗》)。唐代最有名的画家数吴道子,他也是一个好酒之士,传说他"每一挥毫,必须酣饮"(《宣和画谱》卷二)。无论是山水画还是人物画,他都十分擅长。他曾奉旨在大同殿画三百里嘉陵山水,一日而毕,令唐玄宗赞叹不止。又曾在景公寺画地狱变相图,见者惧罪修善,市中的屠户和渔夫,都不敢宰猪捕鱼了。传说他曾在长安的崇仁坊资圣寺净土院门外墙壁上"秉烛醉画"(见《市塔记下》,《酉阳杂俎续集》卷六),画像十分绝妙。

最后,酒极大地丰富了人们的想象力,扩大了人的想象空间。酒是一种兴奋剂,醉中的诗人和艺术家的大脑细胞十分活跃,十分有利于想象力的发挥。好像是思维线路的开关被打开,思路被接通,灵感的火花在互相碰撞,幻想的窗口被突然打开,幻想的蝴蝶从窗口里纷纷飞了出来。这时思维的空间突然变得阔大,任幻想的蝴蝶自由地上下翻飞。以李白的《月下独酌四首》其一为例:

花间一壶酒,独酌无相亲。
举杯邀明月,对影成三人。
月既不解饮,影徒随我身。
暂伴月将影,行乐须及春。

我歌月徘徊，我舞影零乱。
　　醒时同交欢，醉后各分散。
　　永结无情游，相期邈云汉。

　　此诗想象力奇特，出人意料。诗人竟举杯邀月，与影对舞，将孤独的一人世界，演成了一个邀月"对影成三人"的热闹场面，又是喝酒，又是跳舞，又是倾诉，好像开了一场歌舞晚会。若李白当时没有喝醉了酒，是绝对想象不出这样奇妙的幻想世界的。同样的情况还有李贺的《将进酒》：

　　琉璃钟，琥珀浓。小槽酒滴真珠红。
　　烹龙炮凤玉脂泣，罗帏绣幕围香风。
　　吹龙笛，击鼍鼓。皓齿歌，细腰舞。
　　况是青春日将暮，桃花乱落如红雨。
　　劝君终日酩酊醉，酒不到刘伶坟上土。

　　此诗想象力更为奇特，看着酒杯中的美酒，诗人仿佛看见了那红色的酒液形似珍珠，从酒槽里一滴一滴地流出来，厨房里在烹制珍肴异馔，玉一样的油脂在锅里嗞嗞地响着。眼前是一群身上散发着香气的美丽仙女，在桃花乱落如红雨的春天里，围着诗人们吹笛击鼓，唱歌跳舞。这样有着丰富美丽的想象的诗歌，也只有在诗人酒醉时才可以写得出。

　　酒将人带入了一个尘世未有的审美理想境界，这里没有尘世的烦恼和忧愁，只有身心的解放和自由。诗人超然世外，忘却人间，与仙侣对饮，骑龙升天：

　　灭迹人间世，忘归象外情。
　　竹坛秋月冷，山殿夜钟清。
　　仙侣披云集，霞杯达曙倾。
　　同欢不可再，朝暮赤龙迎。

（钱起《宴郁林观张道士房》）

或在神仙的世界中追逐日月，云游八极，自由自在地嬉戏和翱翔：

> 朝弄紫沂海，夕披丹霞裳。
> 挥手折若木，拂此西日光。
> 云卧游八极，玉颜已千霜。
> 飘飘入无倪，稽首祈上皇。
> 呼我游太素，玉杯赐琼浆。
> 一餐历万岁，何用还故乡？
> 永随长风去，天外恣飘扬。
> 　　　　　　（李白《古风五十九首》其四十一）

这样的境界只有在道家逍遥游里才能达到。饮酒就像是道家的"坐忘"和佛家的坐禅一样，通过酒后思想的遨游，诗人插上幻想的翅膀，在精神的领域中，来一番逍遥游，以达到审美的理想境界。

第五节
壶中别有日月天——酒之文化内涵

一、酒的物质文化

　　酒文化既是唐代社会的物质文化,又是精神文化。作为物质文化,唐代的酒类丰富,它是唐代饮食文化的重要组成部分。生活中不能没有酒,如果没有了酒,人们的生活就会显得贫乏与单调。五颜六色的酒,气味芬芳的酒,从色彩上、味觉上丰富了人们的生活。从养生学上讲,饮适量的酒可以通血活气,祛寒增暖,果酒中还含有酶等物质。

　　在造酒的工艺上,唐代除了在传统的水酒的酿造上有进一步发展之外,在烧酒（蒸馏酒）的制造方面也有所推广和提高。烧酒在中国的造酒史上实是一突破性的创造,酒的质量和酒精浓度都有空前的提高,为唐以后的烧酒制作奠定了基础。

　　各式各样的酒器,质料各别,有金、银、铜、锡、玉、瓷、陶、角、木、石、玻璃、玛瑙等；形态各异,有爵、锺、彝、坛、瓮、瓶、壶、尊、罍、觞、杯、碗、盅、盏等。有的精雕细刻,做工十分精细；有的造型朴拙生动,简朴实用。许多酒器都是很好的艺术品,既有实用价值,又有审美价值。从发掘出来的唐代酒器来看,差不多都是价值连城的精美艺术品。从中可以看出唐人先进的制造工艺水平,彰显了我们祖先的聪明才智。陕西西安出土了一件唐代双鱼银质荷叶杯,杯身呈卷拢的荷叶状,杯口四曲,呈长圆形,有矮圈足。杯内錾刻荷叶茎脉为纹饰,造型巧妙逼真。唐代诗人刘宪有"冒水新荷卷复披"的诗句,很形象地道出了新荷的形状。此杯底还錾刻了两尾胖头花尾的鱼儿,首尾相对,似在追逐游戏,鱼戏荷塘之状跃然杯底[①]。唐代还有根雕制成的酒樽,诗仙李白有一首咏山瘿木酒樽的诗:

> 蟠木不雕饰,且将斤斧疏。
> 樽成山岳势,材是栋梁余。
> 外与金罍并,中涵玉醴虚。
> 惭君垂拂拭,遂忝玳筵居。

(《咏山樽二首》其一)

诗中所写的是一个用根雕制成的酒杯,自然而成山形,在众多的金银酒具中自成一格,艺术价值较高,可以说是唐代根雕的一件珍品。晚唐的陆龟蒙也作了一首咏根雕酒杯的诗:

> 黄金即为侈,白石又太拙。
> 斫得奇树根,中如老蛟穴。
> 时招山下叟,共酌林间月。
> 尽醉两忘言,谁能作天舌。

(《奉和袭美酒中十咏·酒尊》)

这首诗可以说与李白诗异曲而同工。

唐代诗人皮日休在《酒中十咏》和《奉和添酒中六咏》中,对酒樽、酒旗、酒垆、酒床、酒笃、酒杯、酒枪、酒船、酒瓮、酒龙、酒池等酒具及造酒器具做了吟咏,他的好友、诗人陆龟蒙对他这些诗一一奉和。他们的诗对酒的器具做了全面描绘,是唐代不可多得的对酒器的文学记载。

[①] 杜金鹏、岳洪彬、张帆《醉乡酒海——古代文物与酒文化》,第222页。

二、酒的精神文化

酒文化作为一种精神文化有它的独特之处。酒文化已渗入文化和社会生活的各个方面，成为社会文化不可或缺的一部分。政治、经济、宗教、生活、艺术等各个方面，都与酒文化紧密相连。

酒在政治活动中具有相当重要的作用。在一些重要的政治场合，如为皇帝庆寿，帝王的祭天、祭地、祭祖、祭山川等活动，大军出征、出师凯旋、重大节日的庆典上，都要举行国宴和各种酒筵活动。如开元十一年（723）十一月，唐玄宗亲祭圜丘。祭上帝的酒礼是"太樽、著樽、牺樽、象樽、壶樽各二，山罍六"（《旧唐书·志·卷一》）。又如开元二十七年（739）正月，唐玄宗另加尊号"开元圣文神武皇帝"，"赐酺五日"（《旧唐书·玄宗本纪》），让国人饮酒庆贺五天。有些外交场合，酒也是起到重要作用。在一些仪式上，像祭祀老子、孔子和各种神祇的活动上，都要用上酒。

至于一些政治失意者以酒全身的例子更是数不胜数。像晋代的阮籍为了逃避帝室的求婚联姻，饮酒大醉六十余日。唐玄宗哥哥宁王的儿子汝阳王李琎，故意沉湎酒色，装作胸无大志的样子，以避免玄宗的猜忌。

酒业之所以在唐代兴盛发达，也有经济上的原因。因为酒税是一笔很大的国库收入，《新唐书·食货志四》载："广德二年，定天下酤户以月收税。建中元年，罢之。三年复禁民酤，以佐军费，置肆酿酒，斛收直三千。……凡天下榷酒为钱百五十六万余缗，在酿费居三之一。"由此可见，酒税在唐代国家经济收入中占很大比例。

在唐人的生活中，红白喜事，迎来送往，朋友聚会，家人团聚，逢年过节，处处都少不了酒，酒是人们生活不可缺少的一部分。酒是欢乐的使者，是友谊的桥梁，是消愁解忧的清凉液，是人际关系的润滑剂。可以看出，如果没有了酒，生活该是多么的乏味和无趣。

酒还与艺术结下了不解之缘。酒与诗歌，酒与绘画，酒与书法，酒与音乐，酒与舞蹈，酒与体育之间的密切关系，更是众所周知的。从《诗经》到唐诗，咏酒的诗歌汗牛充栋，仅以不完全统计，《全唐诗》中涉及咏酒的诗篇就有六千多首。唐代诗人中，几乎没有一人是不会喝酒的，更不用说他们中间以饮酒出名的酒仙、酒士、酒鬼、斗酒学士、醉吟先生等。如果没有了酒，唐诗不知会减少多少迷人的魅力。

　　酒还对唐人的性格和人生态度产生不可估量的影响。唐人的浪漫，唐人的豪迈，唐人的青春活力，唐人的向上精神，不能说与酒没有丝毫关系。至于唐人的创造精神和唐人享受人生的态度，谁能说没有酒神精神在发挥作用呢？千金一掷的豪赌，醉卧沙场的旷达，醉舞霓裳的风采，醉挥草书的神态，无不显现了酒文化在文学艺术中无所不在的影响。

不可一处无此君

——酒在唐诗中的文化功用

第一节
酒旗风影落春流——唐朝的饮酒风气

唐朝是一个国力强大、经济繁荣的朝代，尤其是盛唐时代，它是当时亚洲甚至世界上最强盛的国家。史书记载，贞观年间，"马牛布野，外户不闭。又频致丰稔，米斗三四钱，行旅自京师至于岭表，自山东至于沧海，皆不赍粮，取给于路。入山东村落，行客经过者，必厚加供待，或发时有赠遗"（《论政体》，《贞观政要》卷一）。杜甫在《忆昔》一诗中回忆开元时期的四海承平、经济繁盛情况时说："忆昔开元全盛日，小邑犹藏万家室。稻米流脂粟米白，公私仓廪俱丰实。九州道路无豺虎，远行不劳吉日出。齐纨鲁缟车班班，男耕女桑不相失。"由于粮食丰收，米价便宜，给唐代的制酒业奠定了物质基础。因此，唐代的酒业很兴盛。从北方到南方，从城市到农村，到处都可见到酒肆、酒楼，即使在道路旁也可看到飘扬的酒旗：

绿眼胡鹰踏锦鞲（gōu），五花骢马白貂裘。
往来三市无人识，倒把金鞭上酒楼。

（薛逢《侠少年》）

孤城易水头，不忘旧交游。

雪压围棋石，风吹饮酒楼。

（贾岛《怀博陵故人》）

句吴亭东千里秋，放歌曾作昔年游。
青苔寺里无马迹，绿水桥边多酒楼。

（杜牧《润州二首》其一）

青帜阔数尺，悬于往来道。
多为风所飏，时见酒名号。

（皮日休《酒中十咏·酒旗》）

陵阳佳地昔年游，谢朓青山李白楼。
唯有日斜溪上思，酒旗风影落春流。

（陆龟蒙《怀宛陵旧游》）

不但在京城、大河上下、长江南北等经济发达地区到处有酒楼沽肆，即便在遥远的西蜀等边远地区，也到处有人当垆卖酒："塞接西山雪，桥维万里樯。夺霞红锦烂，扑地酒垆香。"（杜牧《奉和门下相公送西川相公兼领相印出镇全蜀诗十八韵》）在东西两京，不但酒楼林立，而且还有不少胡人所开的酒肆和酒店，店中还有胡姬提供热情服务：

胡姬春酒店，弦管夜锵锵。
红毹（tà）铺新月，貂裘坐薄霜。
玉盘初鲙鲤，金鼎正烹羊。
上客无劳散，听歌乐世娘。

（贺朝《赠酒店胡姬》）

年少郑郎那解愁，春来闲卧酒家楼。
胡姬若拟邀他宿，挂却金鞭系紫骝。

（施肩吾《戏郑申府》）

唐代饮酒现象十分普遍，不光在沽肆酒楼中饮，而且从朝廷到民间，从官宦之府到百姓之家，无处不饮；上至天子王公，下到黎民村夫，无人不饮。光皇帝的宴饮就有许多名目，有大酺（pú）、节日赐宴、赐宴功臣等。

此外，比较著名的宴会还有进士宴会，或称杏园宴、曲江宴。进士宴会本来是及第的进士们为了谢师会同年而举行的宴会，同时，一些下第的举子为了宽心，也在此举行宴会。后来，那些中第进士的宴会越开越大，落第的举子觉得没有面子，就退出了，只剩下进士宴了。当时举办进士宴的有一个叫作"进士团"的组织，为之具体操办。宴席越办越大，参加的人数越来越多，水准也越来越高，"四海之内，水陆之珍，靡不毕备""其曰，状元与同年相见后，便请一人为录事。其余主宴、主酒、主乐、主花、主茶之类，咸以其日辟之"。到曲江大宴的那一天，"（皇）上御紫云楼，垂帘观焉。时或拟作乐，则为之移日"。而其时举城若狂，"曲江之宴，行市罗列，长安几于半空。公卿家率以其日拣选东床，车马阗塞，莫可殚述"（王定保《唐摭言》卷三）。

除了朝廷所举行的国宴之外，官府有时也举行饮宴，如迎接上峰，接见同僚，送往迎来，等等。但最多的还是官民家庭所办的私宴、家宴。尤其是那些诗朋酒友在一起饮酒赋诗的欢会，与唐诗关系尤为密切。下面将各种情况分别叙述。

第二节
赋诗开广宴，赐酒酌流霞——朝宴乡饮

一、朝廷宴会

朝廷宴会可分为大酺、节日宴饮、赐宴大臣等。

大酺是全国性的庆典，一般是皇帝为了庆祝重大的事件而进行的赐宴活动。如天子即位、立皇后、立皇太子、班师凯旋、封禅大典、庆贺改元等。新旧《唐书》各皇帝《本纪》记载，唐历代皇帝赐大酺的次数为：太宗九次、高宗十三次、武则天二十次、中宗六次、睿宗五次、玄宗十五次、肃宗一次[①]。大酺一般为三至五日，在全国的城乡举行。大酺期间，官民同乐，大家可以尽情聚饮，歌舞欢娱。尤其是在长安、洛阳两京，更是热闹非凡。《明皇杂录》卷下载："唐玄宗在东洛，大酺于五凤楼下，命三百里内县令、刺史率其声乐来赴阙者，或请令较其胜负而赏罚焉。"当时有河内郡守令数百名乐工坐在车上，皆身穿锦绣。拉车的牛都蒙以虎皮，或打扮成犀牛大象的样貌，观者大骇。在长安时，"每赐宴设酺会，则上御勤政楼。金吾及四军兵士未明陈杖，盛列旗帜，皆被黄金甲，衣短后绣袍。太常陈乐，卫尉张幕后，诸蕃酋长就食。府县教坊大陈山车旱船、寻橦走索、丸剑角抵、戏马斗鸡。又令宫女数百，饰以珠翠，衣以锦绣，自帷中出，

---

① 李斌城、李锦绣、张泽咸，等《隋唐五代社会生活史》，第62页。

击雷鼓为《破阵乐》《太平乐》《上元乐》。又引大象、犀牛入场，或拜舞，动中音律"（《明皇杂录》卷下），真可谓排场至极。

节日性的赐宴就更多，如正月晦日、寒食、上巳、重阳等节日。《旧唐书·德宗纪》记贞元四年（788）九月诏云："其正月晦日、三月三日、九月九日三节日，宜任文武百僚选胜地追赏为乐。"后改二月一日为中和节，以代正月晦日。德宗《中和节日宴百僚赐诗》中有句云："肇兹中和节，式庆天地春。欢酣朝野同，生德区宇均。"记载了朝野欢宴的情景。

皇帝的生日当然是必须庆贺的节日。每到此时，天子就要赐宴群臣。唐中宗的诞辰在十月，他曾在他的生日时下诏大宴群臣，并在宴会上效汉武帝在柏梁台上赋诗联句之体，命大臣同他一道联句赋诗：

    润色鸿业寄贤才，（中宗）
    叨居右弼愧盐梅。（李峤）
    运筹帷幄荷时来，（宗楚客）
    职掌图籍滥蓬莱。（刘宪）
    两司谬忝谢钟裴，（崔湜）
    礼乐铨管效涓埃。（郑愔）
    陈师振旅清九垓，（赵彦昭）
    欣承顾问侍天杯。（李适）
    衔恩献寿柏梁台，（苏颋）
    黄缣青简奉康哉。（卢藏用）
    鲰生侍从忝王枚，（李乂）
    右掖司言实不才。（马怀素）
    宗伯秩礼天地开，（薛稷）
    帝歌难续仰昭回。（宋之问）
    微臣捧日变寒灰，（陆景初）
    远惭班左愧游陪。（上官婕妤）

      （《十月诞辰内殿宴群臣效柏梁体联句》）

这首群臣与皇帝联句的柏梁体诗，实在是一点诗味也没有。中宗本人没有一点诗才，却附庸风雅；有的大臣根本就不是诗人，所写的诗句根本就是述职词；而有的虽是诗人，如宋之问之流，却只会拍皇上的马屁，所以写的也不是诗。之所以在这里引出来，只是说明在酒筵上联句作诗，酒令上有这么一体。

唐玄宗将他的生日八月五日定为"千秋节"来庆贺，开元十七年（729）"八月癸亥，上以降诞日，宴百僚于花萼楼下。百僚表请以每年八月五日为千秋节……天下诸州咸令宴乐，休假三日，仍编为令，从之"（《旧唐书·玄宗本纪》）。唐玄宗本人倒是有些诗才，他在千秋节上赐群臣铜镜，并作了一首诗，要群臣以镜为鉴，"清心"为人：

　　铸得千秋镜，光生百炼金。
　　分将赐群后，遇象见清心。
　　台上冰华澈，窗中月影临。
　　更衔长绶带，留意感人深。

（《千秋节赐群臣镜》）

后来，"千秋节"改名为"天长节"。诗人梁锽在玄宗的生日时，写了一首《天长节》：

　　日月生天久，年年庆一回。
　　时平祥不去，寿远节长来。
　　连吹千家笛，同朝百郡杯。
　　愿持金殿镜，处处照遗才。

这首诗的重点在最后一联，玄宗皇帝赐镜群臣，要他们照见其"清心"，而梁锽则要用天子赐的"金殿镜"来照天下的"遗才"。就是说，希望天子要广揽天下人才，这才是最重要的治国方针。

再说为大臣赐宴。唐朝皇帝为大臣赐宴甚多，主要是为了拉拢臣子为自己效忠，也想借此显示一下文治武功、诗文之才。如唐玄宗于开元十三年（725）

三月二十七日，在东都洛阳赐宴张说、源乾曜二相及礼官、丽正殿诸学士，并在宴席上诗酒唱和，分韵作诗。他在诗序中说："乃置旨酒，命英贤，有文苑之高才，有掖垣之良佐。举杯称庆，何乐如之？"诗中说：

> 介胄清荒外，衣冠佐域中。
> 言谈延国辅，词赋引文雄。
> 野霁伊川绿，郊明巩树红。
> 冕旒多暇景，诗酒会春风。
> （《春晚宴两相及礼官丽正殿学士探得风字》）

同年四月，玄宗"改集仙殿为集贤殿，丽正殿书院改集贤殿书院，内五品已上为学士，六品已下为直学士"（《旧唐书·玄宗纪》），并任张说为集贤殿书院学士，知院事。当时玄宗亲作诗送张说上集贤殿，与群臣分韵赋诗，他分得了"珍"字，其诗曰：

> 广学开书院，崇儒引席珍。
> 集贤招衮职，论道命台臣。
> 礼乐沿今古，文章革旧新。
> 献酬尊俎列，宾主位班陈。
> 节变云初夏，时移气尚春。
> 所希光史册，千载仰兹晨。
> （《集贤书院成送张说上集贤学士赐宴得珍字》）

当时与玄宗一起分韵赋诗的大臣有十多人，源乾曜赋得"迎"字、苏颋赋得"兹"字、徐坚赋得"虚"字、李元纮赋得"私"字、裴漼赋得"升"字、刘升赋得"宾"字、萧嵩赋得"登"字、韦抗赋得"西"字、李暠赋得"催"字、韦述赋得"华"字、陆坚赋得"今"字、程行谌赋得"回"字、褚琇赋得"风"字、赵冬曦赋得"莲"字、贺知章赋得"谟"字、王翰赋得"筵"字。这是一个典型的酒宴上分韵赋诗的例子。其中有关酒的抄示如下：

源乾曜诗：

　　　　日霁庭阴出，池曛水气生。
　　　　欢娱此无限，诗酒自相迎。

李元纮诗：

　　　　馔玉趋丹禁，笺花降紫墀。
　　　　衔恩倾旨酒，鼓舞咏康时。

刘升诗：

　　　　网罗穷象系，述作究天人。
　　　　圣酒千钟洽，仙厨百味陈。

韦抗诗：

　　　　早夏初移律，余花尚拂溪。
　　　　壶觞接云上，经术引关西。

李暠诗：

　　　　天厨千品降，御酒百壶催。
　　　　鹓鹭方成列，神仙喜暂陪。

韦述诗：

　　　　台座征人杰，书坊应国华。
　　　　赋诗开广宴，赐酒酌流霞。

褚琇诗：

　　　　洞门清永日，华绶接微风。
　　　　荩降尧厨翠，榴开舜酒红。

043

贺知章诗：
> 迹同游汗漫，荣是出泥涂。
> 三叹承汤鼎，千欢接舜壶。

唐玄宗是一个著名的诗酒风流的皇帝，他很重视文化建设，其改集仙殿为集贤殿，建立集贤殿书院，并让著名的诗人——宰相张说来兼任集贤殿书院的负责人，就是一个很好的例子。同时他又喜爱音乐，在大内设立梨园教坊，经常举行歌舞酒宴，席上酒酣赋诗，君臣欢洽，以酒共乐、和合群臣。

贞观十九年（645）十一月，太宗御驾亲征高丽，还师的路上，经过中山（古国名，在今河北定州一带），赐宴凯旋的将士，并赋诗一首：

> 驱马出辽阳，万里转旆常。
> 对敌六奇举，临戎八阵张。
> 斩鲸澄碧海，卷雾扫扶桑。
> 昔去兰萦翠，今来桂染芳。
> 云芝浮碎叶，冰镜上朝光。
> 回首长安道，方欢宴柏梁。

（《宴中山》）

诗写得慷慨悲壮，气势浩大，可算是一首上乘的边塞诗。这次征高丽虽然以唐获胜告终，却也为此付出了巨大的代价，因此，太宗设此宴以慰军心。

晚唐时国势益弱，河湟地区一直为吐蕃所占。大中五年（851），"沙州刺史张义潮遣兄义泽以瓜、沙、伊、肃等十一州户口来献。自河陇陷蕃百余年，至是悉复陇右故地"（《旧唐书·宣宗纪》）。宣宗大喜，于是大宴群臣，并赋诗一首，表示庆贺：

> 款塞旋征骑，和戎委庙贤。
> 倾心方倚注，叶力共安边。

（《重阳锡宴群臣》）

总之，朝廷设宴赐酒，是一种较为常见和广泛的上层饮酒活动，在这些酒宴上，常常举行吟诗联句的活动，以助酒兴，以促进君臣间的情感交流。

二、庆吊与社饮

在民间,各种庆典和红白之事，都少不了酒和宴饮活动。如庆寿、嫁娶、吊丧、祭祀、社日等都要举行酒宴，酒以成礼，离开了酒，这些活动就无法完成。

李白的好友历阳褚司马为母亲举行庆寿宴会，请李白参加。席上，这位褚司马在寿宴上学着老莱娱亲的模样，乘醉穿着小孩子的衣服，跳起了稚子舞，乐得堂上二老和与会的客人们前仰后合。然后举杯相庆，喝得大醉而归。李白事后作了一首诗相赠：

> 北堂千万寿，侍奉有光辉。
> 先同稚子舞，更著老莱衣。
> 因为小儿啼，醉倒月下归。
> 人间无此乐，此乐世中稀！

（《赠历阳褚司马》）

大历三年（768）元日，杜甫在夔州贫病交加，又得了风痹之病。但眼看着儿子宗武渐渐长大，向自己献寿敬酒，心情十分高兴，作了一首诗：

> 汝啼吾手战，吾笑汝身长。
> 处处逢正月，迢迢滞远方。
> 飘零还柏酒，衰病只藜床。
> 训谕青衿子，名惭白首郎。
> 赋诗犹落笔，献寿更称觞。
> 不见江东弟，高歌泪数行。

（《元日示宗武》）

诗人卢伦的从叔要从丰州(今内蒙古河东)幕府中辞归,回嵩阳(今河南登封)旧居去隐居。卢纶为他做寿,并作诗与他饯别:

> 白须宗孙侍坐时,愿持寿酒前致词。
> ……………
> 吾翁致身殊得计,地仙亦是三千岁。
>
> (《送饯从叔辞丰州幕归嵩阳旧居》)

以上都是为亲友祝寿,还有为上司祝寿献酒的。如诗人韩翃写群僚为王爷祝寿:

> 称寿争离席,留欢辄上关。
> 莫言辞客醉,犹得曳裾还。
>
> (《宴吴王宅》)

诗人罗隐为县太爷祝寿:

> 龟衔玉柄增年算,鹤舞琼筵献寿杯。
> 自顾下儒何以祝,柱天功业济时才。
>
> (《简令生日》)

这些为达官贵人所作的祝寿诗,不免有吹捧拍马之嫌,但这在封建社会却是常见的现象,亦不足为怪。酒在寿筵中起着不可或缺的作用,祝寿而没有寿酒,是不可思议的。

在婚姻嫁娶中,酒更是扮演着重要角色。谁家娶妇嫁女时不准备几坛好酒呢?即使在说媒提亲时,也得有几壶好酒招待,白居易在《秦中吟十首·议婚》中说:"主人会良媒,置酒满玉壶。"更不用说娶亲时的排场了。张说在《安乐郡主花烛行》中说,当年安乐郡主下嫁时,整个东都洛阳都轰动起来了:"五方观者聚中京,四合尘烟涨洛城。商女香车珠结网,天人宝马玉繁缨。"当时招待客人就用了"百壶渌酒千斤肉"。婚礼上还有新婚夫妇喝合欢杯的习俗:"织女西垂隐烛台,双童连缕合欢杯。蔼蔼绮庭嫔从列,娥娥红粉扇中开。"诗人沈佺期参加了寿阳王的婚礼,作诗一首表示庆贺,他在写婚礼盛况时也提到了新婚夫妇饮合欢杯之事:"烛送香车入,花临宝扇开。莫令银箭晓,为尽合欢杯。"(《寿阳王花烛》)喜事要用酒来烘托气氛,调动情绪。没有了酒,婚筵上的喜庆气氛就无法营造。

不但喜事要有酒,就是丧事也离不开酒。因为酒既是祭奠之礼,又是浇愁之物。刘长卿《哭魏兼遂》诗云:

古今俱此去,修短竟谁分?
樽酒空如在,弦琴肯重闻?
一门同逝水,万事共浮云。
旧馆何人宅?空心远客坟。

钱起《哭曹钧》:

尝恨知音千古稀,那堪夫子九泉归。
一声邻笛残阳里,酹酒空堂泪满衣。

张籍《哭于鹄》:

奠酒徒拜手,哀怀安能陈?
徒保金石韵,千载人所闻。

杜荀鹤《哭方干》:

何言寸禄不沾身,身没诗名万古存。
……………
天下未宁吾道丧,更谁将酒酹吟魂?

这些诗都描述了在逝者灵前"酹酒""奠酒"的礼仪,以酒来慰亡者的英灵。也有的是死者生前好杯中物,诗人在吊诗中特地回忆往昔的诗酒交游生活。如李白吊贺知章之诗:

> 四明有狂客,风流贺季真。
> 长安一相见,呼我谪仙人。
> 昔好杯中物,翻为松下尘。
> 金龟换酒处,却忆泪沾巾。
>
> （《对酒忆贺监二首》其一）

周朴《吊李群玉》:

> 群玉诗名冠李唐,投诗换得校书郎。
> 吟魂醉魄知何处?空有幽兰隔岸香。

死者生前好酒,诗人认为其死后在九泉大概酒癖如旧。李白在宣城常到纪叟开的酒馆里饮酒,很喜欢喝他所酿的老春。后来,纪叟死了,李白很伤心,写了一首诗相吊:"纪叟黄泉里,还应酿老春。夜台无李白,沽酒与何人?"（《哭宣城善酿纪叟》）他觉得纪叟即使在黄泉之下,仍然会操旧业,只是在那里没有像自己这样能喝酒善品酒的知音,他的酒会卖给谁呢?这话恐怕只有深谙酒道并与善酿者之间有很深交情和知己之感的人才能说得出来。

在农村,社日是一个饮酒的盛会。尤其是在丰收之后的社日,更是一个欢乐的日子。这一天,家家老少都聚集在一起,痛饮狂欢,直到日暮方散。诗人王驾所写的《社日》最为传神:

> 鹅湖山下稻粱肥,豚栅鸡栖半掩扉。
> 桑柘影斜春社散,家家扶得醉人归。

"家家扶得醉人归"一句,真实地再现了农民们在辛劳一年喜获丰收后,畅怀痛饮的喜悦心情。诗人殷尧藩一次乘兴郊游，见到农村举行社日活动，颇有感触，生出了归田之思：

酒熟送迎便，村村庆有年。
妻孥亲稼穑，老稚效渔畋。
红树青林外，黄芦白鸟边。
稔看风景美，宁不羡归田？

（《郊行逢社日》）

以酒而论，农村所酿的无非是村醪浊酒，比不上达官贵人家的美酒佳酿。但以人情之淳厚、亲情之真挚，那些斗酒十千的名酒，也许还抵不上农家自酿的蚁酒浊醪。所以，诗人们在经历了仕途的坎坷和王公的华堂美筵之后，觉得还是农家的醪酒更有味，还是山村的红树青林来得更亲切，于是，归田之思便油然而生了。

第三节
今日登高醉几人——节日饮宴

一、元日·除夜

中国人在各种节日里，如元日、寒食、清明、上巳、中秋、重阳、除夕及四时八节等，都有饮酒过节的习惯。唐代的节日可分为官定的节日和民间传统节日两类。官定的节日前面已经提到，如元日、正月晦日、上巳、重阳等，后来改正月晦日为二月一日，称中和节。其中，以元日最为隆重。

元日，即农历正月初一，又叫元旦、正旦、元正。因为它是一年之始、四时之始和一月之始，因此又被称为"三元"或"三正"。这一天，天子要坐早朝，受百官庆贺。庆贺之后，例有皇帝赐宴，共贺新岁。诗人包佶，有一首《元日观百僚朝会》诗，写了群臣上朝祝贺和朝廷赐宴群臣的场面：

> 万国贺唐尧，清晨会百僚。
> …………
> 日照金觞动，风吹玉佩摇。

元日向天子祝寿是一种惯例，即使臣民在家中过元旦，也要先举杯遥向天子祝拜后才能饮酒：

戴星先捧祝尧觞，镜里堪惊两鬓霜。
好是灯前偷失笑，屠苏应不得先尝。

（成彦雄《元日》）

然而民间更多的是在元日与家人团聚过年，共享团圆之乐。杜甫在夔州时，过元旦的那一天，儿子宗武向他敬酒，他十分高兴，还即兴作了一首《元日示宗武》诗。过年这一天，也是朋友间互相走动拜年的好机会。大和年间（827—835），白居易和刘禹锡都在洛阳居住，有一年元日这一天，白居易到刘禹锡家拜年，刘便留白在他家喝酒，并作诗一首相贺：

渐入有年数，喜逢新岁来。
震方天籁动，寅位帝车回。
门巷扫残雪，林园惊早梅。
与君同甲子，寿酒让先杯。

（《元日乐天见过因举酒为贺》）

刘禹锡与白居易年龄相若，所以两个人祝酒时在席上你谦我让，谁也不肯先饮，表现出了两人相敬相亲的深厚友情。晚唐诗人方干，是一个一生"寸禄不沾身"的布衣之士，他曾多次到长安奔走，寻找出路，有时，在家家团聚的大年初一，他却不得不滞留他乡，在外面过年。他有一首《元日·晨鸡两遍报》诗，诗中写道：

晨鸡两遍报更阑，刁斗无声晓漏干。
暖日映山调正气，东风入树舞残寒。
轩车欲识人间感，献岁须来帝里看。
才酌屠苏定年齿，坐中惟笑鬓毛斑。

从诗中来看，他此时的年龄已经不小了，但为了生计和出路，在新年之际，他还得乘着车子来往于长安道上，连一顿新春的团圆饭也不能与家人共享。晚唐诗人崔道融，曾经避乱永嘉（今浙江温州）山中，曾感慨十年的元日都是在山中度过："十载元正酒，相欢意转深。自量麋鹿分，只合在山林。"（《元日有题》）元正，就是正月初一，他在诗中感慨自己命运不佳，适逢乱世，没有机会出来做官。

除夜，就是除夕，也叫岁除、守岁，是一年的最后一夜，过了这一夜，第二天就是新的一年了。由于它与元日紧密相连，因此常与元日连在一起庆贺，是中国春节的一部分。从这一天起，从习惯上来说，就算开始过春节了。家家都要团聚在一起，吃年夜饭，放炮仗，以示除旧迎新。这一夜大家往往彻夜不眠，迎接新年的到来，谓之守岁。过了子时（现在的零点左右）就是新的一年了。唐代从朝廷到民间都很重视守岁，唐太宗曾在除夕夜举行君臣宴会，并在席上作诗表示庆贺：

岁阴穷暮纪，献节启新芳。
冬尽今宵促，年开明日长。
冰消出镜水，梅散入风香。
对此欢终宴，倾壶待曙光。

（《除夜》）

诗的最后一联是说，这个除夕宴开了个通宵，大家欢饮了一夜，直到东方天亮方罢。

诗人欧阳詹，除夕夜是陪父母高堂一起过的。他承欢膝下，使二老非常高兴。但此时此刻，他的几个兄弟却因种种原因未能与全家一起过年。他给几个兄弟写了一首诗，诉说了此时对他们的思念之情：

莫叹明朝又一春，相看堪共贵兹身。
悠悠寰宇同今夜，膝下传杯有几人？

（《除夜侍酒呈诸兄示舍弟》）

像欧阳詹的兄弟们一样，除夕不能回家过年的不在少数。诗人李郢就是这样，有一年除夕，他正在异乡客舍中炉边独坐，外边下着小雨，他一个人喝着

闷酒,心中却思念着远隔千里灞上家中的亲人,坐以待旦:

> 坐恐三更至,流年此夜分。
> 客心无限事,愁雨不堪闻。
> 灞上家殊远,炉前酒暂醺。
> 刘郎亦多恨,诗忆故山云。

(《酬刘谷除夜见寄》)

诗人罗隐也是如此,除夕之夜,在他乡的一条江边村镇过年,喝着竹叶青一类的年夜酒,聊以卒岁,思念着家乡的故人:"乱罹书不远,衰病日相亲。江浦思归意,明朝又一春!"(《除夜寄张达》)在战乱频仍的晚唐之世,诗人衰病缠身,连寄一封信都很难,更不用说回家过年了。当然也有人除夕过得很悠闲自在,如白居易晚年在洛阳做"醉吟先生","苦词无一字,忧叹无一声"(《序洛诗》),正打发着他那"醉依香枕坐,慵傍暖炉眠"和"对酒思悠然"(《岁除夜对酒》)的悠闲时光呢。

二、寒食·清明·上巳

寒食、清明和上巳这三个节日,基本上是连在一起的。据说寒食节是为了纪念春秋时期晋国的功臣介之推的。介之推一名介子推,曾从公子重耳出奔十九年,在流亡期间,他备受辛苦,返国之时,从不言功。后重耳即位,是为晋文公,封赏大臣,而不及介之推。于是介之推背着老母逃进绵上(今山西介休东南)山中隐居。后晋文公想起了他,遍寻不得,听说他入山而隐,派人请他,他也不出山。于是围山而焚,想逼他出山。结果介之推抱木而死。后人为了纪念他,于这一天禁火,只吃冷食,故为寒食节。寒食节在冬至后一百零五、一百零六日,在清明节前一、二日。由于禁火,此日举国上下"处处无烟火,人家似暂空"(许棠《奉天寒食书事》)。诗人韦应物在寒食这一天写了一首诗,寄给在京城中的弟兄:

> 雨中禁火空斋冷,江上流莺独坐听。

把酒看花想诸弟,杜陵寒食草青青。

(《寒食寄京师诸弟》)

由于禁火,人们必须在前一天就准备好食品和酒,寒食这一天就只能吃冷食,饮冷酒。食品一般是麦粥,《唐六典》卷六载:"节日食料,谓寒食麦粥。"唐人诗中也有记载:"春暮越江边,春阴寒食天。杏花香麦粥,柳絮伴秋千。酒是芳菲节,人当桃李年。"(柳中庸《寒食戏赠》)所谓"杏花香麦粥",指的就是杏酪麦粥。酒当然是少不了的,因为吃的是冷食,喝些酒可以暖胃,才不至于坏肚子。寒食节正值春暖花开,树绿草青,正是踏青游春的好时节。这一天人们可以带着食品和酒,一起到郊外赏春,饮酒赋诗:

玉轮江上雨丝丝,公子游春醉不知。
剪渡归来风正急,水溅鞍帕嫩鹅儿。

(李馀《寒食》)

东望青天周与秦,杏花榆叶故园春。
野寺一倾寒食酒,晚来风景重愁人。

(张祜《巴州寒食晚眺》)

何处寄烟归草色,谁家送火在花枝。
银瓶冷酒皆倾尽,半卧垂杨自不知。

(曹松《钟陵寒食日与同年裴颜李先辈郑校书郊外闲游》)

清明节紧跟着寒食节,这两个节日通常会连在一起过。和寒食节一样,在清明节人们通常会到城外进行游赏:

春城闲望爱晴天,何处风光不眼前。
寒食花开千树雪,清明日出万家烟。
兴来促席唯同舍,醉后狂歌尽少年。

闻说莺啼却惆怅，诗成不见谢临川。

(王表《清明日登城春望寄大夫使君》)

但清明与寒食不同之处，是这一天已开火禁，可以烧火做饭了。很多唐诗都写了这一特点：

霁日园林好，清明烟火新。
…………
池照窗阴晚，杯香药味春。

(祖咏《清明宴司勋刘郎中别业》)

丹灶初开火，仙桃正落花。
童颜若可驻，何惜醉流霞？

(孟浩然《清明日宴梅道士房》)

郡内开新火，高斋雨气清。
惜花邀客赏，劝酒促歌声。

(张籍《同锦州胡郎中清明日对雨西亭宴》)

其实，寒食当天即可用照明之火了。韩翃的《寒食》诗："春城无处不飞花，寒食东风御柳斜。日暮汉宫传蜡烛，轻烟散入五侯家。"就写出了寒食节当晚皇帝向贵臣国戚赐烛照明的情景。

上巳节由来已久，春秋时期已有三月上巳日在水边"祓禊"的风俗。《韩诗外传》载："三月桃花水之时，郑国之俗，三月上巳，于溱洧两水之上，执兰招魂，祓除不祥也。"[①]魏晋以来，渐固定为三月三日，从此，相沿不改。

唐代仍沿旧俗，于三月三日聚会郊外风景名胜处，仍谓上巳节。中宗曾于

---

① 颜延年《三月三日曲水诗序》李善注，《文选》卷46。

三月三日"幸临渭亭修禊饮，赐群官细柳桊以辟恶"（《旧唐书·中宗纪》）。因此，在三月三日这一天，长安的风景名胜如曲江池等，经常是车水马龙，士女如云。杜甫的《丽人行》中所述的"三月三日天气新，长安水边多丽人"就是这种倾城出游的盛况。上巳节在清明节前后，有时逢闰年，往往是上巳刚过，清明又到，二节并连。独孤良弼有诗云："上巳欢初罢，清明赏又追。闰年侵旧历，令节并芳时。"（《上巳接清明游宴》）这一天，皇帝照例要到曲江池赐宴，以欢群臣。元和年间（806—820），唐宪宗在曲江池赐宴，群臣宴饮，共庆太平。白居易亲躬此宴，有诗记其事，诗云：

赐欢仍许醉，此会兴如何？
翰苑主恩重，曲江春意多。
花低羞艳妓，莺散让清歌。
共道升平乐，元和胜永和。

（《上巳日恩赐曲江宴会即事》）

诗中的"永和"是指东晋永和九年（353）。暮春之初，王羲之与孙绰等四十一人"会于会稽山阴之兰亭，修禊事也""为流觞曲水"（王羲之《兰亭集序》），饮酒赋诗，为一时之盛事。此诗谓"元和胜永和"，言此次曲江池宴也像兰亭"曲水流觞"一样地喝流杯酒。其规模和气魄当然远比王羲之等人更大，但是否更风雅，可就难说了。但宪宗皇帝与中晚唐诸帝比较起来，还是一个有为之君，白居易还是有知遇之感的。后来，他回忆起这个时期的生活还是很留恋的。他曾给好友元稹寄诗说："良时光景长虚掷，壮岁风情已暗销。忽忆同为校书日，每年同醉是今朝。"（《三月三日怀微之》）元稹接到他的诗，回了一首，表示很有同感："当年此日花前醉，今日花前病里销。独倚破帘闲怅望，可怜虚度好春朝。"（《酬乐天三月三日见寄》）元和初年，正是元、白写新乐府诗的奋发有为之时，他们都立志报国，想干一番兼济天下的大事业，每当想起此时，他们都感到十分激动，不能自已。

文人们的上巳节活动，多效仿兰亭之游，诗中也多引兰亭之典。诗人孟浩然在自己家乡的涧南园举行游宴，仿王羲之的"曲水流觞"。他说：

> 在山怀绮季，临汉忆荀陈。
> 上巳期三月，浮杯兴十旬。
> 坐歌空有待，行乐恨无邻。
> 日晚兰亭北，烟开曲水滨。
>
> （《上巳日涧南园期王山人陈七诸公不至》）

诗人鲍防咏上巳节，也以王羲之兰亭曲水流觞为典：

> 世间禊事风流处，镜里云山若画屏。
> 今日会稽王内史，好将宾客醉兰亭。
>
> （《上巳寄孟中丞》）

王内史指的就是王羲之，他曾任过会稽内史之职，此处代指孟中丞。

上巳节春游的各种活动多在水边或水上，或泛江河，或泛池湖。诗人卢纶在上巳日陪一个姓浑的侍中在渭河上泛舟，在船上一边喝酒，一边听乐人吹笛：

> 青舸锦帆开，浮天接上台。
> 晚莺和玉笛，春浪动金罍。
>
> （《奉陪浑侍中上巳日泛渭河》）

诗人张登则于上巳日泛舟池上，与友人饮酒赋诗："令节推元巳，天涯喜有期。初筵临泛地，旧俗祓禳时。……且同山简醉，倒载莫褰帷。"（《上巳泛舟得迟字》）泛舟水上，饮酒赋诗，是文人的风流雅事，尤其三月三日又是春和景明，风光宜人的日子，人生有此雅乐之事，何乐而不为呢？

三、端午·中秋·重阳

端午和重阳，可以说是诗人节。因为一个是纪念伟大诗人屈原的节日，一个是诗人登高赋诗的节日。中秋是最富有诗意的一个节日，饮酒赏月，是诗人的赏心乐事。

端午，又称端五，即农历五月初五。传说此日与屈原自沉汨罗有关。唐人诗云："节分端午自谁言？万古传闻为屈原。"（文秀《端午》）这一天要赛龙舟，吃粽子，都是为了纪念屈原。

端午节赛龙舟的风俗流传久远。竞渡习俗产生的原因有多种：一种说法是吴王将伍子胥的尸首投入江中，后伍子胥被封为水涛神，竞舟是为了迎接涛神伍子胥[1]；涛神又说名叫陵阳侯，唐诗中还有人把竞渡称为"送阳侯"（张说《岳州观竞渡》）。一种说法是"竞渡相传为汨罗"（白居易《和万州杨使君四绝句·竞渡》），竞渡是为了救屈原，这种说法流传较广。在魏晋时赛的还不是龙舟，而是一种水鸟形状的船，名叫"飞凫"，这种船在唐代还有遗存。开元三年（715），张说为岳州刺史时，曾在岳阳观竞渡，此时所赛之船便是"飞凫"："画作飞凫艇，双双竞拂流。低装山色变，急棹水华浮。"（《岳州观竞渡》）而到后来，就画成龙形了。龙舟竞渡在唐代已成全国性的运动。端午那一日，全国各地都举行竞渡比赛。哪怕在京城长安和洛阳的宫苑中，也有龙舟竞赛。如在长安兴庆宫的兴庆池中、东都洛阳神都苑的凝碧池中，皇帝都曾赐宴百官以观宫中的龙舟竞渡（《全唐诗》中有徐彦伯《奉和兴庆池戏竞渡应制》和李怀远《凝碧池侍宴看竞渡应制》）。龙舟竞渡的活动在南方较多，如岳州、江宁、万州、沅江等地。唐诗中对龙舟竞渡有着精彩的描绘，试举两例略窥一斑：

> 鼓声三下红旗开，两龙跃出浮水来。
> 棹影斡波飞万剑，鼓声劈浪鸣千雷。
> 鼓声渐急标将近，两龙望标目如瞬。
> 坡上人呼霹雳惊，竿头彩挂虹霓晕。
> 前船抢水已得标，后船失势空挥桡。
>
> （张建封《竞渡歌》）

---

[1] 朱大渭、刘驰、梁满仓，等《魏晋南北朝社会生活史》，第371页。

> 雷奔电逝三千儿，彩舟画楫射初晖。
> 喧江雷鼓鳞甲动，三十六龙衔浪飞。
> 灵均昔日投湘死，千古沉魂在湘水。
> 绿草斜烟日暮时，笛声幽远愁江鬼。

（李群玉《竞渡时在湖外偶为成章》）

这两首诗很形象地描述了赛龙舟时锣鼓喧天、呼声如雷的热闹场面和操舟健儿你追我赶、奋勇争先的竞技场景。刘禹锡的《竞渡曲》也描绘了"杨桴击节雷阗阗，乱流齐进声轰然。蛟龙得雨鬐鬣动，蟏蛸饮河形影联"的生动场面。

端午节还有吃粽子和系长命缕的习俗。《续齐谐记》记载，屈原投汨罗江死后，人们为了纪念他，便用竹筒盛米投入江中祭奠他。西汉时，有一个叫欧回的人，说他见了一个人自称是屈原，告诉他说，所投的米都为水中的蛟龙所占。以后再投时，可用苦楝树叶子塞住竹筒口，再用彩丝线将竹筒系住，因蛟龙最怕苦楝叶和彩丝线，就不敢前来窃取了。因此，魏晋南北朝时期就有五色彩线缠的粽子。这种五色彩线后来又发展成为有避邪长寿之意的"长命缕"，常常系在臂上，以避瘟祛邪。唐代仍有这个风俗，从宫中到民间都有端午节吃粽子的习俗。唐玄宗有诗云：

> 五月符天数，五音调夏钧。
> 旧来传五日，无事不称神。
> 穴枕通灵气，长丝续命人。
> 四时花竞巧，九子粽争新。

（《端午三殿宴群臣探得神字》）

这首诗中所说的"长丝续命人"中的"长丝"就是"长命缕"，据说系在身上可以避邪，让人长命百岁。张说有一首奉和唐玄宗御诗的应制诗，诗中"愿赉长命缕，来续大恩余"说的就是这种"长丝"。诗人徐夤的诗中有"竞渡岸傍人挂锦"（《岳州端午日送人游郴连》）的句子，其中所挂的"锦"，也是指五色彩丝的"长命缕"。宫中也常常赐"长命缕"给大臣。窦叔向对皇上赐长命缕表示答谢:"仙宫长命缕,端午降殊私。事盛蛟龙见,恩深犬马知。余生倘可续,终冀答明时。"(《端午日恩赐百索》)而诗中所说的"九子粽"是指包有各种果仁的粽子。此外,端午时还有插艾枝、喝菖蒲酒的习俗。艾叶有一种蚊蝇和毒虫所害怕的气味,有除虫避臭的作用。菖蒲酒是一种用菖蒲浸泡过的药酒,喝了可以除病祛毒。有的人闻不惯艾叶的苦涩味,但菖蒲酒是一定要喝的:"不效艾符趋习俗,但祈蒲酒话升平。"(殷尧藩《端午日》)总之,端午节设宴喝菖蒲酒、观赛龙舟既是一种赏心乐事的群众活动,又是一种祛病健身的方式。

中秋节,即农历八月十五,因它正处于秋季之正中,故称中秋。这一天晚上,是月亮最圆、最亮的时候。中国历来有中秋对酒赏月的风俗。韩愈说:"一年明月今宵多。"(《八月十五夜赠张功曹》)白居易说:"岁中唯有今宵好。"(《八月十五日夜闻崔大员外翰林独直对酒玩月因怀禁中清景偶题是诗》)诗人于中秋月圆之时,约三五好友,置酒赏月。诗人刘禹锡,中秋节邀了一班朋友到他家赏月。可是老天不赏脸,天气不好,月亮一直不肯露面。直等到夜半,才云开月出,于是大家对月举酒畅饮,喝了一夜,直到月斜西楼,尚不肯罢休。事后,刘禹锡写了一首诗,记此一时之景:

半夜碧云收,中天素月流。
开城邀好客,置酒赏清秋。
影透衣香润,光凝歌黛愁。
斜辉犹可玩,移宴上西楼。

(《八月十五日夜半云开然后玩月因书一时之景寄呈乐天》)

白居易也有一首记述中秋在东都洛阳与客人饮酒赏月的诗。诗中说:"月好共传唯此夜,境闲皆道是东都。嵩山表里千重雪,洛水高低两颗珠。"(《八月十五日夜同诸客玩月》)中秋节是团圆之节,唐人对中秋节满怀深情:

万里无云镜九州,最团圆夜是中秋。
满衣冰彩拂不落,遍地水光凝欲流。

(殷文圭《八月十五夜》)

人们对遥挂高空的月亮充满了美丽的幻想，流传着许多优美的神话传说，其中最美的神话就是月中有一座美丽的广寒宫，宫中住着仙子嫦娥。此外还有月中桂树，树下有捣药的白兔。唐代就有唐玄宗在中秋节夜游广寒宫的故事。道士罗公远会法术，只见罗公远"取拄杖，向空掷之。化为大桥，其色如银。请玄宗同登。约行数十里，精光夺目，寒色侵人，遂至大城阙。公远曰：'此月宫也。'见仙女数百，皆素练宽衣，舞于广庭。玄宗问曰：'此何曲也？'曰：'《霓裳羽衣》也'"。据说，玄宗从月宫下来后，便"依其声调，作《霓裳羽衣曲》"（见《罗公远》条，《太平广记》卷二○二）。唐诗中咏嫦娥的很多，如徐凝的《八月十五夜》：

皎皎秋空八月圆，常娥端正桂枝鲜。
一年无似如今夜，十二峰前看不眠。

诗中所说的"常娥"就是"嫦娥"，又作"姮娥"。元稹也突发奇想："谁能唤得姮娥下，引向堂前子细看。"（《八月十四日夜玩月》）意思是要是有人能让嫦娥从月宫中下来，出现在大庭广众之中，让大家仔细地瞧一瞧，大饱一下眼福，该有多好。又传说中秋之夜在杭州的天竺寺中，能够拾到从月中桂树上落下来的桂子：

玉颗珊珊下月轮，殿前拾得露华新。
至今不会天中事，应是嫦娥掷与人。
（皮日休《天竺寺八月十五日夜桂子》）

有关月中仙子与仙桂的种种神话，给中秋之夜平添了许多迷人的色彩，也给人们在中秋的团圆之夜增加了欢乐的气氛。当人们在中秋与家人和亲友团圆的时候，求宦的士子和游宦他乡的官吏，却只能仰望天上的明月而兴叹了。诗人李群玉客游他乡，值此中秋之夜，独坐湖榭，欲说无人，欲饮无酒，百无聊赖，只好吟诗遣愁：

海月出银浪，湖光射高楼。
朗吟无渌酒，贱价买清秋。
气冷鱼龙寂，轮高星汉幽。
他乡此夜客，对景饯多愁。

(《中秋夜南楼寄友人》)

诗人朱庆馀也有同感：

久客未还乡，中秋倍可伤。
暮天飞旅雁，故国在衡阳。
岛外归云迥，林间坠叶黄。
数宵千里梦，时见旧书堂。

(《旅中秋月有怀》)

诗中说，人不如雁，雁还能在中秋之夜飞归它的故国衡阳，而诗人只有在梦中才能回到自己的家园。韩愈在八月十五之夜感叹道："一年明月今宵多，人生由命非由他。有酒不饮奈明何！"（《八月十五夜赠张功曹》）人生的命运并非都是由个人掌握的，诗人只好独叹奈何，对月饮酒解愁了。

重阳节是一个吟诗节，也是一个饮酒节，饮酒赏菊，是重阳节的一个特色。此日是九月九日，故又称重九，因九属阳数，故又称作重阳。重九登高，是来源久远的一项登山活动。《续齐谐记》载，汝南人桓景随仙人费长房学道，费长房对他说："九月九日汝南当有灾厄，急令家人缝囊，盛茱萸系臂，登山饮菊酒，此祸可消。"桓景按照他的话做了，果然免受此灾。于是传下了九月九日登高和佩茱萸、饮菊酒的风俗。但《荆楚岁时记》说法不同，只是说"九月九日，佩茱萸，食蓬饵，饮菊花酒，令人长寿"[①]。但不管怎么说，重阳节秋高气爽，登高赏景，是一项很好的体育活动，佩茱萸、饮菊花酒，对身体健康也很有好处。再说，登高赋诗是中国文人的传统，许多诗人留下了重九登高的诗篇：

[①] 以上二条俱引自《艺文类聚》卷89《木部下·茱萸》，第1541页。

九月九日眺山川，归心归望积风烟。
他乡共酌金花酒，万里同悲鸿雁天。

（卢照邻《九月九日登玄武山》）

秋叶风吹黄飒飒，晴云日照白鳞鳞。
归来得问茱萸女，今日登高醉几人？

（张谔《九日宴》）

江边枫落菊花黄，少长登高一望乡。
九日陶家虽载酒，三年楚客已沾裳。

（崔国辅《九日》）

东晋时的诗人陶渊明，在九月九日那一天，于宅边东篱下菊丛中，摘菊盈把，坐于其侧，正愁没有酒喝，恰在这时，江州刺史王弘派白衣人给他送酒来了。于是陶渊明饮酒赏菊的典故，也被唐代诗人所喜用：

秋来菊花气，深山客重寻。
露叶疑涵玉，风花似散金。
摘来还泛酒，独坐即徐斟。
王弘贪自醉，无复觅杨林。

（崔善为《答王无功九日》）

九日重阳节，开门有菊花。
不知来送酒，若个是陶家？

（王勃《九日》）

欲强登高无力去，篱边黄菊为谁开？
共知不是浔阳郡，那得王弘送酒来！

（李嘉祐《答泉州薛播使君重阳日赠酒》）

陶渊明与菊、酒的关系之密切，已使菊与酒成了一种专属于陶渊明的文化符号。提到饮酒，提到赏菊，就不能不令人想起陶渊明。那"采菊东篱下，悠然见南山"（《饮酒二十首》其五）和"若复不快饮，空负头上巾"（《饮酒二十首》其二十）的诗句，以及"三径就荒，松菊犹存；携幼入室，有酒盈樽"（《归去来兮辞》）的赋文，已深印在唐代诗人的记忆之中。而菊在百花敛艳、万木凋落的深秋傲然独放，也展现了诗人凌寒傲霜的独特人格，而酒正是使诗人独立人格显现的膨胀剂，九日登高更开阔了诗人的眼界和心胸。这就使重阳携酒登高赏菊的现象，更具有丰富的文化意义。

重九登高，头插茱萸也是唐诗中经常出现的一道风景：

独在异乡为异客，每逢佳节倍思亲。
遥知兄弟登高处，遍插茱萸少一人。

（王维《九月九日忆山东兄弟》）

茱萸插鬓花宜寿，翡翠横钗舞作愁。
谩说陶潜篱下醉，何曾得见此风流？

（王昌龄《九日登高》）

老去悲秋强自宽，兴来今日尽君欢。
羞将短发还吹帽，笑倩旁人为正冠。
蓝水远从千涧落，玉山高并两峰寒。
明年此会知谁健？醉把茱萸仔细看。

（杜甫《九日蓝田崔氏庄》）

茱萸是一种有浓烈香味的植物。人们相信九月九日头插茱萸或佩茱萸囊可以避邪祛灾，因此，它与重阳节有着密切的关系。当然，茱萸本身也有一定的保健作用，唐人也曾用它来酿制药酒："桃枝将辟秽，蒜壳取为瓔。暖腹茱萸酒，空心枸杞羹"（寒山《诗三百三首·纵你》）、"酒泛茱萸晚易醺"（权德舆《九日北楼宴集》），可见茱萸不仅是一种象征驱邪祛灾的观赏性植物，也是一种药物。

正因重阳节有登高必赋的传统，赏菊必饮酒的赏心乐事，又与以诗酒闻名的大诗人陶渊明密切相关，所以唐诗中有关重阳的诗篇特别多，这也是笔者称其为诗人节和饮酒节的主要原因。

第四节
调移筝柱促，欢会酒杯频——公私酒宴

　　古人重友情胜于爱情。这倒不是古人不知道爱情，或不重视爱情。从《诗经》中那"求之不得……辗转反侧""爱而不见，搔首踟蹰""一日不见，如三秋兮"的歌唱里，从汉乐府里那"山无陵，江水为竭，冬雷震震，夏雨雪，天地合，乃敢与君绝"（《上邪》）的呼喊里，可以知道爱情的力量及爱情在古人心中的分量。但是这只有在民歌里才会出现，在文人的诗歌中是很少见到的。在中国古代，由于礼教之大防，男女授受不亲，未婚的男女很少有接触的机会，即便结了婚，也多半不是因为爱情，即便有，也因碍于礼教，不便写在诗中。因此，爱情诗比起西方歌颂爱情的诗歌来要少得多。而写友情的诗，却多得车载斗量，数不胜数。美学家朱光潜曾有一个分析，说得很是中肯，他说，这大概是因为中国诗人重仕宦，他们的大半生光阴是在仕宦羁旅中度过，朝夕所接触的不是妇女，而是同僚和朋友；而西方诗人可以经常与妇女一同出入社交场合，女子的社会地位较高，又有文化教养，容易互相倾慕沟通[①]。

[①] 参见朱光潜《诗论·中西诗在情趣上的比较》。

一、会饮行乐

唐代各级官员的诗筵酒会多在节日和休假日进行,关于节日宴饮的情况前面已有所述,关于休假日的情况这里再加以补充。唐代官员的休假日称为旬假,即每十天休息一日;遇到重大的节日,放假或三日、或四日不等,最长的多达七日。《唐六典》卷二记唐开元假宁令的规定说:"元正、冬至,各给假七日;寒食通清明,四日;八月十五日、夏至及腊,各三日。"其他各节日及每旬,"并给休假一日"。自然,各种宴饮活动多在休假的日子里举行。有的是达官贵人出面举行宴会,邀请同僚和名士参加,以诗酒行乐;有的是长官举行酒会宴请下属,以示关怀,以笼络众心;有的是朋友间相互宴请,以求欢娱尽兴。白居易在江南做官之时,在放旬假时大宴群僚,以示慰问。他在诗中说:

> 众宾勿遽起,群寮且逡巡。
> 无轻一日醉,用犒九日勤。
> 微彼九日勤,何以治吾民?
> 微此一日醉,何以乐吾身?

(《群斋旬假始命宴呈座客示郡寮》)

他还有一首《城上夜宴》,写的也是与众宾客及群僚饮酒赋诗、听歌观舞的内容:

> 留春不住登城望,惜夜相将秉烛游。
> 风月万家河两岸,笙歌一曲郡西楼。
> 诗听越客吟何苦,酒被吴娃劝不休。
> 从道人生都是梦,梦中欢笑亦胜愁。

如果说上一首还有一些团结群僚共同致力于郡政的政治意义的话,那么下一首则纯是纵酒行乐了。不过,若从艺术审美的眼光来看,后一首比前一首较胜,"风月万家河两岸,笙歌一曲郡西楼"一联,写出了江南名城的繁荣景象和一派歌舞升平的太平气象，以意境和风情取胜，比前一首纯枯燥的说教要好得多，只是尾联的情绪有点太颓废了些。

李白在天宝初待诏翰林时，常常出入王公大臣的酒筵之间与市井的酒肆之中，写了不少与朋友和官员宴饮的诗。这些诗说不上有多少思想意义，大多是感叹人生短暂，宣扬及时纵酒行乐：

> 尔恐碧草晚，我畏朱颜移。
> 愁看杨花飞，置酒正相宜。
> 歌声送落日，舞影回清池。
> 今夕不尽杯，留欢更邀谁？
>
> （《宴郑参卿山池》）

这些诗除了说一些醉生梦死、猛喝海饮的话之外，没有多少令人回味的东西。李白自天宝三年（744）被赐金还山之后，长时间在江南漫游。最初在金陵还过了一段与金陵公子、豪客巨贾诗酒交游的风流生活。他曾身披紫绮裘，头戴乌纱巾，与酒客数十人，从金陵城西的孙楚酒楼出发，在月光下乘船，沿着秦淮河，前往石头城访崔四侍御：

> 草裹乌纱巾，倒被紫绮裘。
> 两岸拍手笑，疑是王子猷。
> 酒客十数公，崩腾醉中流。
> 谑浪棹海客，喧呼傲阳侯。
>
> （《玩月金陵城西孙楚酒楼……往石头访崔四侍御》）

但唐王朝的朝政日衰，李林甫在天宝六年（747）大兴冤狱，杀了李邕、裴敦复、李适之等朝廷大臣，李白听了这个消息之后，便按捺不住心头的怒火，在一次酒筵上发泄了出来，写出了著名的《宣州谢朓楼饯别校书叔云》，在诗中愤怒地高喊："抽刀断水水更流，举杯消愁愁更愁！"

宝应元年（762），杜甫在梓州通泉县（今四川射洪县东南杨溪镇附近）避难，参加了一个姓王的侍御在通泉县东山野亭举办的宴会，目睹时艰，感慨万千，有家不能回，有国不能报，只好在这个远离京城的远僻小县，喝酒消愁：

> 江水东流去，清樽日复斜。
> 异方同宴赏，何处是京华？
> 亭景临山水，村烟对浦沙。
> 狂歌过于胜，得醉即为家！

（《陪王侍御宴通泉东山野亭》）

这本来是赏景怡情的酒筵，但由于杜甫别有心忧，无心赏景，不但高兴不起来，反而触景生愁，想起了远隔千里的长安，而归去不得，只好借他人之酒杯，一浇自己之愁肠了。

在少长咸集的宴会上，为了活跃宴会的气氛，常常会行各种酒令或配合一些歌舞。酒令中比较简单的是击鼓传花、传杯、传彩球等，比较复杂和高雅些的是行酒筹令。行酒令者名为"录事"，或美称为"簪花录事"，这个"簪花录事"常常由主人的姬妾或侍酒的妓女担任："免遭拽盏郎君谑，还被簪花录事憎。"（黄滔《断酒》）诗中"簪花录事"与"拽盏郎君"对举，很明显，这里的"簪花录事"是位女性。在酒筵上以歌舞佐酒，是富贵人家或大型酒宴上常见的节目。这在唐诗中也不乏见，诗人孟浩然曾参加一个县尊大人的酒筵，宴上即有歌儿舞女在席前翩翩起舞：

> 画堂观妙妓，长夜正留宾。
> 烛吐莲花艳，妆成桃李春。
> 髻鬟低舞席，衫袖掩歌唇。
> 汗湿偏宜粉，罗轻讵著身。
> 调移筝柱促，欢会酒杯频。
> 倘使曹王见，应嫌洛浦神。

（《宴崔明府宅夜观妓》）

这种排场的歌舞场面，在唐代的豪门宴会上是很常见的。一个县令尚且如此，在其他达官贵人的华筵上，盛况更是可想而知。

二、即席赋诗

与唐诗关系最密切并最为人称道的是酒筵上的即席赋诗。宴上赋诗有两种形式，一种是席上联句，这在前面已经列举，这里再补充两例。一例是中唐时的李绛，曾请刘禹锡、白居易、庾承宣、杨嗣复四人一起到郊外赏春，并在花树下设宴摆酒。席上五个人喝得醉意盎然，都来了诗兴，于是便联句作诗，以记一时之盛：

共醉风光地，花飞落酒杯。（李绛）
残春犹可赏，晚景莫相催。（刘禹锡）
酒幸年年有，花应岁岁开。（白居易）
且当金韵掷，莫遣玉山颓。（李绛）
高会弥堪惜，良时不易陪。（庾承宣）
谁能拉花住，争换得春回？（刘禹锡）
我辈寻常有，佳人早晚来？（杨嗣复）
寄言三相府，欲散且裴回！（白居易）

（《花下醉中联句》）

这五个人中，有三个当过宰相：一个是李绛，他当过中书侍郎、同中书门下平章事；一个是庾承宣，他当过御史大夫，亦称亚相；一个是杨嗣复，他当过户部侍郎、同平章事。故白居易诗句中有"寄言三相府"。而刘禹锡和白居易则是著名的诗人，故杨嗣复诗中有"我辈寻常有，佳人早晚来"的话。这里的"佳人"并非指美人，当是指刘白二位大名士。

二例是大书法家颜真卿大历八年（773）任湖州刺史时，曾邀浙西从事刘全白、名士陆羽和诗僧皎然，一起诗酒唱和。醉意酩酊之时，各出一句，以"醉语"联成一绝：

逢糟遇曲便酩酊，（刘全白）
覆车坠马皆不醒。（颜真卿）
倒著接䍦发垂领，（皎然）
狂心乱语无人并。（陆羽）

（《七言醉语联句》）

这些大都是一时游戏之作，还称不上真正的诗。真正的酒筵之诗是即席赋诗。席上赋诗最常见的是分韵题诗，席上各人分得一韵，限时完成，完不成就要罚酒。如诗人皮日休在一次宴会上，赋诗分得"遥"字，他即以遥韵赋诗一首：

啼螀（jiāng）衰叶共萧萧，文宴无喧夜转遥。
高韵最宜题雪赞，逸才偏称和云谣。
风吹翠蜡应难刻，月照清香太易消。
无限玄言一杯酒，可能容得盖宽饶？

（《秋夕文宴得遥字》）

诗人陆龟蒙也在场，他分得"成"字韵，也依韵赋诗一首：

笔阵初临夜正清，击铜遥认小金钲。
飞觥壮若游燕市，觅句难于下赵城。
隔岭故人因会忆，傍檐栖鸟带吟惊。
梁王座上多词客，五韵甘心第七成。

（《秋夕文宴（得成字）》）

陆诗中的"小金钲"，就是酒筵上所用的小铜锣。若作诗的时限一到，便鸣锣停笔，未作成诗的便要受罚。因分韵赋诗的要求比较高，非长于诗道者莫办，这才是文人墨客展示才情的好机会。而有时，文思敏捷者诗先成，且又写得好，众人觉得比不过他，便甘拜下风，停笔不作了。诗人刘禹锡因诗才敏捷，在宴会上诗先成，使与会的白居易、元稹、韦楚客等人一致认输，甘拜下风，于是唱罢。

因此，只有在这样的场合中，才是真正的赛诗，才能赛出真水平来。

三、朋友对饮

　　饮酒最好是三五好友在一起畅饮，而与知心好友对饮，更是别有情趣。所谓"酒逢知己千杯少"是也。与知心朋友从容把酒，畅叙平生，是人生一大乐事。许多好诗，情真意深的诗，出自肺腑的诗，大都是在与好友对饮时作出的。

　　李白与元丹丘、岑勋是亲密好友。一次岑勋思念李白，不远千里前去相访，途经嵩山，遇元丹丘，二人饮酒之间，十分想念李白，于是写信邀请李白到嵩山来相会。李白即应邀前往，共同欢聚，并即席吟了一首诗：

　　　　忆君我远来，我欢方速至。
　　　　开颜酌美酒，乐极忽成醉。
　　　　我情既不浅，君意方亦深。
　　　　相知两相得，一顾轻千金。
　　　　且向山客笑，与君论素心。

　　　　　　　　（《酬岑勋见寻就元丹丘对酒相待以诗见招》）

　　此诗写尽了老朋友相会开怀痛饮、倾心相诉的欢乐心情。

　　老朋友在一起饮酒，总有说不完的话，喝不够的酒。白居易在洛阳与刘禹锡诗酒相得，交往最密，在一起喝酒的次数也最多。他们喝了这次，又约定了下次：

　　　　少时犹不忧生计，老后谁能惜酒钱？
　　　　共把十千沽一斗，相看七十欠三年。
　　　　闲征雅令穷经史，醉听清吟胜管弦。
　　　　更待菊黄家酝熟，共君一醉一陶然！

　　　　　　　　（《与梦得沽酒闲饮且约后期》）

　　酒能使老朋友的心贴得更近，不管是什么酒，一斗十千的美酒也好，三百钱的浊醪也好，只要喝得尽兴，喝得舒心，就是好酒。有一次，诗人戎昱的一个朋友，在重阳节那一天从洛阳到他的柴门寒舍寻访。戎昱十分高兴，便备酒置宴，热情招待，持酒相劝道：

> 独掩衡门秋景闲，洛阳才子访柴关。
> 莫嫌浊酒君须醉，虽是贫家菊也斑。
> 同人愿得长携手，久客深思一破颜。
> 却笑孟嘉吹帽落，登高何必上龙山？

（《九日贾明府见访》）

意即他虽家贫酒浊，但与朋友饮酒之乐，却也不减当年孟嘉的龙山之饮。

唐诗中有的是写与新朋友在酒筵上一见如故，相见恨晚的喜悦心情。宝应元年（762），杜甫从成都送严武入京，剑南兵马使徐知道在成都反，杜甫一时无法回成都，只好滞留梓州。梓州别驾严二与杜甫一见如故，热情款待杜甫，使杜甫非常感动。在酒酣耳热之际，杜甫写了一首诗：

> 梓中豪俊大者谁？本州从事知名久。
> 把臂开尊饮我酒，酒酣击剑蛟龙吼！
> ．．．．．．．．．．．．
> 黄昏始扣主人门，谁谓俄顷胶在漆。
> 万事尽付形骸外，百年未见欢娱毕！

（《相逢歌赠严二别驾》）

在与朋友的对酌欢饮中，由于心情愉快，诗思畅然，席上常常有情意俱佳的好诗出现：

> 霜天留后故情欢，银烛金炉夜不寒。
> 欲问吴江别来意，青山明月梦中看。

（王昌龄《李四仓曹宅夜饮》）

三重江水万重山,山里春风度日闲。
且向白云求一醉,莫教愁梦到乡关!

(戴叔伦《对酒示申屠学士》)

南湖春色通平远,贪记诗情忘酒杯。
帆自巴陵山下过,雨从神女峡边来。

(朱庆馀《与庞复言携酒望洞庭》)

若道春无赖,飞花合逐风。
巧知人意里,解入酒杯中。
香湿胜含露,光摇似泛空。
请君回首看,几片舞芳丛。

(杨巨源《与李文仲秀才同赋泛酒花诗》)

  这是诗酒真正的结合。可以说是酒激发了诗人丰富的想象力,是酒活跃了诗人感受生活的激情,才让诗人作出了这些感情真挚和意境优美的好诗来。

第五节
劝君更尽一杯酒——送别饯行

中国古代的士人为了求仕做官，长期离开家乡到京城和名都大邑奔走，而且唐代前期国家富庶，人心向上，士人多有漫游天下、求学交友的经历；即使是当了官，也常有升迁贬谪的情况，所以与亲友同僚饯别的情况就时常发生。因此唐诗中送别饯行的诗篇占有相当高的比例，据统计，有近五千首之多，在《全唐诗》中占十分之一。

每提起饯别诗，我们首先会想到王维的《送元二使安西》：

渭城朝雨浥轻尘，客舍青青柳色新。
劝君更尽一杯酒，西出阳关无故人。

这首诗被后人谱曲，广为传唱，又名《渭城曲》《阳关三叠》，是历代传诵的送别曲。《唐音审体》载："刘梦得诗云'更与殷勤唱渭城'，白居易诗云'听唱阳关第四声'，皆谓此曲也。相传其调最高，倚歌者笛为之裂。"《而庵说唐诗》评此诗："此诗之妙只是一个真，真则能动人。后维偶于路旁，闻人唱诗，为之落泪。"这首诗的特点确实是以情真动人，诗人的一片深情厚谊尽在一杯酒中，酒寄故人心。下面从三个方面对唐代饯别诗加以说明。

一、入京赴选

唐代应试的举子主要有两个来源,一个是两京的国子监、太学、四门馆、广文馆、律馆、书馆、算馆等的生员;一个是由各地方推荐入京应试的举子,称为贡士。《唐摭言》卷一记载,"开元二十五年二月敕应诸州贡士:上州岁贡三人,中州二人,下州一人;必有才行,不限其数。所宜贡之解送之日,行乡饮礼"。《新唐书·地理志一》记载,贞观十三年(639)统计,"凡州府三百五十八"。如果按每州平均岁贡二人计,每年就有七百多人入京应试。若按"必有才行,不限其数"的政策,则每年入京应试的贡士可多达千人以上。因此,入京的举子离乡背井,前往京师应试,是一个数量可观的人群。在离乡赴京之际,家人或朋友纷纷设宴钱送,并在宴别之际说一些祝愿成功的吉利话。

诗人刘希夷在《饯李秀才赴举》一诗中写道:

> 鸿鹄振羽翮,翻飞入帝乡。
> 朝鸣集银树,暝宿下金塘。
> 日月天门近,风烟夜路长。
> 自怜穷浦雁,岁岁不随阳。

诗中说李秀才就像一只飞入帝京的鸿鹄,离"天门"越来越近了,很快就会鸣"银树",宿"金塘",即应试必中之意。而自己却像一只"穷浦之雁",与帝乡的天子这个"太阳"越来越远了。

盛唐诗人李颀,曾在洛阳饯送友人相里造入长安应试,诗云:

> 子月过秦正,寒云覆洛城。
> 嗟君未得志,犹作苦辛行。
> 暖酒嫌衣薄,瞻风候雨晴。
> 春官含笑待,驱马速前程。

(《送相里造入京》)

相里造仕途不顺，这次又在寒冬之时启程，赴京应试，是很辛苦的。诗人设宴饯别，但饮暖酒仍无法驱寒，希望天气能够放晴，变暖和些。他最后鼓励相里造说，考官大人正在含笑等着您呢，赶快去吧，祝您马到成功！诗中的"前程"二字，一语双关，既指前进的道路，又指人生的前途。

入京赴选的不仅是应试的举子，还有在外地职满候调的官员。李白诗集中即有《对雪奉饯任城六父秩满归京》一诗，是送其族叔至长安候调的诗。有时朝廷负责巡察的官员还需要回京汇报工作，贡献赋礼。诗人孙逖在饯送杜侍御回长安的诗中说：

> 避马台中贵，登车岭外遥。
> 还因贡赋礼，来谒大明朝。
> 地入商山路，乡连渭水桥。
> 承恩返南越，尊酒重相邀。

（《送杜侍御赴上都》）

由于这些人身份特殊，地位较高，因此相送的人在诗中多说些恭维奉承的话。"承恩返南越，尊酒重相邀"，就是说，等您受了皇上的恩赏，或升了大官，再回来的话，我们再请您喝酒祝贺。

然而，唐代饯行诗中更多的是有关送别落第谪贬之人的。

二、落第贬谪

在唐代，虽然参加应试的举子有上千人，但每年录取的只有几人或十几人，最多时也只有几十人，大部分人都是考不上的。因此，他们高兴而来，却扫兴而归，这就需要他人的同情和安慰。诗人陶翰的朋友朱大，因多次赶考都不中，心中十分不快，他返乡时陶翰前来饯别，并写诗安慰他说：

> 楚客西上书，十年不得意。
> …………

拔剑因高歌,萧萧北风至。
故人有斗酒,是夜共君醉。
努力强加餐,当年莫相弃!

(《送朱大出关》)

大诗人孟浩然,开元十六年(728)到长安应进士举,结果却没有考上。他在长安认识了著名诗人王维,在王维的介绍下,他结识了不少名士。一次,他"游秘省,秋月新霁,诸英华赋诗作会,浩然句曰:'微云淡河汉,疏雨滴梧桐。'举座嗟其清绝,咸搁笔不复为继"[①]。《新唐书·孟浩然传》载,一次王维邀孟浩然入内署,"俄而玄宗至,浩然匿床下,维以实对。帝喜曰:'朕闻其人而未见也,何惧而匿?'诏浩然出。帝问其诗,浩然再拜,自诵所为,至'不才明主弃'之句,帝曰:'卿不求仕,而朕未尝弃卿,奈何诬我?'因放还"。这件事可能有传说的成分,但很能说明孟浩然的性格不怎么讨皇上的喜欢。孟浩然因求仕不果,辞京返乡。王维相送,并写诗相赠:

杜门不复出,久与世情疏。
以此为良策,劝君归旧庐。
醉歌田舍酒,笑读古人书。
好是一生事,无劳献子虚。

(《送孟六归襄阳》)

王维的意思是说,老兄久不出门,对人情世故很是生疏,说重些就是有些迂腐,不通世故。以老弟的意思,还是回家归隐是上策,隐居田园的生活多好啊,想喝酒就尽情一醉,烦闷时就读一读古书以开心怀。能过这么悠闲的日子,又何必要献赋求官呢?当然这都是安慰的话,宽心的话。

古代的官员,贬谪迁任的情况频繁,因此,同僚和朋友钱别相送都是常事。这在唐诗中经常出现。在封建社会,正直的朝臣往往不讨皇上的欢心,会遭受

[①] 王士源《孟浩然集序》,徐鹏校注《孟浩然集校注》。

打击，李邕就是这样的一个直臣。武则天朝，他任左拾遗时就以直谏出名。《新唐书·李邕传》载："御史中丞宋璟劾张昌宗等反状，武后不应，邕立阶下大言曰：'璟所陈社稷大计，陛下当听！'后色解，即可璟奏。邕出，或让曰：'子位卑，一忤旨，祸不测。'邕曰：'不如是，名亦不传。'"后来，李邕因直言敢谏得罪朝廷，被贬出朝，李峤饯送于长安郊外，并作诗相赠：

    落日荒郊外，风景正凄凄。
    离人席上起，征马路傍嘶。
    别酒倾壶赠，行书掩泪题。
    殷勤御沟水，从此各东西。

（《送李邕》）

  像李邕这样的直臣，因直言遭贬的有很多。诗人杜甫因为房琯辩护，就被肃宗从左拾遗贬为华州司功参军。唐昭宗大顺年间，有一个姓黄的补阙，因直言敢谏得罪了朝廷，被贬谪楚南，杜荀鹤很同情他，曾饯送他出京，并作诗相赠：

    得罪非天意，分明谪去身。
    一心贪谏主，开口不防人。
    自古有迁客，何朝无直臣？
    喧然公论在，难滞楚南春。

（《送黄补阙南迁》）

  杜荀鹤对黄补阙受到贬谪表示不平，认为他因"一心贪谏主，开口不防人"而遭小人的谗言，并非是"天意"，即非皇上的意思。这自然是为皇帝回护，但认为他是一个敢于谏言的"直臣"，天下自有"公论"。相信他外贬不久，很快会回到朝中来的。

三、游宦送别

  饯行送别的情况更多的是官员的迁调、朋友的离别。此外还有求宦、出使、出征、远游，等等。虽原因不一，情况有别，但都令人有一种留恋不舍的感受，给这些饯别诗都蒙上了一层或浓或淡的哀愁，如杨炯《送梓州周司功》：

> 御沟一相送，征马屡盘桓。
> 言笑方无日，离忧独未宽。
> 举杯聊劝酒，破涕暂为欢。
> 别后风清夜，思君蜀路难。

宋之问《送赵六贞固》：

> 目断南浦云，心醉东郊柳。
> 怨别此何时，春芳来已久。
> 与君共时物，尽此盈樽酒。
> 始愿今不从，春风恋携手。

李群玉《广江驿饯筵留别》：

> 别筵欲尽秋，一醉海西楼。
> 夜雨寒潮水，孤灯万里舟。
> 酒飞鹦鹉重，歌送鹧鸪愁。
> 惆怅三年客，难期此处游。

武元衡《送裴戡行军》：

> 珠履三千醉不欢，玉人犹苦夜冰寒。
> 送君偏有无言泪，天下关山行路难。

在这些诗中，充满了"怨""愁""不欢""行路难"等字样，却又有"醉"字对这些怨、愁情绪进行化解。酒可以解除一时的忧伤或减轻别离之苦，但却解决不了长远思念之苦。

有一些放达的诗人，也写出过一些别离的壮词和旷语，如张九龄的《送韦城李少府》：

送客南昌尉，离亭西候春。
野花看欲尽，林鸟听犹新。
别酒青门路，归轩白马津。
相知无远近，万里尚为邻！

李白《送别》：

斗酒渭城边，垆头醉不眠。
梨花千树雪，杨叶万条烟。
惜别倾壶醑，临分赠马鞭。
看君颍上去，新月到应圆。

岑参《醉里送裴子赴镇西》：

醉后未能别，待醒方送君。
看君走马去，直上天山云！

这些诗都写得比较达观豪放。此外像王勃的《送杜少府之任蜀州》、李峤《送崔主簿赴沧州》、王昌龄《送李五》等，都有这种乐观放达的色彩，但在唐代的送别诗中毕竟是少数。即使在这些诗中，也带有一些淡淡的哀愁。离别毕竟不是令人高兴和愉快的事，尤其是在交通相当不便的古代，离别往往意味着此生再难相见，怎能不让人忧心忡忡呢？

第六节
横琴倚高松，把酒望远山——独酌情怀

一、何以解忧

  乐是群乐，愁是独愁。人总愿与朋友分享喜悦，而忧愁缠身时，却多闷在心头。因此，在与良朋好友聚会的酒筵上，大家畅怀而饮，喝的多是乐酒；而一个人独酌时，喝的多是闷酒。以酒浇愁，常常是个人独酌之时。王绩说："浮生知几日，无状逐空名。不如多酿酒，时向竹林倾。"（《独酌》）贾至说："一酌千忧散，三杯万事空。"（《对酒曲二首》其二）皮日休说："唯将一杯酒，尽日慰刘桢。"（《秋晚留题鲁望郊居二首》其一）独酌诗当然还是李白写得最好，他的《月下独酌四首》，可以说写出了爱酒者想说而说不出的话，表达了他们表达不出的情感。杜甫的《曲江二首》其一，也写出了文人酒士以酒解忧的无奈心情：

    一片花飞减却春，风飘万点正愁人。
    且看欲尽花经眼，莫厌伤多酒入唇。
    江上小堂巢翡翠，苑边高冢卧麒麟。
    细推物理须行乐，何用浮名绊此身？

  乾元元年（758）春，时值肃宗排斥玄宗旧臣，杜甫上疏救房琯，因而被视

为房琯一党，从此屡受打击。杜甫当时心情十分苦闷，只好独自一人在曲江独酌，写下了这两首诗。清人仇兆鳌说："公殆将解职而有慨欤？"指出了杜甫此时的心情。诗中所说的"浮名"大概是指他在朝中的左拾遗一职。后来，杜甫果然被肃宗从朝中赶了出来，贬为华州司功参军，不久，他连司功参军这个"浮名"也不要了，随着逃难的人群逃到了秦州和成都。

酒入愁肠，有一种奇妙的变化，诗人柳宗元在一首诗中写出了这种奇妙的感受：

今夕少愉乐，起坐开清尊。
举觞酹先酒，为我驱忧烦。
须臾心自殊，顿觉天地暄。
连山变幽晦，绿水函晏温。
蔼蔼南郭门，树木一何繁！
清阴可自庇，竟夕闻佳言。
尽醉无复辞，偃卧有芳荪。
彼哉晋楚富，此道未必存。

（《饮酒》）

这首诗比较详尽地写出了喝酒之后的心理变化。未喝酒时心情烦闷，郁郁不乐，打开了酒樽，几杯酒下肚，心情便发生变化：觉得天地一片晴和温暖，山也由晦暗变得明朗，绿水也涌起了温波；南门外的树木欣欣向荣，清阴可喜；整个晚上连听到的话语也变得格外温柔。喝醉的感觉真是好啊，就是醉卧在床上，也能闻到花的芳香。你就是有晋、楚之富，也未必能抵得上这酒乡的魅力。这就是酒的妙用。

二、酒之魅力

"何以解忧，唯有杜康。"酒可以让人放下思想负担，将满腹心事化为无事，使失眠之人睡得很香：

一瓶颜色似甘泉,闲向新栽小竹前。
饮罢身中更无事,移床独就夕阳眠。

(张籍《刘兵曹赠酒》)

秋醪雨中熟,寒斋落叶中。
幽人本多睡,更酌一樽空。

(杜牧《醉眠》)

饮醉日将尽,醒时夜已阑。
…………
呼儿问狼藉,疑是梦中欢!

(元稹《酒醒》)

看来,饮酒不但能使人睡得更香,有时还能做上一个好梦。各人的梦虽然有所不同,但却都是欢梦,而不是噩梦。或梦做了大官,或梦成了神仙,或梦与情人欢会,等等。元稹的梦大概是《会真记》中的张生与莺莺相会吧?李白做的却是仙人梦:"梦中往往游仙山,……壶中别有日月天。"(《下途归石门旧居》)杜牧做的是扬州梦:"十年一觉扬州梦,赢得青楼薄幸名。"(《遣怀》)皮日休做的是高士梦:"醒来山月高,孤枕群书里。酒渴漫思茶,山童呼不起。"(《闲夜酒醒》)而诗人薛能做的却是少年梦:"闲身行止属年华,马上怀中尽落花。狂遍曲江还醉卧,觉来人静日西斜。"(《曲江醉题》)总之,醉梦总是美好的,是现实中难以实现或难以得到的,美梦可以说是人生不足的补充,是释放出来的潜意识,是人们所向往得到的东西,而促成这美梦的是酒。

因此,酒是诗人们想要得到的东西。杜甫在夔州时,过着有一顿没一顿的穷日子,饭都难得吃饱,酒更是得不到保障。但没钱又想喝怎么办?只有去赊酒:"每恨陶彭泽,无钱对菊花。如今九日至,自觉酒须赊。"(《复愁十二首》其十一)李白一般是不愁没酒喝的,但酒也并非都那么充裕、及时:"玉壶系青丝,沽酒来何迟!山花向我笑,正好衔杯时。"(《待酒不至》)大文豪韩愈是个大忙人,他有时也忙里偷闲,学着陶渊明,悠然独酌一番:"扰扰驰名者,谁能一日闲?我来无伴侣,把酒对南山。"(《游城南十六首·把酒》)有人想酒想迷了，甚至梦想要老天罚他做个酒狂："昔日曾随魏伯阳，无端醉卧紫金床。东君谓我多情赖，罚向人间作酒狂。"（马湘《又诗一首》）酒之魅力可谓大矣，诗人没有酒怎么能行呢？

三、独酌成诗

杜甫有一首诗的名字就叫《独酌成诗》，可见独酌对于写诗的重要性。杜甫在诗中说："灯花何太喜，酒绿正相亲。醉里从为客，诗成觉有神。"这个"神"是从何而来的呢？当然是从酒中来的。酒能刺激人的大脑神经，使它空前活跃，让思想的火花互相碰撞，使诗的思维线路相互接通。独酌，给诗人一个沉思酝酿的时间和个人独处的空间，对诗的构思、诗句的构连、字词的打磨、韵律的调理，给予了充裕的时间。所以，独酌最能成诗，许多好诗都是独酌时写出的。在众人聚会的大型宴会上，当场作出来的诗几乎都是临时应急的急就章，又是限韵，又是限时间，来不及充分酝酿和构思，好的作品极少。虽然很多好诗是酒后之作，但在诗题中或诗中却未加说明，我们这里也不好遽然断定，这里仅就有明显标志的独酌诗加以引证。

李白的诗思，在酒中特别活跃，首先将他的独酌诗来一番巡礼。前面已多次提过他著名的《月下独酌四首》，下面再欣赏他几首其他有关独酌的诗：

> 春草如有意，罗生玉堂阴。
> 东风吹愁来，白发坐相侵。
> 独酌劝孤影，闲歌面芳林。
> 长松尔何知，萧瑟为谁吟？
> 手舞石上月，膝横花间琴。
> 过此一壶外，悠悠非我心。

（《独酌》）

> 东风扇淑气，水木荣春晖。
> 白日照绿草，落花散且飞。
> 孤云还空山，众鸟各已归。

彼物皆有托，吾生独无依。
对此石上月，长歌醉芳菲。

我有紫霞想，缅怀沧洲间。
且对一壶酒，澹然万事闲。
横琴倚高松，把酒望远山。
长空去鸟没，落日孤云还。
但恐光景晚，宿昔成秋颜。

(《春日独酌二首》)

李白的这几首独酌诗，大有陶渊明饮酒诗的余韵，如陶诗代表性的孤影、孤松、孤云、壶酒、横琴、归鸟、远山等意象，在李白诗中反复出现。在陶诗中，这些意象构成了一个孤傲的高士形象。在李白的诗中除了孤傲的形象之外，还有一种光阴飞度、美人迟暮、时不我待的紧迫感。这说明李白并没有在酒中忘记身外的世界，他还想干一番事业，只是没有机会而已，只好在酒中打发日子。他隐于酒中是被迫的，并不像陶公那么主动。这也许是他与陶渊明不同的地方。所以有人说他学陶而并不像陶，依然是他李白自己。这话是很有道理的。

杜老夫子也学陶，他的饮酒诗写得很有生活情趣，他没有学到陶的高逸，而学到了陶对生活的热爱和怡然自得的真趣：

步履深林晚，开樽独酌迟。
仰蜂粘落絮，行蚁上枯梨。
薄劣惭真隐，幽偏得自怡。
本无轩冕意，不是傲当时。

(《独酌》)

杜甫对生活的描述是细线条的，不像李白那么粗。若不是对生活的深切热爱，他不会对树上小虫子的活动都观察得那么仔细。他自称不是"真隐"，也并不以"傲当时"来标榜自己，他有着陶渊明对生活的执着，有着李白对追求理想的认真，但他从来不像他们那样脱离世俗，自标高格，他的思想是属于平民大众的。

白居易也学陶，但他学的却是陶渊明的表面和皮毛。其实，他对陶渊明的精神实质并不十分了解，他的饮酒诗传达的更多的是强烈的享乐意识：

空腹三杯卯后酒，曲肱一觉醉中眠。
更无忙苦吟闲乐，恐是人间自在天！

（《闲乐》）

论饮酒诗，他在唐人中写得最多，可以说高居第一。可是，论思想意识和社会内容，他的饮酒诗却非常单薄，"闲乐"二字，几乎可概括他饮酒诗的全部内容。"酒后高歌且放狂，门前闲事莫思量"（《醉后》），他只关心自己，他的新乐府精神在饮酒诗中荡然无存，表现出他严重的人格分裂和两面性。他的饮酒诗，读多了不但令人失望，而且令人生厌。

我们并不是说，一定要在饮酒诗中表现什么重要的政治主题或深刻的思想内容，而是说要写得有意趣，至少在艺术上有新的特色，让人受到美的熏陶，要有一种优美的境界。这在唐诗中是不乏其例的。如晚唐诗人杜牧的《独酌》诗写道：

窗外正风雪，拥炉开酒缸。
何如钓船雨，篷底睡秋江。

此诗就写出了在雨中江船上饮酒独钓的朦胧而高远的意境，这是杜牧的高明之处。同样，晚唐女诗人鱼玄机也是醉中写景写情的高手：

烟花已入鸬鹚港，画舸犹沿鹦鹉洲。
醉卧醒吟都不觉，今朝惊在汉江头。

（《江行》）

此诗不但有诗情画意，而且还是一个诗艺惊人的才女的自画像，一个傲世不群的女诗人形象跃然纸上。酒之于诗，相得益彰，在唐诗相当优秀的篇章中，是有酒的功劳的。

第七节
吴姬对酒歌千曲——艺妓佐酒

一、酒筵歌舞

在诗人的饮酒活动中,是少不了妓女这个重要角色的。妓女,尤其是艺妓,不但在酒宴上十分活跃,还是唐诗中歌咏的对象,是诗歌创作和吟唱的重要参与角色。

在朝廷和达官贵人的酒筵上,经常有歌舞佐酒。在敦煌的唐代壁画上,我们可以看到当时酒筵上堂下箫管齐奏,堂前舞女翩翩起舞的热闹情景。这在唐诗里也有充分的表现。初唐诗人卢照邻有一次参加辛法司家中举行的宴会,对酒筵上舞女的精彩表演久久不能忘怀:

> 南国佳人至,北堂罗荐开。
> 长裙随凤管,促柱送鸾杯。
> 云光身后荡,雪态掌中回。
> 到愁金谷晚,不怪玉山颓。

(《辛法司宅观妓》,一作王绩诗)

诗中这位南国佳人身着一身雪白的舞衣,长袖善舞,如云影飘拂,白雪飞舞,诗人看得入了迷,不觉多喝了几杯。

诗人陈子良也写了一首类似的诗,吟咏一位白衣舞女:

> 金谷多欢宴,佳丽正芳菲。
> 流霞席上满,回雪掌中飞。
> 明月临歌扇,行云接舞衣。
> 何必桃将李,别有待春晖。

(《赋得妓》)

开元时的诗人万楚,也有同样的经历,他见到的是一个身穿石榴裙的舞女,她貌比西施,艳如丽华,不但能舞,而且善歌:

> 西施谩道浣春纱,碧玉今时斗丽华。
> 眉黛夺将萱草色,红裙妒杀石榴花。
> 新歌一曲令人艳,醉舞双眸敛鬓斜。
> 谁道五丝能续命,却令今日死君家!

(《五日观妓》)

诗人是在端午节一个朋友家的宴会上见到这位舞女精彩的舞蹈表演的。"五丝"是指端午时系在臂上的五色丝线,传说佩此五色丝可以长命。诗人却说,五色丝不但续不了他的命,因看了这位舞女精彩绝伦的表演,却差一点被勾了魂魄,要了他的命。晚唐时的韩偓任翰林学士和中书舍人时,经常出入宫廷,在宫中陪宴,观看歌舞,他在诗中把舞女比作陈后主能歌善舞的宠妃张丽华,隐刺昭宗荒于酒色:"蜂黄蝶粉两依依,狎宴临春日正迟。密旨不教江令醉,丽华微笑认皇慈。"(《侍宴》)

大诗人孟浩然虽然长期隐居,但也经常与官宦人家交游,他在一个县令家的酒筵上观看了一场歌舞妓的表演,对席上艳装起舞的美人,竟惊为洛神下凡:

> 髻鬟低舞席,衫袖掩歌唇。

汗湿偏宜粉，罗轻讵著身。
调移筝柱促，欢会酒杯频。
倘使曹王见，应嫌洛浦神。

（《宴崔明府宅夜观妓》）

诗人独孤实、鲍防、刘禹锡、白居易等人的诗中，都有对席上歌舞的精彩描写：

仙郎膺上才，夜宴接三台。
烛引银河转，花连锦帐开。
静看歌扇举，不觉舞腰回。
寥落东方曙，无辞尽玉杯。

（独孤实《奉陪武相公西亭夜宴陆郎中》）

人日春风绽早梅，谢家兄弟看花来。
吴姬对酒歌千曲，秦女留人酒百杯。
丝柳向空轻婉转，玉山看日渐裴回。
流光易去欢难得，莫厌频频上此台。

（鲍防《人日陪宣州范中丞传正与范侍御传真宴东峰亭》）

官漏夜丁丁，千门闭霜月。
华堂列红烛，丝管静中发。
歌眉低有思，舞体轻无骨。
主人启酡颜，酣畅浃肌发。

（刘禹锡《酬牛相公独饮偶醉寓言见示》）

歌袂默收声，舞鬟低赴节。
弦吟玉柱品，酒透金杯热。
朱颜忽已酡，清奏犹未阕。

妍词黯先唱，逸韵刘继发。

（白居易《和思黯居守独饮偶醉见示六韵》）

在轻歌曼舞中细细地品酒，是富贵人家享受生活的日常消遣。宋人诗话中有人说："晏元献喜评诗，尝曰：'老觉腰金重，慵便玉枕凉'，未是富贵语，不如'笙歌归院落，灯火下楼台'，此善言富贵者也。"（魏庆之《诗人玉屑》卷一〇）这"笙歌归院落，灯火下楼台"（《宴散》）二句，就是白居易咏酒宴之诗，可见酒宴歌舞确是富贵人家的象征。

二、簪花从事

在唐代，酒筵上陪酒的妓女名为"酒妓"。掌管酒筹、酒令，击鼓传花，射覆猜谜，以及劝客人饮酒，多是酒妓之职。文人美其名曰"簪花从事"。从事，即酒纠也。诗人张祜和杜牧曾戏作联句，写席上一个做"酒纠"的妓女。杜牧吟道："骰子逡巡裹手抬，无因得见玉纤纤。"张祜续吟道："但知报道金钗落，仿佛还应露指尖。"（《妓席与杜牧之同咏》）因席上掌管掷骰子的酒妓技术很高明，她在掷骰子时，手一直藏在衣袖里，让人无法看到她手的动作。因此杜牧吟诗嘲弄她，说她手抬骰子，迟迟不肯下掷，因此自己无法见到她的纤纤玉指。张祜说，那还不好办？你就说她头上的金钗掉地上了，看她去不去捡，一旦她伸手去捡，手指尖不就全露出来了吗？酒妓掌管掷骰子，按骰子上的点数，轮到谁，谁就饮酒。至于酒妓在酒宴上击鼓传花、射覆藏钗，前面已详述，此处从略。

"诗听越客吟何苦，酒被吴娃劝不休。"（《城上夜宴》）是白居易在江南任刺史时写下的诗句。诗人郑仁表所写的妓女巡酒之诗更为精彩：

巧制新章拍拍新，金罍巡举助精神。
时时欲得横波眄，又怕回筹错指人。

（《赠妓命洛真》）

席上向客人劝酒，是酒妓最主要的任务。因此，酒妓还得能言善道，能在席上讲笑话，或花言巧语，讨客人欢心，故她们又有一个雅号，称作"解语花"。诗人李涉年轻时认识了一个美丽可人的湖州酒妓，名叫宋态宜。二十年后，他又在湖州刺史的酒筵上见到了她，她仍操旧业。李涉感慨万千，真有"同是天涯沦落人"之感，于是给宋态宜写了两首诗，其二写道：

　　陵阳夜会使君筵，解语花枝出眼前。
　　一从明月西沉海，不见嫦娥二十年！

（《遇湖州妓宋态宜二首》其二）

酒妓不但要能劝酒，而且还要陪客人喝酒。"好似文君还对酒，胜于神女不归云。"（白居易《卢侍御小妓乞诗座上留赠》）白居易以卓文君和巫山神女来比喻那些以陪酒卖笑为生的酒妓，自然有文人轻薄妓女之意。但到诗人的晚年，他却改变了对这些席上讨客人欢心的可怜的妓女的看法，深为自己过去的态度表示后悔：

　　烛泪夜粘桃叶袖，酒痕春污石榴裙。
　　莫辞辛苦供欢宴，老后思量悔煞君。

（《府酒五绝·谕妓》）

大中时的尚书兼浙东观察使李讷，为一位从京师来视察工作的崔侍御举行送别酒宴，命名妓盛小丛陪酒并为之献歌。可是这位盛小姐不胜酒力，客人未醉，她自己却先醉倒了，歌自然是唱不成了，于是李尚书忙吟一首诗向崔侍御道歉：

　　绣衣奔命去情多，南国佳人敛翠蛾。
　　曾向教坊听国乐，为君重唱盛丛歌。

（《命妓盛小丛歌饯崔侍御还阙》）

意为你这位曾经听过教坊国乐的京城贵客，一时不听她唱也罢，等她酒醒了再唱也不迟。席上陪座的地方官员，纷纷和诗解嘲，向崔侍御表示歉意。李讷的部下高湘吟诗道：

　　谢安春渚饯袁宏，千里仁风一扇清。
　　歌黛惨时方酩酊，不知公子重飞觞。

（《和李尚书命妓饯崔侍御》）

　　这首诗是说，李讷为崔侍御设宴，犹如晋朝的谢安为袁宏送行。《晋书·袁宏传》载，谢安为扬州刺史时，袁宏前去看望他，临别时，谢安为之祖饯，无以为赠，便从左右手中取过一扇，赠给袁宏说："聊以行。"袁宏应声答曰："辄当奉扬仁风，慰彼黎庶！"诗以此典将崔侍御比作晋时的名士袁宏，因此有"千里仁风一扇清"之语。后二句是说，陪酒的歌妓盛小丛已喝得酩酊大醉，而崔侍御却面不改色，又重举酒杯饮酒不已。李讷的另一部下也作了一首诗，诗中说道：

　　何郎载酒别贤侯，更吐歌珠宴庾楼。
　　莫道江南不同醉，即陪舟楫上京游。

（卢邺《和李尚书命妓饯崔侍御》）

意思是说，为崔侍御特别设宴饯别，本来想让盛小丛为客人唱上一曲，可是她却喝醉了。莫要说你们二人不能同醉，让她陪您一同坐船到京一游如何？

　　诗人杜牧是一位放达之士，为御史分司洛阳。"时李司徒愿罢镇闲居，声妓豪华，为当时第一。洛中名士，咸谒见之。李乃大开宴席，当时朝客高流，无不臻赴。"因杜牧为御史，掌纠察之职，李司徒不敢邀他前来。杜牧遣座客达意，愿与斯会。李不得已，只好送信邀他。杜牧随后前往，当时宴会上已开始饮酒，中有女奴百余人，皆绝艺殊色。杜牧独坐南向，瞪目注视，引满三卮，问李司徒道："闻有紫云者孰是？"李司徒指给他看。杜牧凝睇良久，说："名不虚得，宜以见惠。"李司徒俯首而笑，众妓女皆亦回首掩口而笑。杜牧于是又自饮三杯，朗吟而起曰："华堂今日绮筵开，谁唤分司御史来。忽发狂言惊满座,两行红粉一时回!"(《兵部尚书席上作》)意气闲逸,旁若无人[①]。刘禹锡是主人派妓女给他,而杜牧却是登门向主人点名索取,可见唐代的妓女被视为一种可以赠人的物品,是没有一点人身自由权的。

三、管领春风

在诗人所接触的女性中,妓女的文化层次可算是较高的。她们中的大多数,不但会琴棋书画,有的还能文善诗,最起码也会诵诗唱诗。唐人薛用弱在《集异记》中载有"旗亭画壁"一事,最为有名:

开元中,诗人王昌龄、高适、王之涣齐名。时风尘未偶,而游处略同。一日,天寒微雪,三诗人共诣旗亭,贳酒小饮。忽有梨园伶官十数人登楼会宴,三诗人因避席隈映,拥炉火以观焉。俄有妙妓四辈,寻续而至。奢华艳曳,都冶颇极,旋则奏乐,皆当时之名部也。昌龄等私相约曰:"我辈各擅诗名,每不自定其甲乙,今者可以密观诸伶所讴,若诗入歌词之多者,则为优矣。"俄而一伶拊节而唱,乃曰:"寒雨连江夜入吴……"昌龄则引手画壁曰:"一绝句。"寻又一伶讴之曰:"开箧泪沾臆……"(高)适则引手画壁曰:"奉帚平明金殿开……"昌龄则又引手画壁曰:"二绝句。"之涣自以得名已久,因谓诸人曰:"此辈皆潦倒乐官,所唱皆巴人下俚之词耳,岂阳春白雪之曲,俗物敢近哉?"因指诸妓之中最佳者曰:"待此子所唱,如非我诗,吾即终身不敢与子争衡矣。脱是吾诗,子等当须列拜床下,奉吾为师。"因欢笑而俟之。须臾,次至双鬟发声,则曰:"黄沙远上白云间……"之涣揶揄二子曰:"田舍奴,我岂妄哉!"因大谐笑。诸伶不喻其故,皆起诣曰:"不知诸郎君何此欢噱?"昌龄等因话其事,诸伶竞拜曰:"俗眼不识神仙,乞降清重,俯就筵席。"三子从之,饮醉终日[②]。

此条传闻的真实性如何姑且不论,但当时艺妓竞唱时人之诗,却是可信的。

---

① 事见孟棨《本事诗·高逸·第三》。
② 陈伯海主编《唐诗汇评》,第1355页。

白居易的诗由于通俗易懂，因此在民间广为流传，其《长恨歌》更是家喻户晓，广为传唱。他在《与元九书》中说："及再来长安，又闻有军使高霞寓者，欲聘倡妓。妓大夸曰：'我诵得白学士《长恨歌》，岂同他妓哉！'由是增价。"他在朋友卢侍御家喝酒，席上有一个小妓向他乞诗，于是就作了一首诗赠给她（《卢侍御小妓乞诗座上留赠》）。白居易的另一位好友严郎中所作的诗为席上歌妓所唱，于是写了一首诗表示庆贺：

　　已留旧政布中和，又付新词与艳歌。
　　但是人家有遗爱，就中苏小感恩多。

（《闻歌妓唱严郎中诗因以绝句寄之》）

盛唐诗人王维的《送元二使安西》，又名《渭城曲》，后被谱曲改名曰《阳关曲》，在酒筵上广为传唱。刘禹锡有诗云"更与殷勤唱渭城"（《与歌者何戡》），白居易有诗云"听唱阳关第四声"（《对酒五首》其四），李商隐也有诗咏歌妓唱《阳关曲》，诗云：

　　水精如意玉连环，下蔡城危莫破颜。
　　红绽樱桃含白雪，断肠声里唱阳关。

（《赠歌妓二首》其一）

由于歌妓的传唱，唐人的诗歌犹如插上了飞翔的翅膀，在社会上广为传播。歌妓们所唱的诗多为绝句，因此，唐代的绝句也被称作"小乐府"。歌妓们为唐诗的传播提供了一种喜闻乐见的形式，对唐诗的繁荣和发展有着不可磨灭的功勋。

值得指出的是，唐代不少妓女不但会唱诗，而且还会作诗，有的还是著名的女诗人。《全唐诗》卷八〇二、八〇三，收有妓女所作的诗130多首，有名姓的有关盼盼、常浩、刘采春、王福娘、杨莱儿、王苏苏、颜令宾、张窈窕、史凤、盛小丛、赵鸾鸾、徐月英、薛涛等。其中以薛涛最为著名，《全唐诗》收其诗一卷，计89首。她与当时著名的诗人元稹、白居易、王建等都有交往，并诗酒唱和。诗人王建称赞其为管领春风的"扫眉才子"：

　　　　万里桥边女校书，枇杷花里闭门居。
　　　　扫眉才子于今少，管领春风总不如。
　　　　　　　　　　　（《寄蜀中薛涛校书》，一作胡曾诗）

　　唐代的妓女诗当然不止这些，因她们的社会地位较低，许多诗篇都散佚了。但可以肯定地说，她们积极地参与了唐诗的创作，为唐诗的繁荣做出了可喜的贡献。

放歌乘美景，醉舞向东风

——醉眼中的诗世界

第一节
脱鞍暂入酒家垆——豪士醉眼中的世界

一、一饮千钟气如虹

豪士们饮酒最为壮观，我们从《水浒传》中看到武松过景阳岗，在山下的小酒店里饮"三碗不过岗"的"出门倒"酒，一饮就是十八大碗，令人惊心动魄。其实，这在唐诗中一样可以看到，唐人的酒量绝不下于宋人。诗仙李白饮酒"百年三万六千日，一日须倾三百杯"（李白《襄阳歌》），酒量与武松比起来，有过之而无不及。斗酒学士王绩"昨夜瓶始尽，今朝瓮即开。梦中占梦罢，还向酒家来"（《题酒店壁》），王学士喝酒是连轴转，酒杯从来就不曾离口。"焦遂五斗方卓然，高谈雄辩惊四筵"（杜甫《饮中八仙歌》），看来，焦处士的酒量也着实不小，喝了五斗，才开始有了点兴头。文人学士是如此，健儿武士更不在话下："虬须公子五侯客，一饮千钟如建瓴"（温庭筠《夜宴谣》），"房酒千钟不醉人，胡儿十岁能骑马"（高适《营州歌》）。一饮千钟而人不醉，可见边塞健儿的酒量与豪情。

豪者们饮酒不同于贫士，他们有一掷千金的气魄，喝的都是斗酒十千的美酒。"金樽清酒斗十千，玉盘珍羞直万钱"（李白《行路难三首》其一），"夜清酒浓人如玉，一斗何啻直十千。木兰为樽金为杯，江南急管卢女弦"（独孤及《东平蓬莱驿夜宴平卢杨判官醉后赠别姚太守置酒留宴》）。他们饮酒所用的酒具都是金樽玉盏，饮酒的同时还有笙歌乐舞相伴。扶风豪士请李白喝酒时，其酒食就极为精美，场面也极为奢华："雕盘绮食会众客，吴歌赵舞香风吹。"（《扶风豪士歌》）他们饮酒都有一种及时行乐和时不我与的心态：

> 上客不用顾金羁，主人有酒君莫违。
> 请君看取园中花，地上渐多枝上稀。
> 山头树影不见石，溪水无风应更碧。
> 人人齐醉起舞时，谁觉翻衣与倒帻。
> 明朝花尽人已去，此地独来空绕树。
>
> （张籍《宴客词》）

趁着大好春光，要及时饮酒行乐，莫待时光已失，花落园空，岁月蹉跎。尽情地享受青春和人生，是他们共同的心态。因此，达官贵人富豪人家，左一个酒宴，右一个筵席，一掷千金，日费万钱，为的是买一个高兴。他们常常流连于长夜之饮，不醉不散。诗人李群玉有一首诗，将一场豪华夜宴由笑语欢歌、举杯畅饮的热闹场面，至宴后众人皆醉、渐无声息的过程，写得活灵活现：

> 东山夜宴酒成河，银烛荧煌照绮罗。
> 四面雨声笼笑语，满堂香气泛笙歌。
> 泠泠玉漏初三滴，滟滟金觥已半酡。
> 共向柏台窥雅量，澄陂万里见天和。
>
> （《长沙陪裴大夫夜宴》）

宴酒成河，银烛荧煌，笑语四座，笙歌满堂，再加上绮罗照眼，香气拂衣，宴会是何等豪华，主人是何等气派！在这样的氛围中，人们频频碰杯饮酒，刚过初更大家就已喝得半醉了。随着窗外雨声的停止，屋内宴上的声息也渐渐小了起来。原来大家都已喝醉，进入了"澄陂万里"的醉乡。

豪者们只有在醉中，才最意气风发，豪情满怀：

池上凉台五月凉,百花开尽水芝香。
黄金买酒邀诗客,醉倒檐前青玉床。

(陈羽《夏日宴九华池赠主人》)

一曲狂歌酒百分,蛾眉画出月争新。
将军醉罢无余事,乱把花枝折赠人。

(高骈《广陵宴次戏简幕宾》)

我有杯中物,可以消万虑。
醉舞日婆娑,谁能记朝暮!

(刘驾《效陶》)

以上三首诗写出了豪饮者饮酒时挥麈高谈的潇洒,黄金买酒的豪气,酒醉后狂歌折花的豪情,醉舞婆娑或醉倒玉床的开心和痛快。酒场是他们最得意和最乐意驰骋的天地,在这里,他们可以毫无顾忌地展现他们的狂态,尽情地发泄他们的情绪。

二、豪侠笑尽一杯酒

在唐代文化里,任侠精神是一种其他时代文化中所缺少的独特因素。陈伯海先生认为,任侠是唐代社会四大思潮之一,他说:"任侠应该与儒、释、道等列为唐代社会思想的四大潮流,它们之间的相摩相戛和互为表里,合成了有唐一代社会思想的基本架构。"[1]尤其是初、盛唐时代,任侠是一种时代之风。不少诗人都有过任侠之举,几乎所有初、盛唐的著名诗人,都写过任侠或歌颂侠士的诗篇。大诗人李白本人就是一位侠士,他"少以侠自任,而门多长者车"(范传正《唐左拾遗翰林学士李公新墓碑并序》,有的史料还说他"少任侠,手刃数人"(魏颢《李翰林集序》)。陈子昂"始以豪家子,驰侠使气,至年

---

[1] 陈伯海主编《唐诗学引论》(第2版),第58页。

十七八，未知书"①。王翰"少豪荡，恃才不羁……日聚英杰，纵禽击鼓为欢"②。王之涣"少有侠气，所从游皆五陵少年，击剑悲歌，从禽纵酒"③。就是杜甫也曾"放荡齐赵间，裘马颇清狂。……呼鹰皂枥林，逐兽云雪冈"（《壮游》）。

即使是没有任侠经历的诗人，也对任侠之风十分向往，作诗对侠士加以赞美。初唐诗人虞羽客诗云：

幽并侠少年，金络控连钱。
窃符方救赵，击筑正怀燕。
轻生辞凤阙，挥袂上祁连。
陆离横宝剑，出没惊徂旃。

（《结客少年场行》）

盛唐诗人孟浩然诗云：

游人五陵去，宝剑直千金。
分手脱相赠，平生一片心。

（《送朱大入秦》）

中唐诗人贾岛也没有游侠的经历，但他有一首小诗，颇有侠士的气概：

十年磨一剑，霜刃未曾试。
今日把示君，谁为不平事？

（《剑客》，一作《述剑》）

晚唐诗人温庭筠也有赞美青年侠士的诗：

---

① 卢藏用《陈氏别传》，《唐才子传校笺》第1册，第105页。
② 同上书，第142页。
③ 同上书，第446页。

江海相逢客恨多,秋风叶下洞庭波。
酒酣夜别淮阴市,月照高楼一曲歌。

(《赠少年》)

这都说明,任侠之风终唐之世都是十分流行的。影响所及,士风也深受浸染,其出语也豪,诗风劲健。这在唐人的饮酒诗中,表现得尤为突出:

新丰美酒斗十千,咸阳游侠多少年。
相逢意气为君饮,系马高楼垂杨边。

(王维《少年行四首》其一)

五陵年少金市东,银鞍白马度春风。
落花踏尽游何处?笑入胡姬酒肆中。

(李白《少年行二首》其二)

贵里豪家白马骄,五陵年少不相饶。
双双挟弹来金市,两两鸣鞭上渭桥。
渭城桥头酒新熟,金鞍白马谁家宿。
可怜锦瑟筝琵琶,玉壶清酒就倡家。
小妇春来不解羞,娇歌一曲杨柳花。

(崔颢《渭城少年行》)

珠弹繁华子,金羁游侠人。
酒酣白日暮,走马入红尘。

(孟浩然《同储十二洛阳道中作》)

结客平陵下,当年倚侠游。
传看辘轳剑,醉脱骕骦裘。
翠羽双鬟妾,珠帘百尺楼。

春风坐相待，晚日莫淹留。

（韩翃《赠张建》）

这些咏游侠的诗篇，主要描写了侠少们饮酒行乐的放荡生活。他们都是些富贵子弟，都青春年少，平日无所事事，无非是骑马游乐，挟弹射禽，听歌观舞，竞逐繁华，酗酒赌博。说得好听一点是五陵侠少，说得直白一点就是纨绔子弟。但是，若对这些少年引导得方，他们也能走上正道，为国出力。因为在他们的身上，也流淌着青春的热血，有一颗跳荡的报国热心。唐诗中有不少歌颂青年侠少从军报国的诗篇，从这些诗歌中可以看出，唐人的任侠精神中，不但有饮酒嬉戏、追求享乐的一面，也有纵酒使气、热情助人、奋身报国的一面：

西陵侠少年，送客短长亭。
青槐夹两道，白马如流星。
闻道羽书急，单于寇井陉。
气高轻赴难，谁顾燕山铭？

（王昌龄《少年行二首》其一）

少年负胆气，好勇复知机。
仗剑出门去，孤城逢合围。
杀人辽水上，走马渔阳归。
错落金锁甲，蒙茸貂鼠衣。

（崔颢《古游侠呈军中诸将》，一作《游侠篇》）

塞下应多侠少年，关西不见春杨柳。
从军借问所从谁？击剑酣歌当此时。

（高适《送浑将军出塞》）

李白对游侠有一种特殊的感情，在他的笔下，不论是当代的游侠，还是古代的游侠，都热情仗义、助人为乐、一诺千金，或有着知遇报恩的崇高侠义感和为国献身的高度使命感：

龙马花雪毛，金鞍五陵豪。
秋霜切玉剑，落日明珠袍。
…………
酒后竞风采，三杯弄宝刀。
杀人如剪草，剧孟同游遨。
发愤去函谷，从军向临洮。
叱咤经百战，匈奴尽奔逃。
归来使酒气，未肯拜萧曹。

(《白马篇》)

珠袍曳锦带，匕首插吴鸿。
由来万夫勇，挟此生雄风。
托交从剧孟，买醉入新丰。
笑尽一杯酒，杀人都市中。
羞道易水寒，从令日贯虹。

(《结客少年场行》)

闲过信陵饮，脱剑膝前横。
将炙啖朱亥，持觞劝侯嬴。
三杯吐然诺，五岳倒为轻。
眼花耳热后，意气素霓生。
…………
纵死侠骨香，不惭世上英！

(《侠客行》)

齐有倜傥生，鲁连特高妙。
明月出海底，一朝开光曜。
却秦振英声，后世仰末照。

意轻千金赠，顾向平原笑。

吾亦澹荡人，拂衣可同调。

（《古风五十九首》其十）

李白可以说写出了唐代诗人心目中侠士的真精神。一是这些侠士一诺千金，乐于助人，能为人排忧解难；二是他们都有爱国主义的献身精神，勇赴国难；三是他们不是为了个人私利，施恩不图报，不攀附权贵，具有独立自尊的高尚人格。从这些诗中可以看出，酒是侠士精神的一种催化剂，侠士们的热血和激情，在酒精的作用下得到激发。侠与酒二者的关系，如同油与火花，二者结合才能燃起熊熊的烈火。

三、马上倾酒论英雄

侠士献身报国，勇赴国难，便成了英雄。有时侠士和英雄其实是一而二、二而一的东西，但有时却并不是一回事。是英雄便有几分侠气，但仅是侠士并不一定会是英雄。这里所说的英雄，既有侠士的英雄，也有不是侠士的英雄。但他们都有一个共同的特点，即具有"出门不顾后，报国死何难"（李白《幽州胡马客歌》）的爱国主义的英勇精神：

刘生气不平，抱剑欲专征。

报恩为豪侠，死难在横行。

翠羽装刀鞘，黄金饰马铃。

但令一顾重，不吝百身轻。

（卢照邻《刘生》）

三十羽林将，出身常事边。

…………

马上共倾酒，野中聊割鲜。

相看未及饮，杂虏寇幽燕。

烽火去不息，胡尘高际天。
长驱救东北，战解城亦全。
报国行赴难，古来皆共然！

（崔颢《赠王威古》）

出身仕汉羽林郎，初随骠骑战渔阳。
孰知不向边庭苦，纵死犹闻侠骨香。

（王维《少年行四首》其二）

这些豪侠们怀着对明主的知遇之恩，勇上战场，为国立功，纵然战死沙场，却觉得虽死犹荣，表现出英雄主义的本色，其爱国精神是十分可贵的。因此，他们的饮酒诗常有一种为国献身的悲壮情怀，如王翰的《凉州词》："葡萄美酒夜光杯，欲饮琵琶马上催。醉卧沙场君莫笑，古来征战几人回？"岑参有几首置酒送人出塞的饯行诗，写得很是激昂慷慨：

脱鞍暂入酒家垆，送君万里西击胡。
功名只向马上取，真是英雄一丈夫。

（《送李副使赴碛西官军》）

卷帘山对酒，上马雪沾衣。
却向嫖姚幕，翩翩去若飞！

（《送裴判官自贼中再归河阳幕府》）

这些诗表现出了一种慷慨悲壮的英雄主义精神，读了真令人感动。他还有一些在西域军中对酒思乡的诗，表达了他对故乡和亲人的无限思念：

强欲登高去，无人送酒来。
遥怜故园菊，应傍战场开。

（《行军九日思长安故园》）

客泪题书落,乡愁对酒宽。
先凭报亲友,后月到长安。

(《送韦侍御先归京(得宽字)》)

军中的生活是十分寂寞的,但也有宴饮的热闹时刻。征人们喝着边地的美酒,欣赏着胡地的胡乐胡舞,忽然想到自己远在万里之外的家乡,心中涌出的感情酸甜苦辣俱全,禁不住潸然泪下:

酒泉太守能剑舞,高堂置酒夜击鼓。
胡笳一曲断人肠,座上相看泪如雨。

(岑参《酒泉太守席上醉后作·其一》)

琵琶长笛曲相和,羌儿胡雏齐唱歌。
浑炙犁牛烹野驼,交河美酒归叵罗。
三更醉后军中寝,无奈秦山归梦何?

(岑参《酒泉太守席上酒后作·其二》)

然而,战士们虽然在边关的战场上英勇杀敌,流血牺牲,但却是有功不得赏,而将军们却花天酒地,过着奢侈的生活:"战士军前半死生,美人帐下犹歌舞。"(高适《燕歌行》)赏罚不明,苦乐不均,是封建社会军队中最常见的现象。唐人对此在诗中常给以猛烈的批判和揭露:"去年桑干北,今年桑干东。死是征人死,功是将军功。"(刘湾,一作刘济《出塞曲》)"凭君莫话封侯事,一将功成万骨枯。"(曹松《己亥岁二首》其一)诗人于溃在边地游历时,遇到一个长期在边防当兵的戍卒,这个戍卒"二十属卢龙,三十防沙漠。平生爱功业,不觉从军恶"。可是,等他老了之后,这个战功累累的戍卒,只落得一身伤疤,却连个官也没有当上:"赤肉痛金疮,他人成卫霍。"(《边游录戍卒言》)他们希望能有一个像李广那样爱兵如子的守边将帅出现:"但使龙城飞将在,不教胡马度阴山。"(王昌龄《出塞二首》其一)尽管世上有如此之多的不平事,但是他们的报国之心是不变的。一杯老酒就能抹去他们心中的伤痛,

"醉乡路与乾坤隔,岂信人间有利名"(徐夤《劝酒》),"纵死犹闻侠骨香"(王维《少年行》),这就是他们的英雄誓言。

不管是侠士还是英雄,在他们的眼中,特别是酒后的醉眼中,这个世界的一切都套上了一层壮美的光环。在侠士的眼中多是豪壮,而在英雄的眼中则多是悲壮。在他们的胸中,多有青春的热血在涌动;在他们的诗中,多是边关与绝漠,骏马与宝刀,英名与战功,醇酒与美人。他们也有失意的时候,即使是失意,也是英雄的失意,慷慨而悲壮,决不猥琐萎靡,不失英雄本色。

第二节
开轩面场圃，把酒话桑麻——隐者醉眼中的世界

一、亦吏亦隐赛神仙

隐士在唐代是一个很不稳定的阶层，他们或隐而仕，或仕而隐，或隐而复仕，仕而复隐。中国的文人都有一种出处，即达而做官，兼善天下；穷则退隐，独善其身。然而官场是很险恶的，达的时候很少，穷时却居多。更何况大多数文人终身坎坷，连做官的机会也没有，只好隐居林下，做一辈子的老隐士或老处士了。唐代的隐士极多。根据他们的不同情况，白居易将隐士分为三种：大隐、中隐和小隐。他说："大隐住朝市，小隐入丘樊。……不如作中隐，隐在留司官。"（《中隐》）那些隐于朝市的大隐，自然是最令人羡慕的，他们是东方朔式的人物，既不耽误在朝中做大官，又极尽隐士之潇洒，活得最滋润。如"饮中八仙"中的汝阳王、贺知章、苏晋、崔宗之等人。

李白就很想当这样的大隐：

> 凤凰初下紫泥诏，谒帝称觞登御筵。
> 揄扬九重万乘主，谑浪赤墀青琐贤。
> 朝天数换飞龙马，敕赐珊瑚白玉鞭。
> 世人不识东方朔，大隐金门是谪仙。
>
> （《玉壶吟》）

李白虽然当了一阵子翰林供奉,但那只是一个没有实际品级的空衔,离大隐的资格还远着呢,所以,他对东方朔式的朝中隐士着实羡慕。

　　白居易所说的中隐,其实是朝中隐士的一种谦虚的说法,其实质是一样的,就是吏隐,即一边做官,一边做隐士。凡是做吏隐的,大都是受过打击,觉得在政治上没有出路的官员。他们觉得做官没有什么意思,但又舍不得当官的优厚待遇,于是便身在朝堂,而心在山林,做一个朝中隐士。唐代最著名的中隐便是盛唐时的王维等人。王维早年得志,开元九年(721)中进士,但官运并不亨通。他任太乐丞后不久,就因伶人舞黄狮子牵连获罪,贬济州司仓参军。开元二十三年(735),王维在张九龄的举荐下,被任命为右拾遗,正打算有一番作为,却因张九龄被贬,李林甫上台为相,感到政途失望,于是在蓝田买了宋之问的别墅,从此便过起了半官半隐、亦官亦隐的生活,做起了朝中隐士。与他经常交往的有裴迪、储光羲等人。《旧唐书》本传说:王维"得宋之问蓝田别墅,在辋口,辋水周于舍下,别涨竹洲花坞,与道友裴迪浮舟往来,弹琴赋诗,啸咏终日"。他与裴迪以琴棋诗酒为乐,过起了"万事不关心"的吏隐生活。他在赠给裴迪的一首诗中写道:

酌酒与君君自宽,人情翻覆似波澜。
白首相知犹按剑,朱门先达笑弹冠。
草色全经细雨湿,花枝欲动春风寒。
世事浮云何足问,不如高卧且加餐。

(《酌酒与裴迪》)

　　他们在一起饮酒垂钓或饮酒游乐,一方面是为了忘怀世事、淡忘自己在政途上的失意和理想的失落感。另一方面,他们想要在田园山水中寻找一个让自己放情逍遥的天地:

酌酒会临泉水,抱琴好倚长松。
南园露葵朝折,东谷黄粱夜舂。

(王维《田园乐七首》其七,一作《辋川六言》)

可怜盘石临泉水，复有垂杨拂酒杯。
若道春风不解意，何因吹送落花来？

（王维《戏题盘石》）

他们要在自然的怀抱中频频举杯，用醉眼去发现和寻找宁静与和谐之美。这集中表现在他们的《辋川集》组诗中：

轻舸迎上客，悠悠湖上来。
当轩对尊酒，四面芙蓉开。

（王维《辋川集·临湖亭》）

当轩弥㳹漾，孤月正裴回。
谷口猿声发，风传入户来。

（裴迪《辋川集二十首·临湖亭》）

吹箫凌极浦，日暮送夫君。
湖上一回首，青山卷白云。

（王维《辋川集·欹湖》）

空阔湖水广，青荧天色同。
舣舟一长啸，四面来清风。

（裴迪《辋川集二十首·欹湖》）

这个天地是诗人心中审美的天地，诗人的心随着天上的白云和湖上的清风自由地翱翔，涤荡了人间的一切烦恼。终南山的青山白云，清泉流水，到处充满了禅境和道机，"行到水穷处，坐看云起时"（王维《终南别业》，一作《初至山中》，一作《入山寄城中故人》）。他们将身心融入大自然之中，达到物我两忘的精神境界。在他们的山水诗中，看似写实的山水，其实都融有强烈的主观情感，是一种带有理想主义色彩的审美观照。

山水田园诗派的另一位诗人储光羲，天宝元年（742）也在终南山隐居，与王维时常交往。一次，他约王维到他的别业小饮，他在门外的小溪旁等待着老友的到来。可是等了一天，夕阳西下时，也不见个人影，他焦急万分：

山中人不见，云去夕阳过。
浅濑寒鱼少，丛兰秋蝶多。
老年疏世事，幽性乐天和。
酒熟思才子，溪头望玉珂。

（《蓝上茅茨期王维补阙》）

看来这次储光羲准备的美酒，王维没有喝成。储光羲擅长写田园风光，在他的诗里，农民也各个像隐士，过着闲逸而舒适的生活。他的《田家杂兴八首》最为有名，其中有一首写农民闲时饮酒的情况：

日暮闲园里，团团荫榆柳。
酩酊乘夜归，凉风吹户牖。
清浅望河汉，低昂看北斗。
数瓮犹未开，明朝能饮否？

（《田家杂兴八首》其八）

在隐士的醉眼中，远离市朝的乡村田园是一个自由自在的闲逸之地，这里没有尔虞我诈，没有明争暗斗，只有温情脉脉的乡里亲情和朋来客往的融融温情。在这里，残酷的剥削和种田的艰辛劳苦都被他们的醉眼过滤掉了，只剩下美好的东西。也就是说，诗里的农村是他们心中理想的农村，而与现实的农村有相当的差距，但也不是一点现实的影子都没有。也许盛唐之世的农夫日子要好过一点，这与中晚唐诗人笔下的农村和农民生活是大不相同的。

以上所说的是盛唐时代的吏隐情况，这种情况中晚唐也有，著名的有白居易、皮日休等人，其中以白居易最典型。白氏早年是一位激进的斗士，中晚年受到牛李党争的挤压，被贬为江州司马后，态度大变，由兼济天下转向了独善其身。他做了几任远离朝廷的地方官，后来又主动要求留守东都，做起了太子宾客和太子少傅分司东都的闲官。他逃出了朝中倾轧争斗的旋涡，远离权力中心，在东都洛阳建起了中隐的安乐窝。他所谓的"中隐"，即"隐在留司官"，其实和"大隐金马门"的大隐差不了多少，只是风险系数更小了些。但他的官爵却不小，正三品（太子宾客）或正二品（太子少傅）大员，比起王维的吏部郎中（从五品上）或尚书右丞（正四品下）的官爵，可大多了。所以，他的"中隐"其实和"大隐"差不多。白居易分司东都后，很高兴地写了一首诗：

    性与时相远，身将世两忘。
    寄名朝士籍，寓兴少年场。
    …………
    改业为逋客，移家住醉乡。
    不论招梦得，兼拟诱奇章。
    要路风波险，权门市井忙。
    世间无可恋，不是不思量！

      （《分司洛中多暇数与诸客宴游醉后狂吟……兼呈思黯奇章公》）

  看来他主动要求分司东都，是因为嫌朝中的"要路"太险恶，"权门"之中如同市井，在忙着进行权力或权钱的交易，政治太腐败、太黑暗，他只好逃出朝廷这个大"市井"，在东都做一个爵高位显却无权的闲官，做一个"中隐"，过着悠哉闲哉的"吏隐"生活。为什么不隐于林下做一个真隐士呢？就是因为林下之隐虽然彻底，但没了官位，不但会被人看不起，生活也没有了保障。

  白居易在东都履道里的家宅，是洛阳城中的风水宝地。他在《池上篇》序中说："都城风土水木之胜，在东南偶。东南之胜，在履道里。里之胜，在西北隅。西闬北垣第一第，即白氏叟乐天退老之地。地方十七亩，屋室三之一，水五之一，竹九之一，而岛树桥道间之。"其诗云："十亩之宅，五亩之园。有水一池，有竹千竿。勿谓土狭，勿谓地偏。足以容膝，足以息肩。有堂有庭，有桥有船。有书有酒，有歌有弦。有叟在中，白须飘然。识分知足，外无求焉。如鸟择木，姑务巢安。如龟居坎，不知海宽。灵鹤怪石，紫菱白莲。皆吾所好，尽在吾前。时饮一杯，或吟一篇。妻孥熙熙，鸡犬闲闲。优哉游哉，吾将终老乎其间。"（《池上篇》）有这样好的一个安乐窝，有朋有友，有诗有酒，有园有竹，有歌有舞，真是城市里的山林，都市里的村庄，白居易当然不愿到穷乡僻壤中的深山老林去隐居了，所以他很得意地说："人间有闲地，何必隐林丘？"（《赠吴丹》）

晚唐的皮日休，早年在襄阳隐居，编辑《皮子文薮》，自称"酒民"。中进士后，在吴郡为从事时，与甫里隐士陆龟蒙为友，诗酒唱和，甚为相得，过着亦官亦隐的生活。他们有时与友人润卿一起饮酒赋诗，相与为乐。皮日休有赠润卿之诗曰：

适越游吴一散仙，银瓶玉柄两儵然。
茅山顶上携书簏，笠泽心中漾酒船。
桐木布温吟倦后，桃花饭熟醉醒前。
谢安四十余方起，犹自高闲得数年。

（《醉中即席赠润卿博士》）

陆龟蒙也作诗和道：

共是虚皇简上仙，清词如羽欲飘然。
登山凡著几緉屐，破浪欲乘千里船。
远梦只留丹井畔，闲吟多在酒旗前。
谁知海上无名者，只记渔歌不记年！

（《和袭美醉中即席赠润卿博士次韵》

润卿可能也是一个"吏隐"之士，故陆龟蒙称他"朝市山林隐一般，却归那减卧云欢。堕阶红叶谁收得，半盏清醪客酹干"（《和袭美赠南阳润卿将归雷平》）。像白居易、皮日休和润卿这样的亦官亦隐者，在中晚唐之世甚多。吏隐之士，既得官位爵禄之荣耀，又得隐士诗酒风流之自在，其生活方式是最理想的，甚得唐人的向往。但大多数人由于屡试不第，或辞官归隐，或不事科举，都成了终老林下的隐士。

二、醉月迷花不事君

　　林下隐士的人数很多，但由于他们处于隐逸状态，淡泊名利，所以其名姓很少为人所知。比如，有一首署名太上隐者的诗，非常有名："偶来松树下，高枕石头眠。山中无历日，寒尽不知年。"（《答人》）。唐诗中还有些署名为"青城丈人""方壶居士""太白山玄士"等，都是些隐名或逸名的隐士。这些不愿透露姓名的人，可能都是真隐士，而那些欲以隐逸扬名的所谓逸人隐士，大多是名利场中人。这倒不是贬低他们，而是实际情况如此。以隐逸求名求仕的人，在唐代是很多的，其中最著名的是初唐的卢藏用。卢藏用高宗时举进士，久不得调，于是便与其兄卢征明俱隐于终南、少室二山，学辟谷炼气之术。后来以隐得名，武则天长安年间（701—704）被召授左拾遗。因其初隐之时有当世之意，被人称为"随驾隐士"。"司马承祯尝召至阙下，将还山，藏用指终南曰：'此中大有嘉处。'承祯徐曰：'以仆视之，仕宦之捷径耳。'藏用惭。"（《新唐书·卢藏用传》）其实卢藏用完全不必惭愧。因为以隐求进绝非卢藏用一人，而是唐代一个颇为普遍的现象。孟浩然、李白、孔巢父、李泌、吴筠，包括司马承祯在内，何尝不是以隐邀名或求仕呢？唐人在未入仕途之前，大都有一段隐逸的经历。以隐为隐的真隐士，在盛唐之世不是没有，而是很少，像李白的老师赵蕤（ruí）和隐居嵩山的卢鸿，则是真隐。赵蕤"开元中召之不赴"（《新唐书·艺文志》）；卢鸿因屡召不至，被唐玄宗下诏切责，最后只好乖乖地到东都谒见，被封为谏议大夫后，他坚辞不就，还山后岁给米百斛，绢五十匹（《新唐书·卢鸿传》）。安史之乱后，隐士才开始多起来，大概是因为时代混乱，藩镇割据，社会黑暗吧。像诗人秦系、张众甫、陆羽、朱湾、方干、陈陶、陆龟蒙等都隐逸终身。像诗人张志和，十六岁擢明经，曾待诏翰林，后因亲丧辞归，不复仕，放浪江湖，自命"烟波钓徒"（《唐才子传校笺》卷三）。

　　孟浩然是隐逸终身的，但他也有一段到长安求仕的经历。究其终生，还是以隐逸为主。故李白称他"红颜弃轩冕，白首卧松云。醉月频中圣，迷花不事君"（《赠孟浩然》）。他的一生就是在田园山水中度过的诗酒人生：

北山白云里，隐者自怡悦。
相望试登高，心随雁飞灭。
愁因薄暮起，兴是清秋发。
时见归村人，沙行渡头歇。
天边树若荠，江畔舟如月。
何当载酒来，共醉重阳节。

（《秋登兰（一作万）山寄张五》）

故人具鸡黍，邀我至田家。
绿树村边合，青山郭外斜。
开轩面场圃，把酒话桑麻。
待到重阳日，还来就菊花。

（《过故人庄》）

像孟浩然一样一生未仕的诗人还有秦系，他"天宝末，避乱剡溪，自称'东海钓客'"。与刘长卿、韦应物善，多诗酒唱和。权德舆曰："长卿自以为五言长城。系用偏师攻之，虽老益壮。"晚年隐居会稽，乡人思之，号其峰曰"高士峰"（《唐才子传校笺》卷三）。秦系在越中隐逸，与村夫渔翁交往，以饮酒为乐。其《春日闲居》诗曰：

长谣朝复暝，幽独几人知。
老鹤兼雏弄，丛篁带笋移。
白云将袖拂，青镜出檐窥。
邀取渔家叟，花间把酒卮。

他还有一首描述与乡村野老相交往的诗：

湖里寻君去，樵风往返吹。
树喧巢鸟出，路细荇田移。

沤苎成鱼网，枯根是酒卮。
老来唯自适，生事任群儿。

（秦系，一作马戴《题镜湖野老所居》）

他的生活虽然清贫困苦，但颇有骨气。一次，诸暨（今属浙江）县令邀他下山赴宴喝酒，他居山不出，坚持要县令将酒送上山来：

荷衣半破带莓苔，笑向陶潜酒瓮开。
纵醉还须上山去，白云那肯下山来！

（《山中赠诸暨丹丘明府》）

意即我虽然穷得只有破衣烂衫，但县令大人的酒，我还是很欢迎的。只是要醉就要醉在山上，犹如山顶上的白云，它只能在山上飘荡，哪肯轻易就飘下山去呢？

与秦系相仿的还有诗人朱湾。朱湾也是大历时的隐士，号"沧洲子"，《唐才子传》说他"率履贞素，潜辉不曜，逍遥云山琴酒之间，放浪形骸绳检之外。郡国交征，不应"。他也和秦系一样有孤傲的性格。一个姓萧的县令请他出来做官，他拒绝不出，咏诗明志道：

不是难提挈，行藏固有期。
安身未得所，开口欲从谁？
应物心无倦，当垆柄会持。
莫将成废器，还有对樽时。

（《咏壁上酒瓢呈萧明府》）

此诗以咏墙上挂着的酒瓢示己志，意思是说，不是我对您的提携难以从命，实是君子出处是有所期待的，君子安身有道，未得其所，怎能随便从人呢？就像这墙上挂着的酒瓢，到该用的时候，自然还是要用的，不会废弃不用，将来也还有拿它酌酒的时候。由此看来，这些隐士不是不愿出世，而是出世要有一定的原则，不是随便给他个官，他就高兴去干的。

诗人方干，亦是越人，大中（847—860）中，举进士不第，于是"隐居镜湖中，湖北有茅斋，湖西有松岛，每风清月明，携稚子邻叟，轻棹往返，甚惬素心。所住水木幽闲，一草一花，俱能留客。家贫，蓄古琴，行吟醉卧以自娱"（《唐才子传校笺》卷七）。他与杭州西湖的唐处士关系很好，曾赠其诗曰：

　　我爱君家似洞庭，冲湾波岸夜波声。
　　蟾蜍影里清吟苦，舴艋舟中白发生。
　　常共酒杯为伴侣，复闻纱帽见公卿。
　　莫言举世无知己，自有孤云识此情。

（《赠钱塘湖上唐处士》）

诗中满头白发的老隐士隐居湖边，天天听着湖岸边的涛声，在月影下苦吟，在舴艋舟里度生涯。常以酒杯为伴，以见公卿为厌，不要说举世没有知己，那湖上的孤云不就是自己的知心挚友吗？由此可见，隐士们虽守住了自己一方净土，可是内心却是寂苦的。

晚唐诗人陈陶，因举进士不中，"遂高居不求进达。恣游名山，自称'三教布衣'"（《唐才子传校笺》卷八）。大中中曾入岭南节度使李行修幕中，不久思归，赋《自归山》诗以归。诗云：

　　海岳南归远，天门北望深。
　　暂为青琐客，难换白云心。
　　富贵老闲事，猿猱思旧林。
　　清平无乐志，尊酒有瑶琴。

幕府的官邸，仍锁不住陈陶一片白云自在之心，于是他干了不久，便辞职而归。官场中虽可以致身富贵，但自己原是猿猱之性，野惯了，还是回到旧林中好。在那里有酒喝，有琴弹，这就够了。

诗人汪遵和陈陶一样，也是身在官场，而心在江湖。他早年家贫，借书苦读，懿宗时中进士，善作怀古咏史诗。他虽在官场，却时常怀念身在江湖的岁月和生活。一次酒醉，为竹门哑轧之声惊醒，作一诗曰：

> 万事销沈向一杯，竹门哑轧为风开。
> 秋宵睡足芭蕉雨，又是江湖入梦来。

（《咏酒二首》其二）

只有在醉中，他才能一圆重返江湖的隐士梦。

唐朝的道士们当然也都是隐士，他们中有许多人是因不满官场的黑暗才入道的。陈寡言就是这样一位道士，他长期隐居越中深山，过着琴酒自适的隐士生活，常醉卧山中，与野猿麋鹿为侣，对此他觉得十分惬意：

> 醉卧茅堂不闭关，觉来开眼见青山。
> 松花落处宿猿在，麋鹿群群林际还。

（《山居》）

能与野猿为朋，与麋鹿为友，表明诗人没有心机，当然是一位高士，可和前面所说的那位"高枕石头眠"的太上隐者相媲美。总之，在隐士的醉眼中，生活在自然的怀抱里是最自由、最美好的。回归大自然中去，是他们最终的选择，也许也是最好的选择。

三、醉眼蒙眬见桃源

自从晋人陶渊明写了一篇《桃花源记》，说晋武陵渔人误入桃花源，见那里"土地平旷，屋舍俨然。有良田、美池、桑竹之属，阡陌交通，鸡犬相闻。其中往来种作，男女衣着，悉如外人。黄发垂髫，并怡然自乐"及"相命肆农耕，日入从所憩。桑竹垂余荫，菽稷随时艺。春蚕收长丝，秋熟靡王税"的景象后，认为这就是人们所向往的世外桃源。从此，桃花源成了历代人们追求的理想之国。在唐人笔下，桃花源又被夸张地形容为人世间所没有的世外仙境：

聊从嘉遁所,酌醴共抽簪。
以兹山水地,留连风月心。
长榆落照尽,高柳暮蝉吟。
一返桃源路,别后难追寻。

(陈子良《夏晚寻于政世置酒赋韵》)

不知名利险,辛苦滞皇州。
始觉飞尘倦,归来事绿畴。
桃源迷处所,桂树可淹留。
迹异人间俗,禽同海上鸥。
…………
不辨秦将汉,宁知春与秋。
多谢青溪客,去去赤松游。

(卢照邻《过东山谷口》)

武陵川径入幽遐,中有鸡犬秦人家。
先时见者为谁耶?源水今流桃复花。

(包融《武陵桃源送人》)

其中写得最好、影响最大的当属王维的《桃源行》:

渔舟逐水爱山春,两岸桃花夹古津。
坐看红树不知远,行尽青溪不见人。
山口潜行始隈隩,山开旷望旋平陆。
遥看一处攒云树,近入千家散花竹。
樵客初传汉姓名,居人未改秦衣服。
居人共住武陵源,还从物外起田园。
月明松下房栊静,日出云中鸡犬喧。

以桃源为题的诗还有权德舆的《桃源篇》,其中写道:"小年尝读桃源记,忽睹良工施绘事。岩径初欣缭绕通，溪风转觉芬芳异。一路鲜云杂彩霞，渔舟远远逐桃花。渐入空濛迷鸟道，宁知掩映有人家。"此外，还有武元衡的《桃源行送友》、韩愈的《桃源图》、刘禹锡的《桃源行》、李群玉的《桃源》等，据统计，《全唐诗》中以桃源为题的诗共有23首，在唐诗中歌咏桃源二字的有131处。王维等人在诗中对桃花源的极力歌咏，使得桃源从此深入人心，尤其是隐士们将其作为隐逸的神往之地。他们把自己所向往的最美好的理想之境，统统比作桃源，在诗中加以歌咏。

在咏及桃源的诗中，一是把风景极美的地方称作桃源：

归山深浅去，须尽丘壑美。
莫学武陵人，暂游桃源里。
（裴迪《崔九欲往南山马上口号与别》，一作《留别王维》）

前山带秋色，独往秋江晚。
叠嶂入云多，孤峰去人远。
赏缘不可到，苍翠空在眼。
渡口问渔家，桃源路深浅。
（刘长卿《湘中纪行十首·石围峰（一作石菌山）》）

二是将桃源看作避世的好地方：

薜带何辞楚，桃源堪避秦。
世迫且离别，心在期隐沦。
（李白《酬王补阙惠翼庄庙宋丞泚赠别》）

几转到青山，数重度流水。
秦人入云去，知向桃源里。
（钱起《蓝田溪杂咏二十二首·洞仙谣（一作伺山径）》）

三是将桃源比作隐士高人的藏身之所：

危石才通鸟道，空山更有人家。
桃源定在深处，涧水浮来落花。

(刘长卿《寻张逸人山居》)

白云深处葺茅庐，退隐衡门与俗疏。
一洞晓烟留水上，满庭春露落花初。
闲看竹屿吟新月，特酌山醪读古书。
穷达尽为身外事，浩然元气乐樵渔。

(刘沧《题桃源处士山居留寄》)

总之，隐士们心中都有一个桃源情结，在他们的醉眼里，桃源是一个远离尘寰，可避世而又风景优美的好地方。在这里，没有徭役和赋税，没有世俗的争斗，他们可以安心地读书饮酒，弹琴赋诗，修身养性，颐养天年。当然，这种地方在现实中是很少存在或根本不存在的，只是他们的一个美好的愿望。因为在封建时代，"任是深山更深处，也应无计避征徭"（杜荀鹤《山中寡妇》）。所以，世外桃源一直是人们心中向往的幻影，是一个理想的天国。

由于隐士们长期隐居山林，可以说是大自然的嫡子，因此，他们对江河湖海和山林田园有一种亲切之情，对自然之美有着更充分的感受。在他们的眼中，山是青的，水是绿的，连田畴原野的景色也都使他们感到自然亲切。远离尘世的喧嚣、朝堂的纷争，回归到自然的怀抱之中，这使他们有一种安全感、自由感和归宿感。在这样的环境里，他们的酒喝得特别香甜。在这里，人生的苦难和自然的灾祸都被他们的醉眼过滤掉了，只剩下大自然柔美的光环。

第三节
隔座送钩春酒暖——情人醉眼中的世界

一、世界皆呈玫瑰色

情人眼中的世界是玫瑰色的,他们醉眼中的世界更是五彩缤纷。在唐人的情诗中,不管是潇洒的男诗人,还是多情的女诗人,都显得特别精神焕发或哀婉动人,诗歌的曲调也显得特别婉转动听。如李白唱给他心上人的热情恋歌:

>长相思,在长安。
>络纬秋啼金井阑,微霜凄凄簟色寒。
>孤灯不明思欲绝,卷帷望月空长叹。
>美人如花隔云端。
>上有青冥之高天,下有渌水之波澜。
>天长路远魂飞苦,梦魂不到关山难。
>长相思,摧心肝!

(《长相思》)

虽然有人认为这是一首李白寄寓自己政治理想的诗歌,但我仍觉得它作为一首爱情诗更符合实情。至少说,爱情是它的底色。它的特色是感情热烈,色

彩明亮。如果说这一首还不算标准的情诗的话,那么,下面这一首确是李白寄给他新婚妻子的情意缠绵的相思曲:

> 爱君芙蓉婵娟之艳色,若可餐兮难再得。
> 怜君冰玉清迥之明心,情不极兮意亦深。
> 朝共琅玕之绮食,夜同鸳鸯之锦衾。
> 恩情婉娈忽为别,使人莫错乱愁心。
> 乱愁心,涕如雪。
> 寒灯厌梦魂欲绝,觉来相思生白发。
> 盈盈汉水若可越,可惜凌波步罗袜。
> 美人美人兮归去来,莫作朝云暮雨兮飞阳台。
>
> (《寄远十二首》其十二)

有人说,小别胜新婚,这首诗就是李白与新婚之妻离别远游他乡所作。其思恋之情,可以说是情浓于酒;其爱情之世界,色灿如霞。

在唐人中,写爱情诗的高手,能与李白相比的就是李商隐了。他的爱情诗不像李白那样热情奔放,感情外露,而是深曲含蓄,含情脉脉。他的许多无题诗(包括以诗头二字为题的诗),多倾诉他对爱情的思恋和哀怨。如果说李白的情诗像烈酒一样的狂烈,那么李商隐的情诗则像琥珀色的葡萄酒,温润而味甘:

> 相见时难别亦难,东风无力百花残。
> 春蚕到死丝方尽,蜡炬成灰泪始干。
> 晓镜但愁云鬓改,夜吟应觉月光寒。
> 蓬山此去无多路,青鸟殷勤为探看。
>
> (《无题》)

> 昨夜星辰昨夜风,画楼西畔桂堂东。
> 身无彩凤双飞翼,心有灵犀一点通。
> 隔座送钩春酒暖,分曹射覆蜡灯红。

嗟余听鼓应官去，走马兰台类转蓬。

（《无题二首》其一）

　　李商隐的情诗显然与李白的爱情诗有很大的区别。李白的情诗，大声叫喊，唯恐天下人不知，大胆而热烈；而李商隐的情诗却藏着、掖着，小心翼翼，唯恐别人知道，需别人费心思去猜。李白直接道明自己的情诗是"长相思"，李商隐却不敢明说，而将自己的情诗说成"无题"。但不管是有题还是无题，诗人本人是喝醉了，可读者却是清醒的，还是一眼便可以看出来。

　　诗人卢仝，大概是与李白性格有些相似，他的情诗也是"火辣辣的"，是属于"麻辣烫"型的。他失恋了，心里十分痛苦，于是酒醒后，泪眼滂沱，在诗中大声哭诉：

> 当时我醉美人家，美人颜色娇如花。
> 今日美人弃我去，青楼珠箔天之涯。
> …………
> 梦中醉卧巫山云，觉来泪滴湘江水。
> 湘江两岸花木深，美人不见愁人心！

（《有所思》）

　　而温庭筠所写情诗的诗风却与李商隐有些相似，婉约而含蓄，令人费一番思索，方能悟出其言外之意：

> 轻阴隔翠帏，宿雨泣晴晖。
> 醉后佳期在，歌余旧意非。
> 蝶繁经粉住，蜂重抱香归。
> 莫惜薰炉夜，因风到舞衣。

（《牡丹二首》其一）

　　诗表面上是咏牡丹，其实是一首不折不扣的情诗，以蜂蝶戏花来暗写一对恋人在夜中酒后的欢会。也可以反过来说，他是以写男女欢会的方式来写戏花飞舞的浪蝶狂蜂与如醉的牡丹。这与他的词风颇为一致。温、李的艳诗实际上是开了写男欢女爱的词境的先河。

在情诗的世界里，女诗人有其独特的风格和魅力。之后还要详细论述，此不赘述。

二、情郎醉眼出西施

自古以来，有许多坠入情网的醉男痴女，在他们的眼中，男的个个貌似潘安，才如子建；女的个个貌似西施，情如孟姜。在情诗中，把女子比作花朵，是最常见的比喻：

越女颜如花，越王闻浣纱。
国微不自宠，献作吴宫娃。

（宋之问《浣纱篇赠陆上人》）

阳台隔楚水，春草生黄河。
相思无日夜，浩荡若流波。
流波向海去，欲见终无因。
遥将一点泪，远寄如花人。

（李白《寄远十二首》其六）

闻道阊门萼绿华，昔年相望抵天涯。
岂知一夜秦楼客，偷看吴王苑内花。

（李商隐《无题二首》其二）

在唐代诗人中有不少多情种，除了李商隐外，还有元稹、李益、杜牧、韦庄、唐彦谦等。元稹的一篇《莺莺传》和三首《遣悲怀》，使他成了蜚声后世的唐代著名爱情小说家和诗人。李益因是传奇小说《霍小玉传》的男主人公，知名

度也相当高。他有一首缠绵悱恻的情诗,是怀念霍小玉的:

> 水纹珍簟思悠悠,千里佳期一夕休。
> 从此无心爱良夜,任他明月下西楼。
>
> (《写情》,一作无名氏《杂诗》)

蒋防的《霍小玉传》中说,李益年轻时去长安应试,与名妓霍小玉相爱,誓有十年之约,不久后李益回家,其母为其订婚于表妹卢氏,他不敢违抗母命。霍小玉闻知此事,含恨而死。李益"伤情感物,郁郁不乐"。此诗写得十分伤怀,就是为怀念霍小玉所作。杜牧"十年一觉扬州梦,赢得青楼薄幸名"(《遣怀》)的事迹,使他的风流倜傥出了名。但他的《赠别》诗:"蜡烛有心还惜别,替人垂泪到天明",还是写得蛮有情味的。韦庄的诗,也如同他的词一样多情,画出了他心中女郎的倩影:"满街杨柳绿丝烟,画出清明二月天。好是隔帘花树动,女郎撩乱送秋千。"(《丙辰年鄜州遇寒食城外醉吟五首》其一)

这里,我们要着重介绍的是晚唐诗人唐彦谦的一段情事和他所作的一组情诗。这组情诗共有十首,以《无题》为名。下面,我们依次加以破解。诗中说,唐彦谦在一个风和日丽的春日,应邀到江边的大堤上去赴宴。筵席上,见一位美丽的姑娘在弹筝,动听的乐曲和美丽的面容,使他如痴如醉,直到月上江头才依依不舍离去:

> 细草铺茵绿满堤,燕飞晴日正迟迟。
> 寻芳陌上花如锦,折得东风第一枝。
>
> 锦筝银甲响鹍弦,勾引春声上绮筵。
> 醉倚阑干花下月,犀梳斜挎鬓云边。

这位弹筝的姑娘见他如此痴迷地听她演奏,当晚就与他结成鸳鸯交颈之好。可是第二天那位弹筝的姑娘就要与她的艺班乘船离开这里,他只得与她在花前饮酒惜别,心情十分惆怅:

楚云湘雨会阳台,锦帐芙蓉向夜开。
吹罢玉箫春似海,一双彩凤忽飞来。

春江新水促归航,惜别花前酒漫觞。
倒尽银瓶浑不醉,却怜和泪入愁肠。

二人从此别后,天各一方,音信渺然,从此他朝思暮想,盼断肝肠,见月伤心,睹草生恨,夜夜不得安眠:

谁知别易会应难,目断青鸾信渺漫。
情似蓝桥桥下水,年来流恨几时干?

漏滴铜龙夜已深,柳梢斜月弄疏阴。
满园芳草年年恨,剔尽灯花夜夜心。

他夜夜都做着蝴蝶双飞的巫山梦,可是自从别后,岁月荏苒,他再也见不到那位姑娘。天天喝酒也没有用,他是多么想折枝门前的柔柳,绾结同心,寄给远方的恋人啊:

夜合庭前花正开,轻罗小扇为谁裁?
多情惊起双蝴蝶,飞入巫山梦里来。

忆别悠悠岁月长,酒兵无计敌愁肠。
柔丝漫折长亭柳,绾得同心欲寄将。

他遥想远方的姑娘此刻在画楼上也正在想着他。又一个春天即将过去,几时他们才能鸾凤和鸣,重作鸳鸯之会啊:

杨柳青青映画楼,翠眉终日锁离愁。

> 杜鹃啼落枝头月，多为伤春恨不休。
> 云色鲛绡拭泪颜，一帘春雨杏花寒。
> 几时重会鸳鸯侣？月下吹笙和彩鸾！

这是一个美丽动人的故事，它深深地藏在诗人的心中，犹如一坛老酒，藏得越久，味道就越香。千载之后，当我们打开它的封盖，犹能感到诗人心灵的悸动，闻到酒味的芳香。浓情似酒啊！

三、痴女醉眼识玉郎

> 清润潘郎玉不如，中庭蕙草雪消初。
> 风流才子多春思，肠断萧娘一纸书。

这是诗人杨巨源的《崔娘诗》，描绘了痴情女子眼中的情郎形象和对他们的一片痴情。唐代有许多女诗人，她们的诗多写对爱情的执着和追求。

唐代到底有多少女诗人，已不可确考。《全唐诗》卷七九七至卷八〇五的九卷诗中，计收有一百零八位女诗人，但其中有的是传奇小说中的人物，如柳氏、红绡妓、崔莺莺等。此外，在《全唐诗》卷八六三中，收二十八位"女仙"诗，其作者性别，亦不可考。在可考的女诗人中，李冶、鱼玄机、薛涛、花蕊夫人等，都是杰出的女诗人。这些女诗人对爱情怀着强烈的渴望，她们把爱情当作自己人生幸福的终身依托。然而她们的命运却常常是很悲惨的，很少有幸福美满的结局。爱情仅仅是她们美好的追求和向往。"易求无价宝，难得有心郎"（鱼玄机《赠邻女》，一作《寄李亿员外》），就是她们心声的写照。她们中有的是过来人，但心灵却是受过伤的。她们尝过爱情的酸甜苦辣，备受情感波涛的折磨："至近至远东西，至深至浅清溪。至高至明日月，至亲至疏夫妻。"（李冶《八至》）尽管女诗人是很少喝酒的，但在她们的诗中，也常有借酒消愁的诗句：

> 醉别千卮不浣愁，离肠百结解无由。

蕙兰销歇归春圃，杨柳东西绊客舟。
聚散已悲云不定，恩情须学水长流。
有花时节知难遇，未肯厌厌醉玉楼。

（鱼玄机《寄子安》）

烟花已入鸬鹚港，画舸犹沿鹦鹉洲。
醉卧醒吟都不觉，今朝惊在汉江头。

（鱼玄机《江行二首》其二）

谢将清酒寄愁人，澄澈甘香气味真。
好是绿窗风月夜，一杯摇荡满怀春。

（孙氏《谢人送酒》，一作《代谢崔家郎君送酒》）

金菊延清霜，玉壶多美酒。
良人犹不归，芳菲岂常有？
不惜芳菲歇，但伤别离久。
含情罢斟酌，凝怨对窗牖。

（赵氏《古兴二首》其二）

第一首是女诗人鱼玄机寄给其前夫李亿（字子安）之诗。鱼玄机本是补阙李亿之妾，二人十分恩爱。可她为李妻所不容，后于长安咸宜观出家为女道士，但仍对李亿不能忘情，常常与他相会。此诗即是她与李亿幽会相别之后写给李亿的诗，诗中感叹与李亿聚散无定，不能自由相爱，心中十分痛苦。因此临别之时，虽已饮离酒千杯，仍未能浇解愁肠。第二首写鱼玄机因情感受到打击，终日以酒消愁，醉卧船舱，不觉船已至江头港口的情景。第三首是写思妇孙氏因丈夫远游未归，在风清月明之夜，饮酒而醉，惹起了满腹相思之情。第四首写一个思妇在把酒赏菊之时，忽忆久游未归的丈夫，对菊伤心，满怀怨恨，再也无心饮酒。这些思妇怨女，本想饮酒消愁，反而愁未消而情愈深，不能自已。

女诗人薛媪见邻人郑女郎过着青楼卖唱、双栖双宿的生活，而自己却空闺独守，不禁生出些许妒意，还有些艳羡之情：

> 朝理曲，暮理曲，独坐窗前一片玉。
> 行也娇，坐也娇，见之令人魂魄销。
> 堂前锦褥红地炉，绿沈香榼倾屠苏。
> 解佩时时歇歌管，芙蓉帐里兰麝满。
> 晚起罗衣香不断，灭烛每嫌秋夜短。
>
> （《赠郑女郎》，一作《郑氏妹》）

杜羔妻赵氏一心一意盼夫君能够考上进士，可是杜羔却连年落第，使她感到很丢面子，于是写诗给丈夫，让他到夜间才回家，免得让别人看见：

> 良人的的有奇才，何事年年被放回？
> 如今妾面羞君面，君若来时近夜来。
>
> （《夫下第》）

她的丈夫后来终于考上了进士，可是却在长安迟迟未归，又使她思念担心起来：

> 长安此去无多地，郁郁葱葱佳气浮。
> 良人得意正年少，今夜醉眠何处楼？
>
> （《闻夫杜羔登第》，一作《闻杜羔登第又寄》）

她的诗很能代表一部分唐代女性知识分子的心情，丈夫未中第时，热切盼望他们中举，甚至使用"羞君面"的手段激励其夫。一旦丈夫中了进士，又怕他们在外面醉眠青楼，流连闲草野花，忘了自己，其心是何其良苦啊！

鱼玄机也有一首思郎君不至的诗，表达了相似的情怀：

> 满庭黄菊篱边拆，两朵芙蓉镜里开。

落帽台前风雨阻,不知何处醉金杯?

(《重阳阻雨》)

当她头簪菊花,对镜打扮自己,希望给夫君一个惊喜之时,郎君却因大雨阻隔,不能及时到来,使她产生无名的担忧:夫君此时是否在外面有了什么艳遇?这些担心并非空穴来风,这是旧时闺中妇女普遍的心情。

当然,在饮酒诗中,她们也写情人相会时的欢乐和两情相悦时的感动:

醉梦幸逢郎,无奈乌哑哑。
中山如有酒,敢惜千金价!

信使无虚日,玉酝寄盈觥。
一年一日雨,底事太多晴?

(晁采《子夜歌十八首》其八、其九)

此二诗是女诗人晁采所作。晁采小字试莺,大历时人,少与邻生文茂约为伉俪。文茂常常给她寄诗以通情意,晁采送莲子以表情意。莲子坠入盆中,十几天后,开花并蒂。文茂把这一好消息报告给了晁采,二人乘机欢会。晁母知此情后,叹道:"才子佳人,自应有此。"遂将晁采嫁给了文茂。此诗是晁采答文茂之诗。意思是说,我在醉梦中与郎相会,可恶的乌鸦叫声将我的好梦惊醒了。要是有好酒,即使千金我也要买下来,喝醉了以续我的好梦。你的信差一天不落地给我寄玉酝美酒,就好像一年只下一次雨,(你)真是太多晴(情)了!此二诗用民歌的手法写出了青年男女如痴如醉的热恋之情,十分动人。

再看女诗人李冶写给她男友陆鸿渐(茶圣陆羽)的一首诗:

昔去繁霜月,今来苦雾时。
相逢仍卧病,欲语泪先垂。
强劝陶家酒,还吟谢客诗。

偶然成一醉，此外更何之？

(《湖上卧病喜陆鸿渐至》)

　　李冶卧病于船上，陆羽前去探望她。李冶十分感动，见了陆羽，话还未来得及说，眼泪就先流了出来。陆羽又是向她劝酒，又是给她吟诗，二人喝得大醉。人生有此一知己足矣，此外更有何求？爱情就像是甘醇的美酒，令女诗人们微醺的醉眼里变幻出数不尽的美丽幻影。

　　唐人在诗歌中多写朋友间的友谊，却很少写男女之间的爱情（虽然有时也写一些青楼楚馆的狎妓之作，但那绝不是爱情）。因此，这些描写爱情的诗歌在唐诗中显得特别宝贵。不记得是哪位大师说的了，意思是说，唯有爱情才是人世间最铭心刻骨的感情。那么，这些唐诗中珍稀的爱情诗篇将显得益加珍贵。这些爱情诗之所以能够在礼教网罗的监视之下出笼，应归功于酒。正是在酒醉之中，诗人才能不顾礼教之束缚，情不自禁，脱口而出。但有的还是经不住礼教之压迫，写得朦朦胧胧，似是而非，让人看不大懂。甚至有的还打出"别有寄托"的名号来掩人耳目。这也许是中国古典爱情诗的特点吧（民歌除外）。也正是这种原因，这些爱情诗才显示出它朦胧美的独特魅力，或体现出其"比兴寄托"的独特艺术手法。而情感之真则是其灵魂。没有了情之"真"，便都是虚情假意，就没有任何价值了。

第四节

一瓢长醉任家贫——贫士醉眼中的世界

一、浊醪必在眼

唐人虽然都很善饮酒,但穷人和富人饮的酒是不一样的。富人们饮的是"金樽清酒斗十千"的清酒,或是"葡萄美酒夜光杯"的葡萄美酒,而穷人们喝的却是未经过滤的浊酒、醪酒、村酒、粗酒,或称浊醪:

> 诸家忆所历,一饭迹便扫。
> 苏侯得数过,欢喜每倾倒。
> 也复可怜人,呼儿具梨枣。
> 浊醪必在眼,尽醉摅怀抱。
>
> (杜甫《雨过苏端》)

> 生儿不远征,生女事四邻。
> 浊酒盈瓦缶,烂谷堆荆囷。
>
> (李商隐《行次西郊作一百韵》)

> 水乡明月上晴空,汀岛香生杜若风。

不是当年独醒客，且沽村酒待渔翁。

（李中《夜泊江渚》）

今人所喝的是白酒，即蒸馏酒，酒越陈越好；唐人喝的大多是水酒，越新越好。故白居易招待朋友用"绿蚁新醅酒"（《问刘十九》），而杜甫家贫，拿不出新酒来招待客人，只好抱歉地拿旧醅应付："樽酒家贫只旧醅"（《客至》）。穷人喝不起"斗酒十千"的美酒，只能喝每斗三百钱的浊酒：

街头酒价常苦贵，方外酒徒稀醉眠。
速宜相就饮一斗，恰有三百青铜钱。

（杜甫《逼仄行赠毕曜》）

宋真宗曾问唐朝的酒价，丁谓就拿杜甫的这首诗来证明。赵次公曰："真宗问近臣，唐酒价几何，众莫能对。丁谓奏曰：'每斗三百文。'帝问何以知之。丁引此诗以对，帝大喜曰：'子美真可谓一代之史。'"后人对此颇有疑义，黄鹤说："按唐《食货志》，唐初无酒禁。乾元二年，京师酒贵，肃宗以廪食方缺，乃禁京城酤酒。建中三年，置肆酿酒，斛收直三千。贞元二年，斗钱百五十。真宗问唐时酒价，丁晋公引此诗以对，丁盖知诗而未知史也。"王嗣奭说："北齐卢思道尝云：'长安酒钱，斗价三百。'此诗酒价苦贵，乃实语。三百青钱，不过袭用成语耳。旧注不引卢说而引丁说，何也？又有引李白'金陵（应为金樽）美酒斗十千'之句，疑李杜同时，酒价顿异，岂知李亦袭用曹子建诗成语也。酒有美恶，钱有贵贱，岂可为准？"（以上俱引自《杜诗详注》卷六，第468~469页）这番争论，虽不一定能证明杜甫诗及李白诗所说的就是唐朝时的确切酒价，但至少说明，唐朝的酒是有优劣之分的，酒价也是不一样的，而且贵贱悬殊。穷人喝的酒不但酒质粗劣，甚至这样的酒也常常喝不上。故杜甫说："方外酒徒稀醉眠"，即穷人很少有机会喝醉。诗人雍陶，在除夕时因无钱买酒正在发愁，朋友李绀送来了屠苏酒，他十分感动，作了一首诗表示答谢：

岁尽贫士事事须，就中深恨酒钱无。

故人充寿能分送，远客消愁免自沽。
一夜四乘倾酱落，五更三点把屠苏。
已供时节深珍重，况许今朝更挈壶。

(《酬李绅岁除送酒》)

更多的情况是没有钱就借钱买酒喝。杜甫诗中即有"得钱即相觅，沽酒不复疑"（《醉时歌》）、"赖有苏司业，时时与酒钱"（《戏简郑广文虔兼呈苏司业源明》）的句子。在唐人的诗中，多出现"贳(shì)酒"的字眼，说明贫困的酒徒们，即使无钱买酒，也要赊酒喝：

有客须教饮，无钱可别沽。
来时长道贳，惭愧酒家胡！

(王绩《过酒家五首》其五)

绵绵钟漏洛阳城，客舍贫居绝送迎。
逢君贳酒因成醉，醉后焉知世上情。

(蔡希寂《洛阳客舍逢祖咏留宴》)

小市柴薪贵，贫家砧杵闲。
读书多旋忘，赊酒数空还。

(姚合《武功县中作三十首》，一作《武功县闲居》其五)

贳酒携琴访我频，始知城市有闲人。
君臣药在宁忧病，子母钱成岂患贫。

(许浑《赠王山人》)

诗人在咏酒中涉及贳酒之处甚多，李白和杜甫都有贳酒之例，如李白的《送韩侍御之广德》：

昔日绣衣何足荣，今宵赊酒与君倾。
暂就东山赊月色，酣歌一夜送泉明。

杜甫的《复愁十二首》其十一：

每恨陶彭泽，无钱对菊花。
如今九日至，自觉酒须赊。

由于大诗人都赊酒喝，故唐人都以赊酒为雅事，在诗中反复吟咏。所以，并不是所有写赊酒的都是买不起酒喝，有的是以赊酒来表达一种狂放不羁的态度：

白首沧洲客，陶然得此生。
庞公采药去，莱氏与妻行。
乍见还州里，全非隐姓名。
枉帆临海峤，赊酒秣陵城！

（皇甫冉《赠郑山人》）

很显然，皇甫冉是以赊酒狂饮这一举动，来形容郑山人鄙视富贵、鄙弃功名的旷放情怀及高蹈世外的不羁之情。

二、一酌散千愁

穷人为生计所迫，被生活压迫得喘不过气来，整日生活在忧愁烦闷之中，不堪重负。为了减轻心理上的压力，不得不借助于酒。杜甫有诗曰："浊醪谁造汝，一酌散千忧。"（《落日》）杜甫的大半生都在奔波流离的忧患生活中度过，他为家人忧，为百姓忧，为国家社稷忧。心中之苦，实不堪言，因此常常以酒解愁：

气酣日落西风来，愿吹野水添金杯。
如渑之酒常快意，亦知穷愁安在哉？

（《苏端薛复筵简薛华醉歌》）

汉运初中兴，生平老耽酒。
沉思欢会处，恐作穷独叟。

（《述怀》）

荒村建子月，独树老夫家。
雪里江船渡，风前径竹斜。
寒鱼依密藻，宿鹭起圆沙。
蜀酒禁愁得，无钱何处赊？

（《草堂即事》）

　　第一首诗写杜甫在长安饱受饥寒，幸得苏端、薛复和薛华等人接济的情况。至德元年（756）的大年初一，薛端将杜甫请到自己家里喝酒过年，杜甫端起酒杯，感慨万分，是酒暂时解除了他的穷愁之忧。第二首诗是杜甫逃出长安，追随肃宗到凤翔行宫所作。肃宗见他"麻鞋见天子"，感他一片忠心，便授他左拾遗之职。他想回家看看妻儿，但又不知在兵荒马乱的年月，他们是否还活着。越苦恼越想喝酒，以致成了酒瘾。他虽然想象着与妻儿团聚的快乐，但他只担心，自己此时恐怕已是一个穷独的老叟了。第三首诗是杜甫在成都草堂所作。杜甫在成都虽然暂时有了一个栖息之地，但在风雨飘摇的时代里，他的草堂也不是一个安稳之地。草堂在荒村的风雪中摇晃，他的一家像寒鱼依附着水藻，像鹭鸶一样依恋着沙洲。他徒看着这艰苦的日子发愁。蜀酒虽然可以消愁，但因还不上账，连赊酒的去处也没有了。还能有比这更难堪的日子吗？对一个"生平老耽酒"的老诗人来说，断酒将意味着怎样的痛苦？

　　酒对贫士来说，确实是须臾不可离开的东西。能多少赊到一些美酒就能令人欢喜不尽：

> 檐影微微落，津流脉脉斜。
> 野船明细火，宿雁聚圆沙。
> 云掩初弦月，香传小树花。
> 邻人有美酒，稚子夜能赊。
>
> （杜甫《遣意二首》其二）

> 县官清且俭，深谷有人家。
> 一径入寒竹，小桥穿野花。
> 碓喧春涧满，梯倚绿桑斜。
> 自说年来稔，前村酒可赊。
>
> （储光羲《张谷田舍》）

杜甫能让儿子在邻居家赊到酒，心情十分高兴。他只觉得眼前的檐影和流水是那么轻盈和温情脉脉；江船上的野火，沙洲上的宿雁都充满了温暖和爱意；连天上的弯月和江边的花树也使人欣喜。而诗人储光羲却能从"前村酒可赊"中看到，由于官吏清廉，深谷中的人家尽管还没有足够的钱买酒喝，但却安于耕织，碓声不断，绿桑满园，丰衣足食，一片生机。

贫士们虽然食不果腹，度日维艰，但对朋友的接待却是满腔热情，倾其所有。用徐铉的话来说，就是"贳酒留宾不道贫"（《和王明府见寄》）。重九那天，一个姓贾的县令造访戎昱，虽然戎昱穷居郊外，家道贫寒，还是搬出家酿的老酒，热情地招待了他，二人一边赏菊，一边饮酒，相与甚欢：

> 独掩衡门秋景闲，洛阳才子访柴关。
> 莫嫌浊酒君须醉，虽是贫家菊也斑。
> 同人愿得长携手，久客深思一破颜。
> 却笑孟嘉吹帽落，登高何必上龙山？
>
> （《九日贾明府见访》）

诗人秦系也是如此。一个叫张宙的员外到他所隐居的山中拜访，他也是拿自己家中的春醪和所种的水果热情相待：

>　　常恨相知晚，朝来枉数行。
>　　卧云惊圣代，拂石候仙郎。
>　　时果连枝熟，春醪满瓮香。
>　　贫家仍有趣，山色满湖光。
>
>　　　　　　　（《山中枉张宙员外书期访衡门》）

　　杜甫更是如此。一个姓李的朋友到杜甫的草堂拜访，杜甫仓皇之间，未有所准备，只好临时向邻家借酒相待："隔屋唤西家，借问有酒不？墙头过浊醪，展席俯长流。"末了，还怕酒不够，起身又去找酒："预恐樽中尽，更起为君谋。"（《夏日李公见访》）

　　贫士们不仅在士大夫圈中交游，与农夫百姓也交往甚勤。一次，杜甫得了一瓶老友严武派人送来的由青城山道士酿制的佳酿乳酒，他没有独自享用，当即开瓶，与前来送酒的马军共享：

>　　山瓶乳酒下青云，气味浓香幸见分。
>　　鸣鞭走送怜渔父，洗盏开尝对马军。
>
>　　　　　　　（《谢严中丞送青城山道士乳酒一瓶》）

　　当然，乡村的农民虽然生活困苦，但待人却是十分真诚的，他们拿出自己平时也舍不得喝的醪酒，劝客人时却非常慷慨，不醉不休：

>　　绿草展青烟，樕影连春树。
>　　茅屋八九家，农器六七具。
>　　主人有好怀，搴衣留我住。
>　　春酒新泼醅，香美连糟滤。
>　　一醉卧花阴，明朝送君去。
>
>　　　　　　　（张直《宿顾城二首》其一）

"主人有好怀，搴衣留我住"，农家的这份热情，与杜诗中"田翁逼社日，邀我尝春酒。……高声索果栗，欲起时被肘"（《遭田父泥饮美严中丞》）之情状极为相似。酒在这里成了诗人与劳动人民友谊的津梁，起到了在文化中的和合作用。

三、忧道不忧贫

这些咏酒诗还表现出贫士安贫乐道的处世精神。尽管贫士们衣食难继，处世艰难，但他们贫的是物质，不是精神。日子虽过得贫困，精神却很富足：

> 山树落梅花，飞落野人家。
> 野人何所有？满瓮阳春酒。
> 携酒上春台，行歌伴落梅。
> 醉罢卧明月，乘梦游天台。
>
> （刘希夷《春日行歌》）

> 懒慢无堪不出村，呼儿日在掩柴门。
> 苍苔浊酒林中静，碧水春风野外昏。
>
> （杜甫《绝句漫兴九首》其六）

> 掇英泛浊醪，日入会田家。
> 尽醉茅檐下，一生岂在多？
>
> （韦应物《效陶彭泽》）

> 一年始有一年春，百岁曾无百岁人。
> 能向花前几回醉，十千沽酒莫辞贫！
>
> （崔敏童《宴城东庄》）

> 春草秋风老此身，一瓢长醉任家贫。

醒来还爱浮萍草，漂寄官河不属人。

（刘商《醉后》）

这些诗有的写得旷达，有的写得潇洒，有的写得任情，有的写得狂放，他们穷而不颓，贫而不卑，穷而有志，贫而有节，"十千沽酒莫辞贫""一瓢长醉任家贫"，确实展现了贫士穷而倨傲不屈的精神。正是贫士这种顽强不屈的兀傲精神，才使我们感到他们的难能可贵、可尊可敬。这类诗我们还可以举出一些，如杜甫诗的穷而弥坚、执着自信：

骅骝作驹已汗血，鸷鸟举翮连青云。
词源倒流三峡水，笔阵独扫千人军。
…………
酒尽沙头双玉瓶，众宾皆醉我独醒。
乃知贫贱别更苦，吞声踯躅涕泪零。

（《醉歌行》）

罗隐诗的贫而不诎、牢落不平：

秋山抱病何处登，前时韦曲今广陵。
广陵大醉不解闷，韦曲旧游堪拊膺。
佳节纵饶随分过，流年无奈得人憎。
却驱赢马向前去，牢落路歧非所能。

（《重九日广陵道中》）

罗衮诗的世外高蹈、以贫自傲：

榆火轻烟处处新，旋从闲望到诸邻。
浮生浮世只多事，野水野花娱病身。
浊酒不禁云外景，碧峰犹冷寺前春。

蓑衣氇衲诚吾党，自结村园一社贫。

(《清明赤水寺居》)

李中诗的壮志未酬、诗酒遣怀：

悠悠旅宦役尘埃，旧业那堪信未回。
千里梦随残月断，一声蝉送早秋来。
壶倾浊酒终难醉，匣锁青萍久不开。
唯有搜吟遣怀抱，凉风时复上高台！

(《海上从事秋日书怀》)

李贺诗的世路蹭蹬、怀才不遇：

秋风吹地百草干，华容碧影生晚寒。
我当二十不得意，一心愁谢如枯兰。
衣如飞鹑马如狗，临歧击剑生铜吼。
旗亭下马解秋衣，请贳宜阳一壶酒。

(《开愁歌》)

这些诗都有一股郁郁不平之气，有一种不甘贫贱、不屈于命运的抗争精神。穷而不馁，穷则思变，这就是唐代贫士们的可贵品质。在酒力的刺激下，他们激发出昂扬奋发的精神，与不平的现实斗争，积极争取改变自己的命运。

孔夫子云："不义而富且贵，于我如浮云。"安贫乐道，不为外物所动，穷而弥坚，是一种道德上的崇高美。贫而不谄，贫而不馁，是一种高尚的人格美。孟子也说过："天将降大任于是人也，必先苦其心志，劳其筋骨，饿其体肤，空乏其身，行拂乱其所为，所以动心忍性，曾益其所不能。"贫穷虽不是好事，但却是锻炼人的好机会，它能给人以奋发的动力。唐代的贫士们能够在酒中调节自我精神的失衡，重新平整心态，没有在贫困中丧失自我，没有被贫穷压垮，没有贫而丧志，这种坚持操守的顽强的奋斗精神，表现出了一种精神的崇高美。

第五节
生为醉乡客,死作达士魂——达士醉眼中的世界

一、酒是达士魂

达士们饮酒都有一种放旷的情怀。他们和豪士虽然在表面上有相似的地方,如出手大方,一掷千金,诗酒狂放,宴游纵乐等,但他们的内心却有着很大的区别。豪士们大都凭着一时之血性,任情使气,纵酒狂饮,为青年人一时的冲动,突现出一个"豪"字,有着较多的非理性成分。达士却与豪士不同,他们大都是过来人,以前也有过年轻人的胡闹,但随着阅历的增长,历经沧桑,饱读诗书,对人生哲理多有大彻大悟;他们处事待物,多有旷达之风,即凸显一个"达"字。如"饮中八仙",之所以放旷情怀,肆意纵饮,是因为他们都已看透人世:"达亦不足贵,穷亦不足悲"(李白《答王十二寒夜独酌有怀》),"古来圣贤皆寂寞,惟有饮者留其名"(李白《将进酒》)。他们饮酒多为慰人或自慰,故其诗多有一种理性的感悟和对人生的感慨,有一种纵深的历史感。

初唐诗人王绩,因看惯了乱世的纷争和官场的钩心斗角,幡然有悟,便主动退出了名利场,做了一名高隐,终日以诗酒自慰:"此日长昏饮,非关养性灵。眼看人尽醉,何忍独为醒?"(《过酒家五首》其二)盛唐诗人王维,年轻时有报国之志,曾上诗宰相张九龄,有"致君光帝典"(《上张令公》)之志,被张九龄援引为右拾遗,后张九龄为李林甫排挤,被贬为荆州长史,不久便去

世了。从此王维对仕途灰心，天宝初与裴迪等友人在终南山蓝田辋川别墅诗酒唱和。他在《酌酒与裴迪》诗中写道："酌酒与君君自宽，人情翻覆似波澜。……世事浮云何须问，不如高卧且加餐。"他看透了世上的人情翻覆，对官场的世事浮云十分厌倦，于是做起了亦官亦隐的高人和达士。白居易也是如此。早年初为拾遗之时，他关心国家前途和百姓的命运，一边向皇帝上书进谏铲除弊政，一边写新乐府诗，以诗代谏反映民间疾苦，却遭到执政者的打击，被贬出朝。到了晚年，他因看透世事与人情，便变为达士，在东都不问世事，甚至也不问家事，当起了纵酒行乐的醉吟先生。他在《达哉乐天行》中吟道：

达哉达哉白乐天，分司东都十三年。
七旬才满冠已挂，半禄未及车先悬。
或伴游客春行乐，或随山僧夜坐禅。
二年忘却问家事，门庭多草厨少烟。
庖童朝告盐米尽，侍婢暮诉衣裳穿。
妻孥不悦甥侄闷，而我醉卧方陶然。

他以陶然的醉态来表达对朝政的失望和对现实的不满。年仅二十几岁的李贺，得罪了朝中的权贵后，因其父名"晋肃"而不得应进士之试。后来仅得奉礼郎的小官。李贺因看透了名利场的明争暗斗，以刘伶自比，终日饮酒自纵，其《将进酒》诗曰："琉璃钟，琥珀浓，小槽酒滴真珠红。……劝君终日酩酊醉，酒不到刘伶坟上土！"晚唐诗人聂夷中出身贫寒，"奋身草泽，备尝辛楚"（《唐才子传校笺》卷九），咸通十二年（871）考中进士，但因时局动乱，在长安滞留甚久，过着"在京如在道，日日先鸡起。不离十二街，日行一百里"（《住京寄同志》）奔走求食的生活。因此他看透了当时的黑暗社会，终日以饮酒解愁，发泄对现实的不满，其诗曰：

日月似有事，一夜行一周。
草木犹须老，人生得无愁？
一饮解百结，再饮破百忧。

白发欺贫贱，不入醉人头。
我愿东海水，尽向杯中流。
安得阮步兵，同入醉乡游！

(《饮酒乐》)

这些看似旷达的诗句，其实饱含着诗人内心的悱怨和对现实不平的抨击。另外有些诗也是看似旷达，其实是含着眼泪的微笑，如李白的《九日龙山饮》：

九日龙山饮，黄花笑逐臣。
醉看风落帽，舞爱月留人。

此诗是太白晚年流放归来，在当涂（今属安徽马鞍山市）龙山所作。此时正值重阳节，李白尝尽了人生的酸甜苦辣，虽说是赦还，头上还是有顶"逐臣"的帽子。李白虽生性旷达，但他的潜意识里，总觉得低人一等，故有"黄花笑逐臣"之句。因此，当李白的帽子被吹落，诗人故作旷达地作孟嘉之舞时，眼睛里是含有辛酸之泪的。

诗人王昌龄也有贬谪之遭遇。天宝中，他因"不护细行"(《新唐书·文艺传下》)的罪名，被贬为龙标（今湖南黔阳）尉，李白曾作一首《闻王昌龄左迁龙标遥有此寄》安慰他。诗中有"我寄愁心与明月，随风直到夜郎西"的名句。王昌龄深感抚慰，心情开朗了许多。在龙标时他常以诗酒会友，对贬谪的遭遇，以放旷的情怀待之：

沅溪夏晚足凉风，春酒相携就竹丛。
莫道弦歌愁远谪，青山明月不曾空。

(《龙标野宴》)

诗中"青山明月不曾空"之句是旷达语。意思是说，不管我被贬谪多远，遭遇多么不幸，但我志在青山明月的意趣都是一样的。即何处青山不埋骨？何处明月不照人？贬我到此，我根本不在乎，照样我行我素，你们还能把我怎么

146

样呢？王昌龄有此透彻之悟，可谓是达士矣。

诗人贾至，因属房琯党，乾元元年（758）被贬汝州刺史，后又贬岳州司马，心情十分郁闷，常常借酒浇愁，从醉中得到解脱。其诗云：

> 春来酒味浓，举酒对春丛。
> 一酌千忧散，三杯万事空。
> 放歌乘美景，醉舞向东风。
> 寄语尊前客，生涯任转蓬。

（《对酒曲二首》其二）

此诗颔联写酒之功用，颈联写酒后之狂态，旷放透脱，有达士之雅情高致。

诗人元稹向以"户小"（酒量小）著称，但他所写的一首诗却颇有嗜酒健饮者的达士之风：

> 长歌莫长叹，饮斛莫饮樽。
> 生为醉乡客，死作达士魂！

（《酬独孤二十六送归通州》）

从元稹的诗来看，敢于饮酒，并能多饮酒，就能做一个达士。可见，在他的眼中，达士的一个最重要的条件就是能饮酒，否则就算不上达士。他本人不善饮酒，本不是一个达士，但他陪客人饮酒，有舍命陪君子之概，并以做一个"醉乡客"和"达士魂"为荣。由此可见唐人心态，醉中旷放是他们共同追求的目标。

二、黄金难买少年狂

达士们饮酒以醉为乐，醉是目的，醉是归宿，他们所追求的最高境界，就是沉入醉乡，进入一个精神自由的天地。"饮中八仙"一个个醉态可掬，醉态可喜。人在醉中才能露出真性情，才能展示他们的才情，充分地展现他们的艺术创造力。李白在醉中才能"一斗诗百篇"；张旭在醉中才能脱帽露顶，以发代笔,"挥毫落纸如云烟";就连平时说话口吃的焦遂,在醉时也不口吃了,而是妙语如珠,"高谈雄辩惊四筵"(均见杜甫《饮中八仙歌》)。酒使他们精神焕然,才情毕现。因此,他们醉中的狂态,才令人觉得可爱,正如苏轼所云"老夫聊发少年狂"(《江城子·密州出猎》),老夫能发少年狂,正是"达"的表现。关于醉态的形容,以李白说得最为形象:"看朱成碧颜始红"(《前有樽酒行二首》其二),就是说喝酒喝到眼花缭乱,红绿不分,才算是真醉了。朋友们在一起喝酒,要开怀畅饮,一直喝到对客傻笑,口无遮拦,说掏心窝子的话,才算是真醉了。李白有一首诗说:

> 开颜酌美酒,乐极忽成醉。
> 我情既不浅,君意方亦深。
> 相知两相得,一顾轻千金。
> 且向山客笑,与君论素心。
> （《酬岑勋见寻就元丹丘对酒相待以诗见招》）

好友相逢,酌以美酒,在喝到情深意厚之时,一掷千金,不以为重,并从内心发出惬意的笑,说出发自肺腑的真情话,这就是韦庄所说的"遇酒且呵呵""酒深情亦深"(《菩萨蛮》)。张谓有首诗,也是说朋辈间相约聚饮的事,题曰《湖上对酒行》:

> 夜坐不厌湖上月,昼行不厌湖上山。
> 眼前一尊又长满,心中万事如等闲。
> 主人有黍百余石,浊醪数斗应不惜。
> 即今相对不尽欢,别后相思复何益?
> 茱萸湾头归路赊,愿君且宿黄公家。
> 风光若此人不醉,参差辜负东园花。

一群朋友湖上游宴,一边欣赏湖上的风景,一边自由自在地饮酒,其乐无穷。有此一杯在手,心中万事,尽为化解,不用忧心了。主人既有此雅意,客人也最好遵命，举杯尽饮吧。湖中行乐，离归途尚远，一时回不去就暂且住在黄公酒家。如此风光，若不尽情而饮，就辜负了大好春光了。

以审美的态度来对待生活，以酒来化解生活中不顺心的种种物事，可谓是旷达之举。

要喝就喝他个酩酊大醉，杜荀鹤说："日月浮生外，乾坤大醉间。"（《送九华道士游茅山》）甚至有人认为"不醉长醒也是痴"（韦庄《题酒家》），即喝酒不喝醉，就是想不开。纵酒行乐是唐代酒徒们最普遍的想法。人生有限，青春易老，转眼已是百年，何不及时行乐乎？越是有阅历，越是对人生有参悟的达士们，越有这种思想。李白有诗云：

尔恐碧草晚，我畏朱颜移。
愁看杨花飞，置酒正相宜。
歌声送落日，舞影回清池。
今夕不尽杯，留欢更邀谁？

（《宴郑参卿山池》）

汉代的《古诗十九首》中即有人生苦短、忧多欢少之叹："生年不满百，常怀千岁忧。昼短苦夜长，何不秉烛游？"这种生命的忧患意识，唤醒了人们对个体生存状态的忧虑，对人生短暂的焦灼感。它积极的一面是激励人们奋发图强，及时建功立业："富贵吾自取，建功及春荣。"（李白《邺中赠王大劝入高凤石门山幽居》）消极的一面是及时行乐："今夕不尽杯，留欢更邀谁？"（李白《宴郑参卿山池》）其实这也是人生的一个问题的两个方面：既要为社会做些贡献，又要享受生活。饮酒行乐本身，本无可非议，行乐有什么不好？人生在世是要来受苦的吗？但只讲索取，不讲贡献，就有些偏颇了。好在唐代诗人们并不是不讲贡献，只是在饮酒之时着重讲求行乐罢了。

达士们饮酒，都有一种狂态。他们每饮必醉，嗜酒如狂，好像不尽兴就不足以做达士：

重门敞春夕，灯烛霭余辉。

醉我百尊酒,留连夜未归。

(张继《饮李十二宅》)

堂上陈美酒,堂下列清歌。
劝君金曲卮,勿谓朱颜酡。

(孟郊《劝酒》)

爱酒如偷蜜,憎醒似见刀。
君为麹蘖主,酒醴莫辞劳。

(卢仝《忆酒寄刘侍郎》)

三重江水万重山,山里春风度日闲。
且向白云求一醉,莫教愁梦到乡关。

(戴叔伦《对酒示申屠学士》)

昔日曾随魏伯阳,无端醉卧紫金床。
东君谓我多情赖,罚向人间作酒狂!

(马湘《又诗一首》)

这些诗人身份各别,性格和志向也不尽同,但就饮酒这一点来说,态度都是很旷放的。张继的那一首《饮李十二宅》,诗题中的李十二不知是不是李白。张继在天宝十二年(753)登进士第,安史之乱后又长期在吴越,而此时李白也正在吴越一带活动,他们是很有可能相见的。张继此诗很有太白之风,"醉我百尊酒"很明显受李白的"一日须倾三百杯"(《襄阳歌》)豪饮的影响。孟郊的"勿谓朱颜酡"、卢仝的"爱酒如偷蜜",均写出了酒徒们嗜酒如命的心理。戴叔伦的"且向白云求一醉,莫教愁梦到乡关",写出了客游他乡、以酒浇愁、故作放达的游子心态。马湘的"罚向人间作酒狂",则写出了达士们纵酒行乐、放浪不羁的情怀。

达士们逢饮必醉,醉态可掬,既歌又舞,尽兴尽意,不能自已:

万里横戈探虎穴，三杯拔剑舞龙泉。
莫道词人无胆气，临行将赠绕朝鞭！

（李白《送羽林陶将军》）

把臂开尊饮我酒，酒酣击剑蛟龙吼。
…………
万事尽付形骸外，百年未见欢娱毕。

（杜甫《相逢歌赠严二别驾》）

丹崖翁，爱丹崖，弃官几年崖下家。
儿孙棹船抱酒瓮，醉里长歌挥钓车。

（元结《宿丹崖翁宅》）

七人五百七十岁，拖紫纡朱垂白须。
手里无金莫嗟叹，尊中有酒且欢娱。
诗吟两句神还王，酒饮三杯气尚粗。
兀峨狂歌教婢拍，婆娑醉舞遣孙扶。

（白居易《胡吉郑刘卢张等六贤皆多年寿予亦次焉……
纪之传好事者》）

　　李白是位侠士，所以他在喝醉的时候能够拔剑起舞，是一点也不奇怪的。可杜老夫子是位文弱书生，醉后也能酒酣击剑，吼如蛟龙，倒令人刮目相看。其实，杜甫年轻时也是一位能够"呼鹰皂枥林，逐兽云雪冈。射飞曾纵鞚，引臂落鹜鸰"（《壮游》），能够走马射箭、舞剑弄棒的主儿。元结笔下的丹崖翁，弃官隐居，抱瓮而饮，醉里长歌，醉态可掬。白居易与胡、吉、郑、刘、卢、张等洛下七贤，平均年龄在八十多岁，饮酒狂歌，婆娑起舞，真可谓返老还童、返璞归真了。醉中能现真性情，酒后方见达士本色，从他们的醉态中，可以看出达士任情诗酒的旷放情怀。

三、诗酒真名士

杜牧有诗云:"大抵南朝皆旷达,可怜东晋最风流。"(《润州二首》其一)达士们都有想当诗酒名士的情结,最艳羡的就是魏晋南朝风流名士。具体地说,就是羡慕竹林七贤中的嵇康、阮籍、刘伶,两晋的毕卓、张翰和晋宋时的陶渊明。

先说嵇康和阮籍。嵇、阮是竹林七贤中的代表性人物,都具有叛逆思想。嵇康是个激进派,说过做官有"七不堪""二不可"与"非汤武而薄周孔"的话(《与山巨源绝交书》),因而被司马氏借故杀了头。而阮籍却软中带刺,他多次以行动表示不愿与司马氏合作,司马昭的心腹钟会"数以时事问之,因其可否而致之罪,皆以酣醉获免"(《晋书·阮籍传》)。阮籍还在他的《大人先生传》中,塑造了一个"与造物同体,天地并生,逍遥浮世,与道俱成",笑傲世俗、睥睨万物的大人先生,高自标榜。他们二人的共同特点是借酒放浪,恃才傲物。他们这种蔑视权贵的兀傲精神,得到了唐人的青睐,备受唐人效仿与歌颂:

慕蔺岂曩古,攀嵇是当年。
愧非黄石老,安识子房贤。

(李白《赠饶阳张司户燧》)

阮籍为太守,乘驴上东平。
剖竹十日间,一朝风化清。

(李白《赠闾丘宿松》)

阮籍推名饮,清风满竹林。
半酣下衫袖,拂拭龙唇琴。

(孟浩然《听郑五愔弹琴》)

矧予东山人,自惟朴且疏。
弹琴复有酒,且慕嵇阮徒。

(白居易《马上作》)

>先生忧道乐清贫，白发终为不仕身。
>嵇阮没来无酒客，应刘亡后少诗人！
>
> （许浑《哭杨攀处士》）

李白的两首诗，分别表示对嵇康和阮籍的倾慕。嵇康有"非汤武而薄周孔"之言，李白有"我本楚狂人，凤歌笑孔丘"（《庐山谣寄卢侍御虚舟》）之举，二人都有非圣无法、不遵名教的放浪情怀，所以魏颢说"议者奈何以白有叔夜之短"[①]，即谓李白有嵇康之风。阮籍在政治上很有才能，他为东平相，"乘驴到郡，坏府舍屏障，使内外相望，法令清简，旬日而还"（《晋书·阮籍传》）。李白很佩服他这一点，因此以诗来赞美宿松的闾丘县令。孟浩然是位隐士，他对阮籍能饮酒、善弹琴的风流雅士风度是很赞赏的。白居易也是如此，将嵇、阮视为纵情于琴酒，飘然绳检之外的高人达士，对他们给予赞美。许浑则将老友杨攀处士比作嵇、阮式的竹林七贤一类"忧道乐清贫"的高士，因此对杨攀这样贫穷而有品格的士人的去世，感到十分悲伤。

刘伶和毕卓也是唐人屡加赞美的人物，这倒不是因为他们在思想和文学上有什么卓越建树，而是由于他们二人以饮酒出名。刘伶整天除了饮酒之外无所事事，他外出时也手携一壶，让一人荷锸随之，曰："死便埋我！"（《晋书·刘伶传》）他唯一留下的文章是《酒德颂》，在此文中，刘伶塑造了一位"捧罂承槽，衔杯漱醪，奋髯箕踞，枕麹（qū）藉糟，无思无虑，其乐陶陶"的大人先生，其实是他自己人格的写照。毕卓为晋代吏部侍郎，居如此之高位，却有偷酒之癖。毕卓的邻居家酿得好酒，比及邻家酒熟，毕卓乘着酒意，偷偷到邻家的置酒瓮处取酒痛饮，被邻家当贼捉住，后知是侍郎大人才放了他[②]。毕卓曾对人说："得酒满数百斛船，四时甘味置两头，右手持酒杯，左手持蟹螯，拍浮酒船中，便足了一生矣。"（《晋书·毕卓传》）刘伶和毕卓可以说是地道的人生享乐派，但因其旷达任真，很得唐代的酒徒们喜爱：

---

① 魏颢《李翰林集序》，《李白全集校注汇释集评》卷1。
② 见《世说新语·任诞篇》注引《晋中兴书》。

瓮眠思毕卓，糟藉忆刘伶。

仿佛中圣日，希夷夹大庭。

（元稹《饮致用神麹酒三十韵》）

客散有余兴，醉卧独吟哦。

幕天而席地，谁奈刘伶何？

（白居易《咏兴五首·小庭亦有月》）

无限世机吟处息，几多身计钓前休。

他年谒帝言何事？请赠刘伶作醉侯。

（皮日休《夏景冲澹偶然作二首》其二）

长安斗酒十千酤，刘伶平生为酒徒。

刘伶虚向酒中死，不得酒池中拍浮。

（卢注《酒胡子》）

　　元稹之诗，对刘伶和毕卓醉中悟道表示出很浓厚的兴趣。其实元稹很不善于饮酒，少饮则醉，醉则癫狂。他有一首《狂醉》诗写醉中自况，诗道："一自柏台为御史，二年辜负两京春。岘亭今日颠狂醉，舞引红娘乱打人。"此诗表示诗人对刘伶和毕卓"中圣"后能够进入一个虚无缥缈的醉乡世界感到由衷的羡慕。白居易对刘伶"幕天而席地"的旷放之举，十分向往。刘伶的《酒德颂》中说："有大人先生，以天地为一朝，万期为须臾，日月为扃牖，八荒为庭衢。行无辙迹，居无室庐，幕天席地，纵意所如。"《世说新语·任诞》载，刘伶醉后在家中室内脱衣裸袒，客人去找他，见他光着身子，问他为什么不穿衣服，他回答道："我以天地为栋宇，屋室为裈衣，诸君何为入我裈中？"其放情肆志、纵酒任诞为古今所未有。皮日休甚至要独尊刘伶为"醉侯"，卢注则认为刘伶虽然以酒为生，为酒而死，但比起整日在酒池中漂浮的酒胡子来说，应仍有所憾。唐代的酒徒们对刘伶这种以酒为命，为酒而死，对生死的达观，对人生的肆志的态度可谓是推崇备至，羡慕之至。

晋朝的另一位达士张翰，也是唐代诗人歌咏的对象。他以见机抽身而出名。齐王冏为大司马，辟张翰为东曹掾，后张翰见皇室内争，乱象已明，"因见秋风起，乃思吴中菰菜莼羹、鲈鱼脍，曰：'人生贵得适志，何能羁宦数千里，以要名爵乎？'遂命驾而归"。后齐王果败，时人皆谓之见机。有人问他："卿乃可纵适一时，独不为身后名耶？"张翰答道："使我有身后名，不如即时一杯酒！"（以上引文俱见《晋书·张翰传》）时人贵其旷达。李白就对张翰视名利如草芥的达观态度和能及时见机抽身而退的明智之举十分赞赏："君不见吴中张翰称达生，秋风忽忆江东行。且乐生前一杯酒，何须身后千载名！"（《行路难三首》其三）白居易也是如此，他认为张翰"且乐生前一杯酒"的淡泊名利的态度是最可取的，认为人太"聪明"就会"伤混沌"，而烦恼是佛家之大忌：

张翰一杯酒，荣期三乐歌。
聪明伤混沌，烦恼污头陀。

（《偶作》）

诗中的"荣期"是指春秋时的隐士荣启期。孔子见他身穿鹿皮衣，腰缠绳索，弹琴而歌，于是问他何乐之有。荣启期说："吾乐甚多。天生万物，唯人为贵，而吾得为人，是一乐也。男女之别，男尊女卑，以男为贵，吾既得为男矣，是二乐也。人生有不见日月、不免襁褓者，吾既已行年九十矣，是三乐也。"（《列子·天瑞》）张翰的"且乐生前一杯酒"与荣启期的"三乐"，都是非常达观的人生态度，因此得到了白居易的赞赏。

罗隐的朋友程尊师是位道士，要去晋陵（今江苏常州市），罗作一诗送他，称他为"张翰"之流的人物：

高道乍为张翰侣，使君兼是世龙孙。
溪舍句曲清连底，酒贳余杭渌满樽。

（《送程尊师之晋陵》）

看来程尊师也是一位像张翰一样视功名为身外物,以酒为生涯的旷放之士。

韦庄"早尝寇乱,间关顿踬,携家来越中。弟妹散居诸郡,江西、湖南,所在曾游。举目有山河之异。故于流离漂泛,寓目缘情,子期怀旧之辞,王粲伤时之制……一咏一觞之作,俱能感动人也"(《唐才子传校笺》卷十)。其所作《江边吟》云:"陶潜政事千杯酒,张翰生涯一叶舟。若有片帆归去好,可堪重倚仲宣楼。"诗中韦庄自比陶潜和张翰,谓己在动乱的生涯中,为求官而到处流离漂泊,他很想像张翰和陶潜一样视功名如敝屣,归隐故里。若能了此心愿,何必像王粲那样久久滞留异乡。他乡虽好,"虽信美而非吾土兮"(王粲《登楼赋》),有什么可以留恋的呢?

但唐人最为向往的魏晋旷达之士,还是晋宋时的陶渊明。因以上所举的魏晋达士之中,除了嵇、阮二人外,多在文学尤其是诗歌上没有什么建树。像刘伶和毕卓,仅仅能饮酒而已。而陶渊明则是既能饮酒,又能作诗,是一位诗酒名士,这正是唐人尤其是唐代的诗人所追求的。因此,唐诗中歌咏陶渊明的诗最多。据统计,《全唐诗》中涉及陶渊明典故的诗有二百九十多首。此外,还有为数甚多的效陶体诗。其中仅白居易就写了《效陶潜体诗十六首》。其中一首云:

> 吾闻浔阳郡,昔有陶征君。
> 爱酒不爱名,忧醒不忧贫。
>
> (《效陶潜体诗十六首》其十二)

唐代诗人如李白、王维、颜真卿、钱起、司空曙、孟郊、朱庆馀、陆龟蒙、汪遵、徐夤等人都写过歌咏陶渊明的诗篇。现择几首录于下:

> 陶令日日醉,不知五柳春。
> 素琴本无弦,漉酒用葛巾。
> 清风北窗下,自谓羲皇人。
> 何时到栗里,一见平生亲。
>
> (李白《戏赠郑溧阳》)

山下孤烟远村，天边独树高原。
一瓢颜回陋巷，五柳先生对门。

（王维《田园乐七首》其五）

忽吟陶渊明，此即羲皇人。
心放出天地，形拘在风尘。

（孟郊《奉报翰林张舍人见遗之诗》）

靖节高风不可攀，此中犹坠冻醪间。
偏宜雪夜山中戴，认取时情与醉颜。

（陆龟蒙《漉酒巾》）

鹤爱孤松云爱山，宦情微禄免相关。
栽成五柳吟归去，漉酒巾边伴菊闲。

（汪遵《彭泽》）

　　李白的这一首诗，充分表达了对陶渊明人格的敬佩之意。渊明天天饮酒，但其意并不在酒，而是借酒以骋怀；他本不善于弹琴，却抚无弦琴以寄意。其家"瓶无储粟"（陶渊明《归去来兮辞》），却安贫乐道，怡然自适，犹如"羲皇人"。他虽贫穷如此，思想却是旷达的，精神上是自由的，因此得到了太白的由衷赞赏。王维之诗，是以写景的方式，描绘出了一个幽士高人隐居田园的幽美之境。其中"孤烟远村"之语，化自陶诗"暧暧远人村，依依墟里烟"（《归园田居五首》其一）之句。"独树高原"写出了陶渊明的巍巍人格，"五柳先生对门"写出了对陶渊明的敬仰与对其生活的向往。歌颂陶渊明，以安贫乐道的颜回作衬，更突出了诗人慕陶学陶的世外高蹈的旷达情怀。孟郊之诗，说陶渊明虽身为形役，其精神却放逸于天地之间，写出了自己对精神自由解放的渴望及对陶渊明人格精神的敬仰。陆龟蒙以陶渊明用葛巾漉酒之任情率真之举，歌颂了陶的纯真人格与天真之趣。汪遵对陶渊明毅然辞官归隐，脱俗出尘、回归自然的高情逸志，纵酒赏菊的悠然情怀，表达了深深的敬意和发自内心的仰慕。

魏晋南朝名士对唐人的影响是不可估量的，以上仅是从咏酒的角度做了初步的分析。魏晋名士旷达洒脱的人生态度，浪漫解放的思想精神，放荡不羁的人格个性，自我情感的风流自赏，文学艺术的清新玄远，都为唐诗的发展奠定了思想和艺术的深厚基础。

达士所追求的是一种精神上的自由美。自由美来自老庄道家的自由哲学。老子的"无为而无不为"，庄子的精神世界的"逍遥游"，讲的就是自由的境界。这种思想上的自由状态，只有在醉中才能得到充分的展现。所以，历代的达士们多是酒徒，他们飞腾的想象力，丰富的创造力，深沉的玄思和放达的性情，也只有借助于酒，才能冲破现实世界的种种障碍和限制，得以自由地驰骋。唐诗中的自由精神之所以如此宏大和张扬，酒是功不可没的。

肆

自称臣是酒中仙

——酒与唐代诗人

第一节
自古名士多豪饮——文人好酒的传统

　　自从有了酒，酒与文人就产生了密不可分的联系。中国历史上，从先秦时代就出现了许多善于饮酒的文人名士。就连中国的圣人孔子，也以"唯酒无量，不及乱"（《论语·乡党》）闻名。《诗经》中咏酒的诗篇比比皆是，如《小雅》中的《鹿鸣》《六月》《宾之初筵》《瓠叶》及《大雅》中的《既醉》，都是专门写贵族的雅士文人们在酒筵上纵酒行乐的诗篇。《国风》中的《七月》，则描绘了丰收后乡野农夫们在公堂聚众欢饮的情景。屈原也当是一位豪饮者，观其《招魂》中所写"瑶浆蜜勺，实羽觞些。挫糟冻饮，酎清凉些。华酌既陈，有琼浆些。……美人既醉，朱颜酡些"的诗句，可知他在受楚王重用时，参加过许多豪华的酒筵。

　　到了两汉，也出现了许多好酒的文人儒士。汉朝著名的辞赋家司马相如与卓文君相爱，二人出走，无以为生，在临邛市开一酒店，"令文君当垆，相如身自著犊鼻裈，与保庸杂作，涤器于市中"（《史记·司马相如列传》），一时传为文人开酒店的佳话。东汉大儒郑玄，不仅酒量大，而且酒后辩才无碍。一次袁绍总兵冀州，遣使邀郑玄，大会宾客，郑玄最后到会，袁绍请他坐上座，只见他"身长八尺，饮酒一斛，秀眉明目，容仪温伟"（《后汉书·郑玄传》）。袁绍的宾客都是些才士，见郑玄是一个儒生，以为他只懂得儒术，未以通人相许，他们纷纷提出怪异的问题，以诸子百家的各种问题竞相设难。而郑玄"依方辩对，咸出问表，皆得所未闻，莫不嗟服"（《后汉书·张曹郑列传》）。东汉的孔融好士，经常宾客盈门。他常说"坐上客恒满，尊中酒不空，吾无忧矣"（《后汉书·孔融传》）。因曹操缺军粮而实行酒禁，孔融对曹操大为不满，写了一篇《难曹公表制酒禁书》，对酒大加辩护。他说道："酒之为德久矣。古先哲王，类帝禋宗，和神定人，以济万国，非酒莫以也。故天垂酒星之耀，地列酒泉之郡，人著旨酒之德。尧不千钟，无以建太平。孔非百觚，无以堪上圣。樊哙解厄鸿门，非豕肩钟酒，无以奋其怒。赵之厮养，东迎其王，非引卮酒，无以激其气。高祖非醉斩白蛇，无以畅其灵。景帝非醉幸唐姬，无以开中兴。袁盎非醇醪之力，无以脱其命。定国不酣饮一斛，无以决其法。故郦生以高阳酒徒，著功于汉；屈原不餔糟歠（chuò）醨，取困于楚。由是观之，酒何负于治哉？"三国时的徐邈，在曹魏当尚书郎时，正当曹操禁酒，而徐邈却"私饮至于沉醉。校事赵达问以曹事，邈曰：'中圣人'"。赵达将此事向曹操做了汇报，曹操大怒。度辽将军鲜于辅进言说："平日醉客谓酒清者为'圣人'，浊者为'贤人'。（徐）邈性修慎，偶醉言耳。"徐邈因此得以免受处分（以上俱引自《三国志·魏志·徐邈传》）。曹操的儿子陈思王曹植，因"任性而行，不自雕励，饮酒不节"（《三国志·魏志·曹植传》），而其兄曹丕却善于"矫情自饰"，向曹操讨好，因此曹丕被曹操立为太子，后来即了大位。曹植因不得志，遂纵饮行乐，以酒解愁。有诗曰："归来宴平乐，美酒斗十千。"（《名都篇》）终以饮酒为事，忧愤而卒。曹植曾写有《酒赋》，在赋中写出了醉后之人兴奋不已的情景："于是饮者并醉，纵横喧哗。或扬袂屡舞，或扣剑清歌，或颠蹶辞觞，或奋爵横飞，或叹骊驹既驾，或称朝露未晞。于斯时也，质者或文，刚者或仁，卑者忘贱，窭者忘贫。"与此同时，建安七子中的王粲，也写了一篇《酒赋》，大唱酒的赞歌："章文德于庙堂，协武义于三军。致子弟之孝养，纠骨肉之睦亲。成朋友之欢好，赞交往之主宾。既无礼而不入，又何事而不因？"这时，酒已经作为文学关注的主题而出现。

魏晋易代之时，统治者对知识分子实行高压政策，"名士少有全者"（《晋书·阮籍传》）。因此，名士们纷纷逃入醉乡，以酒全身。最著名的就是竹林七贤，他们是中国历史上最有名的饮酒社团，其中最有名的是嵇康、阮籍、阮咸与刘伶。

晋宋时最有名的嗜酒诗人是陶渊明，他是第一个将酒与诗紧密联系在一起的文人。像刘伶只会饮酒，不会吟诗，而曹植、嵇康、阮籍等人，既饮酒，又作诗，但酒是酒，诗是诗，并未将二者有机地紧密融合在一起。而陶渊明的诗，是用酒"泡"出来的，在酒中长出来的，是酒之华，是与酒的联盟，是酒文化的完美体现。梁太子萧统说："有疑陶渊明诗篇篇有酒，吾观其意不在酒，亦寄酒为迹焉。"（《陶渊明集序》）据逯钦立先生的统计，陶渊明现存的诗文一百四十二篇，凡说到饮酒的共有五十六篇，约占其全部作品的40%[①]。其实几乎所有陶诗都浸润着酒文化的意趣和精神，说他"篇篇有酒"是一点也不错的。所谓"寄酒为迹"，就是说陶诗以酒为诗之媒，其意皆以酒出之耳。是酒触发了陶渊明的情感、思想和精神，使其借酒以抒情，借酒以畅怀，借酒以达志，借酒以寄意。陶渊明在《五柳先生传》中说自己："性嗜酒，家贫不能常得。亲旧知其如此，或置酒而招之。造饮辄尽，期在必醉，既醉而退，曾不吝情去留。环堵萧然，不蔽风日。短褐穿结，箪瓢屡空，晏如也。常著文章自娱，颇示己志。忘怀得失，以此自终。"此文乃夫子自道，说出了他安贫乐道、饮酒自适、吟诗自娱、诗酒畅志的情怀。陶渊明这种任情诗酒和以诗酒申情畅志的传统，在唐人的饮酒和咏酒诗中，得到了继承和发扬。

[①] 逯钦立《关于陶渊明》，《陶渊明集》，第238页。

第二节
眼看人尽醉，何忍独为醒——斗酒学士王绩

一、王绩的生平事迹

王绩，字无功，号东皋子，绛州龙门（今山西河津县）人。约生于隋文帝开皇十年（590），卒于唐太宗贞观十八年（644）。他是隋末大儒"文中子"王通的弟弟。自幼聪明好学，博闻强记。十五岁时西游长安，谒隋越国公杨素。当时杨素位高权重，待王绩甚为傲慢。王绩说："绩闻周公接贤，吐餐握发，明公若欲保崇荣贵，不宜倨见天下之士。"时宋国公贺若弼在座，向杨素介绍说，这是御史王度之弟，并指着王绩对杨素说："此足方孔融，杨公亦不减李司隶。"这时杨素才改容相待以礼，与王绩纵谈文章及当代时务。王绩应对从容娴雅，辩论精新，一座愕然，目为"神仙童子"。当时名士河东薛道衡见王绩所作《登龙门忆禹赋》，叹其为"今之庾信也"。遂将己作《平陈颂》让王绩看。王绩看了一遍，便能暗诵。薛道衡大惊："此王仲宣也！"从此，王绩年未及弱冠，便声名鹊起，扬名于士大夫间。

隋大业中，王绩应举中第，除官秘书正字。他生性简傲，饮酒至数斗不醉，常说："恨不逢刘伶，与闭户轰饮。"作《醉乡记》及《五斗先生传》，颇类刘伶的《酒德颂》。由于他对秘书正字的官职不感兴趣，便要求调任外官，被任为六合（今江苏六合）县丞。因感天下将乱，便以病辞职归乡。

隋末，王绩客游河北，曾依窦建德义军数月，后又回归乡里。

武德初，唐高祖诏征王绩，王绩待诏门下省。时门下省官例日给美酒三升。江国公陈叔达是王绩的故人，闻此事，说："三升良酝未足以绊王先生也。"特准给他供酒一斗，时人号为"斗酒学士"。

贞观初，王绩以疾罢归乡里，生活一直很贫困。贞观中，以家贫而赴选，时太乐有府史，名叫焦革，善于酿酒，冠绝当时。于是王绩苦求为太乐丞。选司以为此职不是名士所宜授之职，不给他授此职。王绩再三请求说："此中有深意，且士庶清浊，天下所知。不闻庄周羞居漆园，老聃耻在柱下也。"最后终授此职。过了几个月，焦革就死了，焦革的妻子袁氏仍时时给王绩送酒。一年后，袁氏又死，王绩叹道："天乃不令吾饱美酒。"于是挂冠而归。王绩后来总结焦革酿酒之法，写成《酒经》一卷；又收集杜康、仪狄以来的善酿酒之人的事迹，写成《酒谱》一卷。

王绩归乡后，与河中隐士仲长子光相交往，结庐河渚，纵意琴酒，十有余年。在河渚沙盘石上，为杜康立庙，岁时致祭，为焦革配飨。他在乡里常头戴葛巾，驱牛下田，躬耕东皋，每著书自称"东皋子"。晚年醉饮无节。有时乘牛驾驴，出入郊郭，止宿酒店，动经岁月，往往题壁作诗，好事者将其诗录传于世。贞观十八年（644）卒于家中，有文集二十余卷。后多散佚，经其好友吕才收集部分散佚的诗文，编为五卷。

二、王绩的思想苦闷与酒之关系

王绩现存诗一百二十首，其中咏酒或涉及酒的有四十多首，约占其诗的三分之一。

王绩的思想早年受其三兄文中子王通的影响很大，这在其《答程道士书》中说得很清楚："昔者，吾家三兄，命世特起，光宅一德，续明六经。吾尝好其遗书，以为匡世之要略尽矣。"王通有孔子之志，曾"续《诗》《书》，正《礼》《乐》，修《元经》，赞《易》道……而《六经》大就"[①]。教于河汾之

[①] 杜淹《文中子世家》，《王无功文集》附录二。

间，人称"王孔子"，唐初有许多著名的大臣都是他的学生，如房玄龄、魏徵、温彦博、李靖、陈叔达等都曾从游于王通门下。因此，王绩早年在其兄的影响下，颇有进取之志，他在晚年回忆时说："弱龄慕奇调，无事不兼修。望气登重阁，占星上小楼。明经思待诏，学剑觅封侯。弃繻频北上，怀刺几西游。"（《晚年叙志示翟处士》）他也曾有报国边塞、立功绝域的雄心壮志，其《在边三首》其三写道：

> 昔岁衔王命，今秋独未旋。
> 节毛风落尽，衣袖雪沾鲜。
> 瀚海平连地，狼山峻入天。
> 何当携侍子，相逐拜甘泉。

有人说王绩是一个"言不怨时""行不忤物"的"乐天之君子"[1]，这是一种浅见。纪昀认为《新唐书》将王绩列入《隐逸传》是"未喻"的表现[2]，即《新唐书》的作者没有真正了解王绩之为人，这种看法是有道理的。我们从王绩文集中给荆轲、项羽、陈平、伊尹、太公、嵇康、蔺相如、霍光、朱云等人所写的赞语来看，他对历史上这些刚毅、正直、勇敢、有胆有识而又大有作为的人物，是怀着向往和敬佩之情的。这是他思想、性格的另一面，只有看到这一点，才算是见到了王绩的全人。

王绩只是在屡受挫折之后，才发生思想转变，由儒家思想转向了道家思想。

由于王绩三仕三隐，屡经坎坷，郁郁不得志，因此他对仕途的险恶、功名富贵的无常，常怀有深深的隐忧。他在《赠梁公》诗中写出了位高招忌、福极生祸、富贵无常的社会现实：

> 我欲图世乐，斯乐难可常。
> 位大招讥嫌，禄极生祸殃。

---

[1] 陆淳《删东皋子后序》，《王无功文集》附录一。
[2] 纪昀《四库全书总目提要》，《王无功文集》附录一。

> 圣莫若周公，忠岂逾霍光？
> 成王已兴诮，宣帝如负芒。
> 范蠡何智哉，单舟戒轻装。
> 疏广岂不怀？策杖还故乡。
> 朱门虽足悦，赤族亦可伤。
> 履霜成坚冰，知足胜不祥。
> 我今穷家子，自言此见长。
> 功成皆能退，在昔谁灭亡？

在诗中他列举了历史上的周公、霍光等人忠心为国却反遭猜忌的可悲现象及范蠡、疏广功成身退的明智之举，刻画出了封建社会达官权贵们的生活虽然富贵荣华，在朝中却战战兢兢、如履薄冰、提心吊胆过日子的窘状。与其玩这样刀丛上走钢丝的危险游戏，还不如及早抽身引退，去过虽贫困但无拘无束的自在日子。

崇尚老庄，是王绩中年以后的基本倾向，这在他的诗中屡次提及：

> 昔岁寻周孔，今春访老庄。
> 途经丹水岸，路出白云乡。
>
> （《赠薛学士方士》）

> 仲尼初返鲁，藏史欲辞周。
> ……………
> 礼乐存三代，烟霞主一丘。
>
> （《山夜》）

> 礼乐囚姬旦，诗书缚孔丘。
> 不如高枕枕，时取醉消愁。
>
> （《赠程处士》）

王绩从昔年的"寻周孔"到后来的"访老庄",从"礼乐存三代"到"烟霞主一丘",以至于发出"礼乐囚姬旦,诗书缚孔丘"的喟叹,其间思想发生的变化,确实是惊人的。主要是他经历了朝代的变迁,历经坎坷,这对他思想的打击是沉重的。在新朝中又不被重用,所以他深感自己"才高位下"(《自作墓志文并序》),政治才能没有机会得到发挥,于是其思想由"兼济天下"转到"独善其身"。隋末,天下大乱,他感到政治前途没有什么希望,就萌生了退隐林下的念头:"属天下之多事,遇山中之可留。聊将度日,忽已经秋。菊花两岸,松声一丘。不能役心而守道,故将委运而乘流。"(《游北山赋并序》)唐初,唐王朝虽征他入朝为官,但也只是一个以前朝旧官僚的身份,暂至门下待诏的闲职,与他的理想相差甚远。他曾对朋友程道士说:"吾自揆审矣,必不能自致台辅,恭宣大道。夫不涉江汉,何用方舟?不思云霄,何事羽翮?故倾以来,都复散弃。虽周孔制述,未尝复窥,何况百家悠悠哉?"(《答程道士书》)因此到了晚年,在他的书斋里,唯有"床头素书三帙,《老》《庄》及《易》而已。过此以往,罕尝或披"(《答冯子华处士书》)。此时他已完全绝了仕进的念头,"烟霞山水,性之所适。琴歌酒赋,不绝于时。……醒不乱行,醉不干物。赏洽兴穷,还归河渚。蓬室瓮牖,弹琴诵书。优哉游哉,聊以卒岁"(《答处士冯子华书》)。他从现实世界逃向了醉乡,只有在这个"其气和平一揆,无晦明寒暑;其俗大同,无邑居聚落;其人任清,无爱憎喜怒,呼风饮露,不食五谷。其寝于于,其行徐徐"(《醉乡记》)的混沌醉乡世界里,才能消除他的忧愁与苦闷。

三、王绩的咏酒诗

王绩所写的咏酒诗,内容丰富,大约可分为以下几个方面。

(一)消愁解闷

> 莫道山中泉石好,莫畏人间行路难。
> 蜀郡炉家何必闹,宜城酒店旧来宽。

167

杯至定知悬怪晚，饮尽只应速唱看。
但使百年相续醉，何愁万里客衣单。

(《过程处士饮率尔成咏》)

平生唯酒乐，作性不能无。
朝朝访乡里，夜夜遣人酤。
家贫留客久，不暇道精粗。
抽帘持益炬，拨篑更燃炉。
恒闻饮不足，何见有残壶？

(《田家三首》其三)

或问游人道，那能独步忧？
饮时含救药，醉罢不能愁。

(《题酒店楼壁绝句八首》其五)

人生百年，不如意之事十之八九。尤其是像王绩这样的诗人，内心充满了怀才不遇的苦闷和人生价值得不到实现的痛苦，而酒是最好的"救药"和安慰剂。因此他"夜夜遣人酤""百年相续醉"，以达到"醉罢不能愁"的效果。

（二）借酒发牢骚

此日长昏饮，非关养性灵。
眼看人尽醉，何忍独为醒？

(《过酒家五首》其二)

王绩虽然力求达到饮酒忘忧，身心两忘，但是他的内心实在无法平静。眼看着世人都像喝醉酒一样浑浑噩噩地活着，唤醒他们是不可能的，还不如自己也喝个昏天黑地，一醉方休，免得令他这个醒眼人看着难受。当然，这是王绩的牢骚话。

(三)乐天保和

汾川胜地,姑射名辰。
月照山客,风吹俗人。
琴声送冷,酒气迎春。
闭门常乐,何须四邻。

(《郊园》)

郊扉乘晓辟,山醅及年开。
柏叶投新酿,松花泼旧醅。
野妻临瓮倚,村竖捧瓶来。
竹瘤还作杓,树瘿即成杯。
北潭因醉往,南亩带星回。
田家多酒伴,谁怪玉山颓?

(《春庄酒后》)

对酒但知饮,逢人莫强牵。
倚炉便得睡,横瓮足堪眠。

(《过酒家五首》其四)

问君樽酒外,独坐更何须?
有客谈名理,无人索地租。
三男婚令族,五女嫁贤夫。
百年随分了,未羡陟方壶。

(《独坐》)

鹤警琴亭夜,莺啼酒瓮春。
颜回惟乐道,原宪岂伤贫?
藉草邀新友,班荆接故人。

市门逢卖药，山囿值肩薪。
相将共无事，何处犯嚣尘！

（《被征谢病》）

  乐天保和是道家"顺其自然"及"知命乐天"的人生观。陶渊明有诗曰："久在樊笼里，复得返自然。"（《归园田居五首》其一）王绩厌倦了官场上明争暗斗的生活，退隐田园，对乡村平静而自足的生活感到满足，对自然田园风光感到亲切愉快。这里有"琴声送冷，酒气迎春"，有"野妻倚瓮""村竖捧瓶"，巷有佳宾车，门无索租声，儿女婚嫁毕，座上客常满，杯中酒不空。有酒得饮，醉后便睡，日子过得悠然自得，真是给个神仙也不换的生活。这自然是诗人的理想生活，但也只是醉中的一时幻想罢了。

（四）酒中意趣

春来日渐长，醉客喜年光。
稍觉池亭好，偏闻酒瓮香。

（《初春》）

不道嫌朝隐，无情受陆沉。
忽逢今旦乐，还逐少时心。
卷书藏箧笥，移榻就园林。
老妻能劝酒，少子解弹琴。
落花随处下，春鸟自须吟。
兀然成一醉，谁知怀抱深？

（《春晚园林》）

昨夜瓶始尽，今朝瓮即开。
梦中占梦罢，还向酒家来。

（《题酒店壁》）

酒客最欣赏和玩味的就是酒中意趣。陶渊明说"欲辩已忘言",李白说"难与外人传",大概就是这种微妙难言的感觉。王绩对酒瓮的香气,闻着便喜;何况饮酒时还有落花在纷飞,春鸟在歌唱,更不用说身边有"老妻能劝酒,少子解弹琴"了。这样的饮酒环境和家庭生活氛围,确实使诗人感到生活的温馨,怎能不使诗人对饮中的酒趣留恋不舍和屡加玩味呢?

(五) 遨游醉乡

阮籍醒时少,陶潜醉日多。
百年何足度,乘兴且长歌。

(《醉后》)

野觞浮郑酌,山酒漉陶巾。
但令千日醉,何惜两三春!

(《尝春酒》)

六月调神曲,正朝汲美泉。
从来作春酒,未省不经年。

(《看酿酒》)

我家沧海白云边,还将别业对林泉。
不用功名喧一世,直取烟霞送百年。
彭泽有田惟种黍,步兵从宦岂论钱。
但使百年相续醉,何辞夜夜瓮间眠?

(《解六合丞还》)

进入醉乡是饮者的理想境界,也正如诗人自己说的:"醉之乡……其土旷然无涯,无丘陵阪险;其气和平一揆,无晦明寒暑;其俗大同,无邑居聚落;其人任清,无爱憎喜怒。吸风饮露,不食五谷。其寝于于,其行徐徐。与鸟兽鱼鳖杂处，不知有舟车器械之用。昔者黄帝氏尝获游其都，归而杳然丧其天下，以为结绳之政已薄矣！"（《醉乡记》）在这个世界里，天无"晦明寒暑"，人无"爱憎喜怒"；在这里，没有矛盾，没有斗争，住无衣食之忧，行无车马之劳，是一个"和平一揆"的"大同"世界。这个道家所向往的乌托邦式的"华胥氏之国"，其实就是饮者的"甜黑之乡"。"但令千日醉""百年相续醉""未省不记年"，对此醉乡世界，诗人王绩是乐而不疲，非常向往的。因此道家的"身世两忘"的无何有世界，用庄子的"坐忘"法，是很难达到的。而在饮者的酣醉中，却可以轻而易举地达到。

（六）饮酒胜神仙

> 阮籍生年懒，嵇康意气疏。
> 相逢一醉饱，独坐数行书。
> 小池聊养鹤，闲田且牧猪。
> 草生元亮径，花暗子云居。
> 倚床看妇织，登垄课儿锄。
> 回头寻仙事，并是一空虚。
>
> （《田家三首》其一）

> 仙人何处在？道士未还家。
> 谁知彭泽意，更觅步兵邪？
> 春酿煎松叶，秋杯浸菊花。
> 相逢宁可醉，定不学丹砂！
>
> （《赠学仙者》）

王绩崇信老庄而不信神仙，他曾说："戒非佞佛，斋非媚道。无誉无功，形骸自空。"（《游北山赋并序》）他对佛、道都不盲目崇信，修戒并不佞佛，坐斋并不媚道。他认为神仙是虚妄之事，人的老死归于虚空，成仙是不可能的，真正的自由世界是在醉乡。所以他认为"回头寻仙事，并是一空虚""相逢宁可醉，定不学丹砂！"真是饮酒赛神仙！这才是真正的酒徒宣言。

　　王绩的思想受阮籍、陶渊明和刘伶的影响极大。他曾在其诗文中多次提到这三人，把他们尊称为"中国的酒仙"："阮嗣宗、陶渊明等数十人，并游于醉乡。没身不返，死葬其壤，中国以为酒仙云。"（《醉乡记》）他辞官归里，自称："酒瓮多于步兵，黍田广于彭泽。……歌田园之去来，亦已久矣；望山林之故道，何其悠哉！"（《游北山赋并序》）阮籍曾任步兵校尉，陶潜曾任彭泽令。赋中以阮籍、陶潜自比。对刘伶这位写过《酒德颂》的酒中先贤，王绩也非常追慕：

　　旦逐刘伶去，宵随毕卓眠。
　　不应长卖卜，须得杖头钱。

（《戏题卜铺壁》）

　　歌莺辽乱动，莲叶绕池生。
　　散腰追阮籍，招手唤刘伶。
　　鬲架窥前空，未余几小瓶。
　　风光须用却，留此待谁倾？

（《春园兴后》）

　　刘伶不但能喝酒，而且文章也写得不错，他的《酒德颂》写出了一个"以天地为一朝，万期为须臾，日月为扃牖，八荒为庭衢。行无辙迹，居无室庐，幕天席地，纵意所如"的大人先生。这位大人先生却是个"止则操卮执觚，动则挈榼提壶，唯酒是务，焉知其余"的酒徒。刘的这篇文章，可以说是大长了酒徒们的志气，为酒徒们树立了榜样。而王绩是刘伶当之无愧的继承者，他像刘伶一样"以酒德游于乡里"（《自作墓志文并序》），他的《醉乡记》可以说是刘伶《酒德颂》的续篇。不过刘伶写的是酒徒心目中的醉士形象，而王绩写的却是酒徒心目中的乌托邦——"华胥氏之国"式的"醉乡"。

　　作为诗人的王绩，他心目中最向往的酒仙还是诗酒兼于一身的阮籍和陶渊明。阮籍尚未将诗酒完全化在一起，而陶渊明可以说是将诗与酒合二为一的完美的化身。因此，在王绩的诗中，陶渊明的影子可以说是无所不在。他不但在

173

饮酒方面效仿陶渊明,而且在诗的风格和意境上也奋力直追陶诗:

家住箕山下,门枕颍川滨。
不知今有汉,唯言昔避秦。
琴伴前庭月,酒劝后园春。
自得中林士,何忝上皇人?

(《田家三首》其二)

野人迷节候,端坐隔尘埃。
忽见黄花吐,方知素节回。
映岩千段发,临浦万株开。
香气徒盈把,无人送酒来。

(《九月九日赠崔使君善为》)

东皋薄暮望,徙倚欲何依。
树树皆秋色,山山唯落晖。
牧人驱犊返,猎马带禽归。
相顾无相识,长歌怀采薇。

(《野望》)

  这些诗,继承陶诗的田园题材,穿插陶渊明的典故,散发陶渊明的逸气和酒香,洋溢陶渊明的才气和精神,是对陶渊明田园诗的继承和发展。这些诗虽隐含陶诗的题材和气度,却呈现出唐代近体诗的格律和面貌,尤其是后面两首,即使是放在盛唐的近体诗中,也毫无愧色。王绩是唐代田园诗派最早的开拓者,为唐代的田园山水诗和五言律近体诗的发展,做出了可贵的探索和卓越的贡献。有意思的是,王绩的赋文也颇具陶风,他的《五斗先生传》很明显是在模仿陶渊明的《五柳先生传》,而他的《游北山赋》也与陶渊明的《归去来兮辞》有着某种程度上的联系。陶渊明对中国的酒文化和诗文化的影响实在是太大了,王绩的事迹和作品就是很好的证明。

第三节
长安市上酒家眠——饮中八仙

"饮中八仙"是根据杜甫的《饮中八仙歌》得名的,指的是秘书监贺知章、汝阳王李琎、左相李适之、郎中崔宗之、侍郎苏晋、翰林供奉李白、长史张旭和处士焦遂八人,《新唐书·李白传》上说,李白"与(贺)知章、李适之、汝阳王琎、崔宗之、苏晋、张旭、焦遂为酒中八仙人"。其实,"饮中八仙"的人员并不固定,范传正《李公新墓碑》中说:天宝初年,"时人又以公及贺监、汝阳王、崔宗之、裴周南等八人为酒中八仙",而杜诗中却无裴周南。苏晋卒于开元二十二年(734),不可能参与在天宝初年的"饮中八仙"之游。所以"饮中八仙"的人员会根据人们口耳相传而有所变化。下面,我们先看看杜诗对"饮中八仙"的生动刻画:

    知章骑马似乘船,眼花落井水底眠。
    汝阳三斗始朝天,道逢麹车口流涎,
    恨不移封向酒泉。
    左相日兴费万钱,饮如长鲸吸百川,
    衔杯乐圣称避贤。
    宗之潇洒美少年,举觞白眼望青天,
    皎如玉树临风前。

苏晋长斋绣佛前，醉中往往爱逃禅。
李白一斗诗百篇，长安市上酒家眠。
天子呼来不上船，自称臣是酒中仙。
张旭三杯草圣传，脱帽露顶王公前，
挥毫落纸如云烟。
焦遂五斗方卓然，高谈雄辩惊四筵。

(《饮中八仙歌》)

这首诗将"饮中八仙"的醉态写得活灵活现，八个人的形象独具个性，各不相同。贺知章的醉后骑马老态，汝阳王道逢酒车的馋态，李适之饮如长鲸的豪态，崔宗之玉树临风的俊态，苏晋醉中逃禅的窘态，李白不礼天子的狂态，张旭酒中挥毫的酣态，焦遂高谈雄辩的超常状态，都被写得栩栩如生，如在眼前。

"饮中八仙"的身份各不相同，有的是王爷，有的是宰相；有的是官员，有的是布衣；有的是诗人，有的是艺术家。因为好酒，他们聚集到了一起。酒是他们的同嗜，也是他们感情联结的纽带，同时酒也牵动着他们人生的喜怒哀乐。

一、四明狂客贺知章

贺知章是"饮中八仙"中最年长的一位。他出生于唐高宗显庆四年（659），卒于唐玄宗天宝三年（744），享年八十六岁。他早年在吴中就有诗名，与张旭、包融、张若虚号为"吴中四士"。他于武则天证圣元年（695）登进士第，在开元、天宝年间做过礼部侍郎、太子宾客和秘书监。贺知章为人放达，诗酒风流，善于谈笑，精于书法。晚年尤为放诞，自称"四明狂客""秘书外监"。天宝初，李白由鲁入京，贺知章在长安紫极宫见到了他，读了他的《蜀道难》《乌栖曲》等诗，称赞李白为"谪仙人"，"因解金龟，换酒为乐"（《对酒忆贺监二首并序》），并"言于玄宗召见"（《新唐书·李白传》）。由于贺知章的扬誉和推荐，李白名扬京师，并被玄宗诏为翰林学士。可以说贺知章是李白的"伯乐"，同时又是知心好友和诗友。二人都好杯中物，于是又成了长安城中的酒友。

贺知章生性好酒，即使是外出游春，也不忘记饮上一壶。一次，他到郊外赏春，看到一户人家的园林很好，于是就敲开人家的园门进去，园子的主人不知如何招待这位陌生人。于是贺知章就解下了腰间的钱袋，让主人沽酒共饮。临别时并戏题了一首诗：

> 主人不相识，偶坐为林泉。
> 莫谩愁沽酒，囊中自有钱。
>
> （《题袁氏别业》，一作《偶游主人园》）

贺知章纵情于赏花饮酒，酒后常发少年狂："落花真好些，一醉一回颠。"（《残句》）而且酒后所作之诗，皆情趣盎然，清丽可人。除了我们所熟知的《咏柳》《回乡偶书》之外，还有《望人家桃李花》：

> 山源夜雨度仙家，朝发东园桃李花。
> 桃花红兮李花白，照灼城隅复南陌。

《采莲曲》：

> 稽山罢雾郁嵯峨，镜水无风也自波。
> 莫言春度芳菲尽，别有中流采芰荷。

当然，除了这些清新婉丽的风景诗外，贺知章的诗中也有壮怀激烈的壮词，如《送人之军》：

> 常经绝脉塞，复见断肠流。
> 送子成今别，令人起昔愁。
> 陇云晴半雨，边草夏先秋。
> 万里长城寄，无贻汉国忧。

正如陶渊明的诗，除了"'悠然见南山'之外，也还有'精卫衔微木，将以填沧海。刑天舞干戚，猛志固常在'之类的'金刚怒目'式"①的一面。贺知章也是如此，他不但有醉后的超旷，也有因酒而焕发起的豪气。只是他的诗留存下来的较少，我们不易看到他的全面罢了。

值得一提的是，贺知章醉后的章草写得尤其好。史传上说：贺知章"每醉，辄属辞，笔不停书，咸有可观。未始刊饬，善草隶。好事者具笔研从之。意有所惬，不复拒。然纸才十数字，世传以为宝"（《新唐书·贺知章传》）。明人陶宗仪《书史会要》也说他："每醉必作为文词，初不经意，卒然便就。行草相间，时及于怪逸。使醒而复书，未必尔也。评者以谓：'纵笔如飞，酌而不竭。'"现有贺知章所书的《孝经》草隶书法传世，知前人所言之不虚。

二、酿王李琎

汝阳王李琎，是唐玄宗的哥哥宁王李宪的长子。当初，玄宗除中宗皇后韦氏之乱，拥立其父李旦即位，是谓睿宗，有功。李宪为长子，本已立为太子，但李宪却让太子位于玄宗，玄宗即位后，对其兄友爱尤加。开元二十九年（741），宁王李宪薨，玄宗追谥他为让皇帝。李琎被封为汝阳郡王，于天宝九年（750）卒。

李琎小名花奴，擅击羯鼓。因他是让皇帝李宪之长子，恐玄宗认为他有野心，因此常纵酒自昏，以避猜嫌，"与贺知章、褚庭诲为诗酒之交"（《旧唐书·李宪传》）。《谈薮》上说："李琎自号酿王，兼曲部尚书，家有酒法，凡四方风俗，诸家材料，无不毕具。"（郎廷极《胜饮篇·著撰》）汝阳王府是"八仙"聚饮的中心，汝阳王自然也成了他们的东道主。杜甫诗中说他"恨不移封向酒泉"，用的是晋朝姚馥的典故。《拾遗记》上说：姚馥是个羌人，是御厩里的马夫。他"好读书，嗜酒，每醉时好言帝王兴亡之事。善戏笑，滑稽无穷，常叹云：'九河之水不足以渍曲蘖（niè），八薮之木不足以作薪蒸，七泽之麋不足以充庖俎。凡人禀天地之精灵，不知饮酒者，动肉含气耳。何必木偶于心识乎？'好啜浊糟，常言渴于醇酒。群辈常弄狎之，呼为'渴羌'"。晋武帝"奇其倜傥"，要封他为朝歌邑宰，他辞而不受，说："老羌异域之人，远隔山川，得游中华，

---

① 鲁迅《"题未定"草（六）》，《且介亭杂文二集》。

已为殊幸,请辞朝歌之县,长充养马之役,时赐美酒,以乐余年。"晋武帝说:"朝歌纣之故都,地有美酒,故使老羌不复呼渴。"姚馥高声回答说:"马圉老羌,渐染皇化,溥天夷貊(mò),皆为王臣,今若欢酒池之乐,更为殷纣之民乎?"晋武帝抚玉几大悦,遂即封他为酒泉太守。酒泉县地有清泉,其味如酒。姚馥乘醉拜受而去,"遂为善政,民为立生祠"(王嘉《拾遗记》卷九)。"恨不移封向酒泉",是杜甫对好酒的汝阳王沉湎于酒的一种戏说。

三、左相李适之

左相李适之,一名李昌,是"饮中八仙"中权位最重的一个。他是恒山王李承乾的孙子。其父李象曾为越州都督,封郇国公。开元中,李适之为御史大夫兼幽州大都督府长史。天宝元年(742),代牛仙客为左相。时李林甫为相,李适之与其不合,于是李林甫便想尽办法陷害他。一次,李林甫对李适之说:"华山有金矿,采之可以富国。皇上不知道此事。"李适之相信了他的话,就向玄宗从容上奏在华山开金矿之事。玄宗听后大悦,又向李林甫征求意见。李林甫说:"华山有金矿之事,我早就知道。可华山是陛下的本命,王气所在,不可穿凿。臣所以不敢上奏。"玄宗觉得还是李林甫对他忠心,从此便疏远了李适之。李适之与陇右节度使皇甫惟明、刑部尚书韦坚、户部尚书裴宽、京兆尹韩朝宗关系较好,于是李林甫就对他们一个个进行构陷中伤,将他们相继放逐外地。天宝五年(746),又免除李适之左相之职,将其贬为宜春太守。后来李林甫构陷大臣,屡兴大狱,将韦坚、卢幼邻、裴敦复、李邕等人迫害致死。李林甫的爪牙罗希奭(shì)到宜春去杀李适之,李适之听说罗即将到来,便吞药自尽了。

李适之好酒,"雅好宾友,饮酒一斗不乱"(《旧唐书·李适之传》),"退朝后即速宾朋亲戚谈话赋诗"[①],他现存的两首诗,都是写酒的。他在相位时,曾赋诗曰:

朱门长不闭,亲友恣相过。

[①] 《明皇杂录》,《开元天宝遗事十种》,第19页。

年今将半百，不乐复如何？

（《朝退》）

及其罢相之后，他又写了一首诗：

避贤初罢相，乐圣且衔杯。
为问门前客，今朝几个来？

（《罢相作》）

李适之在相位时，其家宾客盈门，熙熙攘攘，热闹异常。待到其罢相后，人们畏惧李林甫的权势，都不敢到他家去赴宴了，真可谓是"门前冷落车马稀"，因此令李适之感慨唏嘘。这两首诗就是人情冷暖的鲜明写照。

四、潇洒美少年崔宗之

崔宗之是"八仙"中年纪最小的一位，因此杜甫称他为"潇洒美少年"。他是吏部尚书、齐国公崔日用之子，袭封齐国公。历任起居郎、礼部员外郎、左司郎中、侍御史、右司郎中。于天宝十年（751）卒。他与李白关系最好。开元二十三年（735），李白游东都洛阳时，崔宗之与他一见如故，结为至交，诗酒唱和。崔诗曰：

凉秋八九月，白露空园庭。
耿耿意不畅，捎捎风叶声。
思见雄俊士，共话今古情。
李侯忽来仪，把袂苦不早。
清论既抵掌，玄谈又绝倒。
分明楚汉事，历历王霸道。
担囊无俗物，访古千里余。
袖有匕首剑，怀中茂陵书。

双眸光照人，词赋凌子虚。
酌酒弦素琴，霜气正凝洁。
平生心事中，今日为君说。
我家有别业，寄在嵩之阳。
明月出高岑，清溪澄素光。
云散窗户静，风吹松桂香。
子若同斯游，千载不相忘。

(《赠李十二》)

此诗将崔宗之初见李白时的情景写得非常生动。将李白"清论既抵掌，玄谈又绝倒。分明楚汉事，历历王霸道"的纵谈王霸的策士形象和其"袖有匕首剑，怀中茂陵书。双眸光照人，词赋凌子虚"的侠士才子形象，都写得栩栩如生。在崔宗之的眼中，李白确实是一位"雄俊士"，是一位可以将"平生心事"相托的知己，而不是一般的文人。于是二人结为至交，酌酒弹琴，吟诗唱和。

李白当时也有一首诗相和，诗中说崔宗之"立谈乃知我"，并在酒酣耳热之际"起舞拂长剑"（《酬崔五郎中》），得到了四座喝彩。天宝初，李白被召为翰林学士，与崔宗之共与"八仙"之游。天宝六年（747），李白南游金陵，崔宗之也谪官金陵，二人诗酒唱和。

五、坐禅酒客苏晋

苏晋自幼聪颖，数岁时即为文，作《八卦论》，吏部侍郎房颖叔、秘书少监王绍宗赞叹说："此后来之王粲也！"武则天时登进士第。玄宗先天中，为中书舍人，开元年间，历任泗州刺史、户部侍郎、吏部侍郎等，于开元二十二年（734）卒。苏晋"醉中逃禅"之事，新旧《唐书》俱不载，仅见于杜诗。可能是出自传闻。《全唐诗》载其诗二首，是咏饮酒的。一首是《奉和圣制送张说巡边》，其中有句云："皇情怅关旆，诏饯列郊筵。路接禁园草，池分御井莲。"另一首是《过贾六》：

181

> 主人病且闲，客来情弥适。
> 一酌复一笑，不知日将夕。
> 昨来属欢游，于今尽成昔。
> 努力持所趣，空名定何益？

这一首讲的是苏晋在朋友贾六家一起饮酒的事，看来说苏晋好酒，也不是没有一点根据的。《云仙杂记》卷四记载："苏晋作曲室为饮所，名酒窟。又地上每一砖铺一瓯酒，计砖约五万枚。（苏）晋日率友朋次第饮之，取尽而已。"只是他参与长安"饮中八仙"之游的事，后人颇有异议。大多数学者认为，"八仙"之游是在天宝初年之事，当时苏晋已死，不可能有他。但有的学者认为，李白有可能在开元十八九年游长安，可能在此时与苏晋相交游，共与"八仙"之游。但"饮中八仙"乃一时之传闻，杜甫"此诗当是天宝间追记旧事而赋之"[1]。

六、酒中仙李白

杜甫的《饮中八仙歌》，写其他人都是或两句，或三句，独李白为四句，可见杜甫对李白的偏爱。"天子呼来不上船，自称臣是酒中仙"两句，将李白的醉中狂放之态写得呼之欲出。范传正《唐左拾遗翰林学士李公新墓碑》序云："（李白）多陪侍从之游。他日泛白莲池，公不在宴。皇欢既洽，召公作序。时公已被酒于翰苑中，仍命高将军扶以登舟，优宠如是。"杜甫诗中说李白"不上船"之事，或从此事衍生而来，或当时传闻此类之事甚多。总之，杜甫要在诗中创造出李白醉中"戏天子若僚友"的狂士形象，以突出李白的非凡才能和胆识。由于下面还有专篇谈李白，这里就不多谈了。

七、醉中草圣张旭

张旭也是杜甫浓墨重笔所描写的人物之一。张旭是唐代著名的书法家和诗

---

[1] 仇兆鳌《饮中八仙歌》题解，《杜诗详注》卷1。

人。杜甫在此诗与《殿中杨监见示张旭草书图》中就称张旭为"草圣"（斯人已云亡，草圣秘难得。……念昔挥毫端，不独观酒德）。他与唐代后来的另一位"草圣"怀素，素有"旭颠素狂"之称。《旧唐书·贺知章传》载："时有吴郡张旭，亦与知章相善。旭善草书，而好酒，每醉后号呼狂走，索笔挥洒，变化无穷，若有神助。时人号为'张颠'。"《新唐书·李白传》中记载更详："旭，苏州吴人，嗜酒，每大醉，呼叫狂走，乃下笔，或以头濡墨而书，既醒自视，以为神，不可复得也。世呼'张颠'。初，仕为常熟尉，有老人陈牒求判，宿昔又来。旭怒其烦，责之。老人曰：'观公笔奇妙，欲以藏家尔。'旭因问所藏，尽出其父书，旭视之，天下奇笔也。自是尽其法。旭自言，始见公主担夫争道，又闻鼓吹，而得笔法意，观倡公孙舞剑器，得其神。后人论书，欧（阳询）、虞（世南）、褚（遂良）、陆（柬之）皆有异论，至旭，无非短者。""文宗时，诏以（李）白歌诗、裴旻剑舞、张旭草书为'三绝'。"

张旭的草书得到了后人的高度称赞，韩愈说："往时张旭善草书，不治他伎，喜怒窘穷，忧悲愉佚，怨恨思慕，酣醉无聊，不平有动于心，必于草书焉发之。观于物，见山水崖谷，鸟兽虫鱼，草木之花实，日月列星，风雨水火，雷霆霹雳，歌舞战斗，天地事物之变，可喜可愕，一寓于书。故旭之书，变动犹鬼神，不可端倪。以此终其身，而名后世。"（《送高闲上人序》）宋代大文豪、大书家苏轼说："长史草书，颓然天放。略有点画处，而意态自足，号称神逸。"大书法家米芾也说："伯高（张旭字）、贺八（贺知章，排行第八）清鉴帖，楮纸真迹，字法劲古，不类他书。世间伯高第一书也。"（此二条引自马宗霍《书林藻鉴》卷八）

关于张旭醉中狂草之事，唐人在诗中也有记载。诗人李颀在《赠张旭》云：

> 张公性嗜酒，豁达无所营。
> 皓首穷草隶，时称太湖精。
> 露顶据胡床，长叫三五声。
> 兴来洒素壁，挥笔如流星。
> 下舍风萧条，寒草满户庭。
> 问家何所有？生事如浮萍。

> 左手持蟹螯，右手执丹经。
> 瞠目视霄汉，不知醉与醒。
> 诸宾且方坐，旭日临东城。
> 荷叶裹江鱼，白瓯贮香粳。
> 微禄心不屑，放神于八纮。
> 时人不识者，即是安期生。

此诗把张旭醉中狂书的情态写得非常生动，可见酒与艺术家尤其是书法家，简直是密不可分，张旭就是一个很典型的例子。

张旭留存下来的诗不多，《全唐诗》收其诗六首。直接与酒有关的只有一首，其他也多是酒后所作。张旭诗风清丽可人，意境优美，其《春游值雨》云：

> 欲寻轩槛列清尊，江上烟云向晚昏。
> 须倩东风吹散雨，明朝却待入华园。

此诗是说诗人欲到江边的小亭里找一个摆宴喝酒的地方，可是天色已晚，且下着小雨。他想还是等到明朝云散雨停之后，再来此雅兴吧。张旭还有一首《清溪泛舟》，也写得醉态可掬，大有太白水中捉月之风：

> 旅人倚征棹，薄暮起劳歌。
> 笑揽清溪月，清辉不厌多！

张旭其余的诗也都清新可观，像《桃花溪》《山中留客》等，都属佳作。诗选本中多有，这里就不介绍了。

八、酒吃焦遂

焦遂事迹无考。袁郊《甘泽谣》中仅提到他是个布衣，曾与陶岘、孟彦深、孟云卿等人一起乘舟共游山水。《唐史拾遗》上说："焦遂口吃，对客不能出一言，醉后酬答如注,时目为酒吃。"从杜诗中来看,他是平时讷于言的人,只是在酒酣之中,精神放松之后,才高谈阔论,语惊四座。他饮酒"五斗"方才"卓然",精神焕发,可见其酒量不同凡人,是一个深于酒道的饮者。

  杜甫的《饮中八仙歌》,为我们生动地刻画了八个恃酒狂放、笑傲世俗、俯视今古的"酒中仙",留下了一幅生机盎然的唐代士人纵情诗酒的风情画。明代学者王嗣奭评此诗说:"此系创格,前古无所因,后人不能学。描写八公,各极生平醉趣,而都带仙气。或两句,或三句四句,如云在晴空,卷舒自如,亦诗中之仙也。"(《杜诗详注》卷二)信然。

第四节
举杯邀明月，对影成三人——酒仙翁李白

一、酒仙翁的酒史

诗仙加酒仙的李白，应是本书浓墨重彩的一节。如果没有了"酒仙翁"李白，整个唐代诗歌的麹香和酒趣将会大大失味减色。他的酒量，他醉中的天才创造，都是唐代诗人以至历代中国诗人中少有的。"百年三万六千日，一日须倾三百杯！"（《襄阳歌》）"三百六十日，日日醉如泥。"（《赠内》）这就是酒仙李白的自画像。酒已成为李白生活乃至其生命中不可或缺的重要组成部分。至于杜甫所说的"李白一斗诗百篇"（《饮中八仙歌》），"敏捷诗千首，飘零酒一杯"（《不见》），则将李白在酒中作诗的创造能力形容得无以复加。诗与酒的完美融合，在李白的身上体现得最为充分，以致后代诗人惊呼：

> 何事文星与酒星，一时钟在李先生。
> 高吟大醉三千首，留著人间伴月明！
>
> （郑谷《读李白集》）

文星加酒星、诗仙加酒仙，这种"双星"和"双仙"的称号，只有李白才当得起。李白在醉中作诗，不仅数量多，而且还以质量优取胜。他著名的《清平调

词三首》，就是在大醉中写出来的。唐人李濬《松窗杂录》（韦叡《松窗录》）云："开元中，禁中初重木芍药，即今牡丹也。得四本，红、紫、浅红、通白者，上因移植于兴庆池东沉香亭前。会花方繁开，上乘照夜白，太真妃以步辇从，诏特选梨园弟子中尤者，得乐十六部。李龟年以歌擅一时之名，手捧檀板，押众乐前，将歌之。上曰：'赏名花，对妃子，焉用旧乐词为！'遂命龟年持金花笺，宣赐翰林供奉李白，进《清平调词》三章。白欣承诏旨，犹苦宿醒未解，因援笔赋之。"其辞曰：

  云想衣裳花想容，春风拂槛露华浓。
  若非群玉山头见，会向瑶台月下逢。

  一枝红艳露凝香，云雨巫山枉断肠。
  借问汉宫谁得似？可怜飞燕倚新妆。

  名花倾国两相欢，长得君王带笑看。
  解释春风无限恨，沉香亭北倚阑干。

此三章表面上写得风流旖旎，绝世丰神，但内里却语带讥讽，美中有刺，不过只有明眼人方能看出。李濬即认为李白将杨贵妃比作赵飞燕有讽刺之意。周珽在《唐诗选脉会通》中指出："太白《清平调》三章，语语浓艳，字字葩流。美中带刺，不专事纤巧。"沈寅、朱昆在《李诗直解》中也有此意见，在《清平调词》其二后批道："此词赞其美而寓讽刺之意也。"这些话说得很中的。但也有人反对这种意见，认为李白在皇帝面前不敢也不可能讽刺杨贵妃。王琦说："非至愚极妄之人，当不为此。"窃以为其实不然。若是在平时，李白也许不会当面写讽刺杨贵妃之诗。但应考虑到，太白此词是写于"宿醒未解"之时。常言道，酒壮英雄胆。在醉意朦胧之时，李白信笔写下自己对杨贵妃甚至于对皇帝心中的真实感受，流露出暗藏在内心深处的潜意识，是极有可能的。因李白在其他诗酒中多次把杨贵妃比作飞燕："宫中谁第一？飞燕在昭阳。"（《宫中行乐词八首》其二）"飞燕皇后轻身舞，紫宫夫人绝世歌。圣君三万六千日，岁岁年年奈乐何？"（《阳春歌》）难道这些写君王、妃子以玩乐为事，而不理朝政的诗，没有些许微意在内吗？而此三首诗妙就妙在似赞实讽，似美而刺。即使有人发现其言外之意，因皆为醉中所作，也只好"恕醉人"了，酒中的醉话嘛，又何必当真呢？更何况这些诗中的飞燕呀，巫山呀，倾国呀，都是诗中常用词语，皆可作多种解释，认真起来，皆有遁词可说。

"酒"字在李白的诗中出现的频率是很高的，据笔者粗略的统计，在李白千余首诗中，"酒"字共出现 206 次。如果一首诗出现一次，那么在李白千首诗中占到五分之一。如果加上与酒有关的词，如醆、醅、浆、酿、饮、酌、醉、酣、酩酊、杯、樽、壶、觞、卮、瓶、斗、罍、金叵罗等，饮酒活动一共出现698 次，占其诗的总字数（《全唐诗》统计为 1007 首，72479 字）的比率为 0.96%，即在一万字中有 96 字谈酒。

李白高兴了要喝酒，不高兴时也要喝酒；会朋友时要喝酒，闲居无事时也要喝酒；有钱时要喝酒，无钱时典衣卖马也要喝酒；白天要喝酒，夜间更要喝酒。喝酒给他喝出了"傲万户侯"的千首诗，喝出了他口吐锦绣的"粲花之论"，喝出了"酒仙"和"诗仙"的千古美名，也喝出了达官权贵对他的白眼，喝得丢了官，下了狱，流了放。总之，李白的穷通晦达、喜怒哀乐都与喝酒密切相关，他的终生都与酒结下了不解之缘。

开元十三年（725），李白告别了父母和家乡父老，怀着"欲将书剑许明时"的雄心壮志，"仗剑去国，辞亲远游"，乘着一叶扁舟，由三峡出蜀。他南游苍梧，北上汝海，东涉溟海，游了许多地方，确实开阔了视野。但他一到扬州、金陵一带的富贵温柔之乡、六朝金粉之地，便流连忘返，乐不思蜀了。他与一班浮浪子弟、市井阔少、落魄公子、失意士子、三教九流，称兄道弟，寻花问柳，纵酒行乐。现在他的诗集中如《白纻辞》《杨叛儿》《对酒》《赠段七娘》《金陵酒肆留别》等诗，就是那个时期留下的作品。纵酒行乐的诗如：

> 吴刀剪彩缝舞衣，明妆丽服夺春辉。
> 扬眉转袖若雪飞，倾城独立世所稀。
> 激楚结风醉忘归，高堂月落烛已微。
> 玉钗挂缨君莫违！

（《白纻辞三首》其三）

他不仅与金陵子弟在秦楼楚馆中听歌观舞，饮酒为欢，而且有时醉宿娼家，酣卧不归：

> 君歌杨叛儿，妾劝新丰酒。
> 何许最关人，乌啼白门柳。
> 乌啼隐杨花，君醉留妾家。
> 博山炉中沉香火，双烟一气凌紫霞。
>
> （《杨叛儿》）

> 蒲萄酒，金巨罗，吴姬十五细马驮。
> 青黛画眉红锦靴，道字不正娇唱歌。
> 玳瑁筵中怀里醉，芙蓉帐底奈君何？
>
> （《对酒》）

前一首诗运用民歌形式，写出了青年男女男欢女爱的一片深情，历来被称作是写男女爱情的著名作品。而后一首则写得比较轻薄。究其实质，二诗都是写纵酒行乐、偎红倚翠的狭斜游之作。李白的金陵扬州之游，"不逾一年，散金三十余万"（《上安州裴长史书》），把从家中带来的盘缠，一股脑儿花了个精光。虽然此事也有李白为"落魄公子，悉皆济之"的"轻财好施"的义行，但也遮掩不了此举之行乐挥霍的成分。等他把银子花完了，就只好从金陵开路。于是一帮金陵子弟便到江边给李白送行：

> 风吹柳花满店香，吴姬压酒唤客尝。
> 金陵子弟来相送，欲行不行各尽觞。
> 请君问取东流水，别意与之谁短长？
>
> （《金陵酒肆留别》）

诗写得当然是好的，酒也是好的，只是囊中空虚，金陵再好，也只能挥手而去。所幸李白在安陆终于交上桃花好运，娶了安陆大族许氏的千金小姐，开始了"酒隐安陆"的十年隐居生活。

在安陆,李白在白兆山的桃花岩下结庐读书,饮酒赋诗,过着衣食不愁的生活。有诗为证:

玉壶系青丝,沽酒来何迟。
山花向我笑,正好衔杯时。
晚酌东窗下,流莺复在兹。
春风与醉客,今日乃相宜。

(《待酒不至》)

对酒不觉暝,落花盈我衣。
醉起步溪月,鸟还人亦稀。

(《自遣》)

两人对酌山花开,一杯一杯复一杯。
我醉欲眠卿且去,明朝有意抱琴来!

(《山中与幽人对酌》)

此时既有娇妻相伴,又有美酒畅怀痛饮,对李白来说真是无忧无虑的神仙生活。但也有饮酒招祸的时候。一次,李白与朋友在一起多喝了几杯酒,结果在回家的路上醉得歪三倒四,撞了安州李长史的官驾,被这位长史老爷训斥了一番,还叫他写检讨。李白醒后,觉得闯了大祸,于是写了一封信道歉,说自己因"昨遇故人,饮以狂药"(《上安州李长史书》),确实是喝醉了。况且早上又有雾,看不清长史大人的车驾,因此冒犯了官威,请求原谅。本来心高气傲的李白,并不把这些地方官吏放在眼里的,但李白此时无权无势,天子不知,公卿不识,而李长史是安陆的父母官,李白是他辖下所管的子民,在人房檐下,怎能不低头!多一事不如少一事,且此又是喝酒的小事,不是什么原则问题,就认栽了吧。但也有因善饮而露脸的时候。开元二十二年(734),在襄阳的山公楼,李白"高冠佩雄剑,长揖韩荆州"(《忆襄阳旧游赠马少府巨》),他对荆州长史韩朝宗长揖不拜，但在喝酒时却对酒杯拜了三拜。韩朝宗不悦，问李白拜酒有无说法，李白说："酒以成礼。"[①]韩朝宗听后大悦，便与李白携手入座，待其为上客。

开元末年，李白移家东鲁。在初入鲁时李白就写了一首《客中作》的名诗，表明了自己好酒的态度：

兰陵美酒郁金香，玉碗盛来琥珀光。
但使主人能醉客，不知何处是他乡。

他好酒的名声很快就传遍了齐鲁大地。一次，李白来到了中都县。县里有位小吏名叫逄（páng）七朗，慕李白之名，特地携一斗好酒，提两尾紫锦鳞的大鲤鱼，到李白的馆驿中请李白喝酒。李白对这位无名之辈的造访十分感动，他叫童子在厨下将鱼收拾好，做了一桌好菜，二人着实痛饮了一番。酒后，他还特意给逄七朗题了一首诗，以作纪念：

鲁酒若琥珀，汶鱼紫锦鳞。
山东豪吏有俊气，手携此物赠远人。
意气相倾两相顾，斗酒双鱼表情素。
酒来我饮之，鲙作别离处。
双鳃呀呷鳍鬣张，跋刺银盘欲飞去。
呼儿拂几霜刃挥，红肥花落白雪霏。
为君下箸一餐饱，醉著金鞍上马归。

（《酬中都小吏携斗酒双鱼于逆旅见赠》）

李白因好酒学剑，不习五经，在鲁中也颇得罪了一些儒生，但他也不示弱，以"予为楚壮士，不是鲁诸生"（《淮阴书怀寄王宗城》）辩驳，骂他们"下

---

① 魏颢《李翰林集序》，《李白全集校注汇释集评》卷1。

愚忽壮士，未足论穷通"（《五月东鲁行答汶上翁》），是不通达人情的腐儒。李白也在鲁中找到了几个知音，如孔巢父、陶沔、张叔明、裴政、韩准等人，他们这一帮诗朋酒友在徂徕山"酣歌纵酒，时号'竹溪六逸'"（《旧唐书·李白传》）。这个"竹溪六逸"很明显是模仿魏晋时的名士饮酒集团"竹林七贤"。李白因此名声大噪，后来的奉诏入京，虽说是受到了玉真公主等人的举荐，但与他"竹溪六逸"的诗酒名士生涯，也是有一定关系的。

李白在长安的政治生涯，成于酒而又败于酒。他与秘书监贺知章于酒肆之中"金龟换酒"而相识，从而博得了"谪仙人"的称号，名动京师。他在"半醉"中为皇上制《出师诏》《宣唐鸿猷》《和蕃书》以及醉草《清平调词三首》等，为自己争得了极大的声誉和皇上的信任。但皇上"或虑（李白）乘醉出入省中，不能不言温室树，恐掇后患，惜而逐之"（范传正《唐左拾遗翰林学士李公新墓碑并序》），则是酒害了他，使他丢了官职，被逐出朝廷。在长安时，他写了不少关于饮酒的诗，有几首是非常有名的，如《月下独酌四首》《把酒问月》《玉壶吟》等。现以《月下独酌》其四为例：

穷愁千万端，美酒三百杯。
愁多酒虽少，酒倾愁不来。
所以知酒圣，酒酣心自开。
辞粟卧首阳，屡空饥颜回。
当代不乐饮，虚名安用哉？
蟹螯即金液，糟丘是蓬莱。
且须饮美酒，乘月醉高台！

这首诗写出了李白在长安屡受权贵排挤和迫害的苦闷，他心中的忧愤无处排解，只有借酒浇愁，望月伤怀。"愁多酒虽少，酒倾愁不来"，这才是喝酒的目的。但他也不是一个劲儿地喝闷酒，有时也到长安附近的终南山走走，找找朋友，饮酒开怀：

暮从碧山下，山月随人归。

却顾所来径，苍苍横翠微。
相携至田家，童稚开荆扉。
绿竹入幽径，青萝拂行衣。
欢言得所憩，美酒聊共挥。
长歌吟松风，曲尽河星稀。
我醉君复乐，陶然共忘机。

(《下终南山过斛斯山人宿置酒》)

但酒醉也只能暂时使他忘怀忧愁，醒后眼前依然是一个纷扰的世界，一个黑暗不平而又让人无力回天的世界，随着好友贺知章的退隐还乡，李白也无意于在朝中停留，毅然辞京还山，回到他诗酒飘零的自由空间，去过他四海漂流的漫游生活。

天宝四年至十四年（745—755），李白基本上是在兖州、梁园（今河南商丘市）和江东之间来往穿梭。他"浪迹江湖，终日沉饮"，其间在金陵盘桓最久。他曾在秦淮河的船上，乘醉披着紫绮裘与酒客数人，从城西的孙楚酒楼，到石头城去寻侍御史崔成甫。一路上酣歌达旦，"顾瞻笑傲，旁若无人"（《旧唐书·李白传》），两岸观者，望之若神仙。但李白也并非世外之人，他身处江湖而心存魏阙。天宝五年（746）以后，李林甫在京中屡兴冤狱，牵连大臣和官员数十人，其中韦坚、皇甫惟明、李适之、裴敦复、李邕、王忠嗣等人都遭到陷害。李白愤怒至极，在酒后写了一首《答王十二寒夜独酌有怀》，在诗中对李林甫迫害大臣李邕、裴敦复等人的罪行以及哥舒翰以几万军士的生命，赢得一个仅有三百吐蕃守军的石堡小城，以战士的鲜血来换取荣华富贵的可耻行为进行了愤怒的抗议，同时也是对唐玄宗晚年朝政昏聩、任用奸佞的强烈谴责。天宝末年，杨国忠当政，群小当道，朝中正直之臣多被外贬，国事日蹙。安禄山身兼幽州、平卢、朔方三镇节度使，大有不臣之心。李白的族叔李华从朝中被贬至杭州，路过宣州时，与李白在谢朓楼会面，李白闻听朝中之事后，忧患之心顿生。酒酣之后，他拔剑起舞，慨然悲歌：

弃我去者，昨日之日不可留；

> 乱我心者，今日之日多烦忧。
> 长风万里送秋雁，对此可以酣高楼。
> 蓬莱文章建安骨，中间小谢又清发。
> 俱怀逸兴壮思飞，欲上青天览明月。
> 抽刀断水水更流，举杯消愁愁更愁。
> 人生在世不称意，明朝散发弄扁舟！
>
> （《宣州谢朓楼饯别校书叔云》，一作《陪侍御叔华登楼歌》）

虽说酒能浇愁，但对满腹忧患之思的李白来说，眼前杯中的美酒，不但不能使他消愁解忧，喝到肚中反而如火上浇油；他手中的宝剑也不能斩断心中的愁丝，如同抽刀断水，水流得更猛。他对国家和民族前途命运的担心与忧虑，是酒所不能减轻和消除的。

果然不出李白所料，安史之乱发生了。为了救国救民，李白积极地投入战争活动，可惜投错了主子，错上了永王的战船，陷入了唐王室兄弟阋墙的泥潭，下了肃宗的大牢，长流夜郎三年。等他半道赦还之后，已成了一个犯有"前科"的摘帽流放犯。他想重返朝廷，但是通天无路；他想继续报国，但是报国无门。为了减轻心中的痛苦，他到处找酒喝。囊中无钱，哪怕当了腰间的龙泉剑也要喝。传说李白最后在采石矶喝醉了酒，跳入水中捉月而死。李白的一生可以说是在酒中讨生活，最后也因酒醉而死，传说诗圣杜甫最后也是死于"牛酒"，可以说中国诗歌的双子星是殊途而同归了。

李白给我们留下了许多壮伟优美的诗歌，其中有很大一部分是咏酒诗。这些咏酒诗，充分地展现了唐代酒文化的风采。

二、李白的咏酒诗

读过李白咏酒诗的，印象最深的大概要数《将进酒》了。《将进酒》确实是一首奇诗。它既是一首劝人饮酒的欢歌，又是一首愤慨疾世的悲歌；它既有"天生我材必有用"的高度自信，又充满了"古来圣贤皆寂寞"的深沉忧愤与绝望；它既苍凉悲慨、意气颓放，又豪情满腹、壮气凌云。且看此诗：

194

君不见黄河之水天上来，奔流到海不复回。
君不见高堂明镜悲白发，朝如青丝暮成雪。
人生得意须尽欢，莫使金樽空对月。
天生我材必有用，千金散尽还复来。
烹羊宰牛且为乐，会须一饮三百杯。
岑夫子，丹丘生，将进酒，杯莫停。
与君歌一曲，请君为我倾耳听。
钟鼓馔玉不足贵，但愿长醉不愿醒。
古来圣贤皆寂寞，惟有饮者留其名。
陈王昔时宴平乐，斗酒十千恣欢谑。
主人何为言少钱，径须沽取对君酌。
五花马，千金裘，呼儿将出换美酒，
与尔同销万古愁。

此诗系太白恃酒逞才使气之作。它几乎没有什么章法，也不暇安排，完全是凭一时之感情驱使，随气所之，气出而言随，气盛而言盛，气变而言变。严羽评此诗云："一往豪情，使人不能句字赏摘。盖他人作诗用笔想，太白但用胸口一喷即是，此其所长。"任情使气，是这首诗的基本特点。此诗咏的是饮酒，是一首名副其实的劝酒歌。诗的首尾相应，中间虽起伏跌宕，但句句与饮酒消愁有关。起首二句，说黄河入海一去不归，高堂白发难转青丝，是说时间不能倒转，青春小鸟一去不回来，一愁也；既然青春难再，不纵酒行欢更待何时？于是引出了举杯消愁纵酒行乐的主题。"天生我材必有用"，本是自信的豪语，但实际上是怀才不遇，有才不用，二愁也；"千金散尽"本应"还复来"，但如今本应复来的"千金"终始未来，且连饮酒还要用"千金裘"和"五花马"来换，三愁也；自古"圣贤"本应流芳百世，彪炳史册，如今却"皆寂寞"，而让那些无所事事、醉生梦死的饮者"留其名"，世事之颠倒如此，四愁也。此四愁皆千古之愁，"何以解忧，唯有杜康"啊！于是，诗的主题就是干杯，干杯，而且还要一连干它三百杯！此诗忧愤深广，又豪情四溢，虽说的是饮酒，其深怀却在忧世。可以说它是酒诗中的奇葩，一朵在酒文化中生出的旷世奇花！

李白的另一首咏酒奇诗是《襄阳歌》：

> 落日欲没岘山西，倒著接䍦花下迷。
> 襄阳小儿齐拍手，拦街争唱白铜鞮。
> 旁人借问笑何事，笑杀山公醉似泥。
> 鸬鹚杓，鹦鹉杯。
> 百年三万六千日，一日须倾三百杯。
> 遥看汉水鸭头绿，恰似葡萄初酦醅。
> 此江若变作春酒，垒曲便筑糟丘台。
> 千金骏马换少妾，醉坐雕鞍歌落梅。
> 车旁侧挂一壶酒，凤笙龙管行相催。
> 咸阳市中叹黄犬，何如月下倾金罍。
> 君不见晋朝羊公一片石，龟头剥落生莓苔。
> 泪亦不能为之堕，心亦不能为之哀。
> 谁能忧彼身后事，金凫银鸭葬死灰。
> 清风朗月不用一钱买，玉山自倒非人推。
> 舒州杓，力士铛，李白与尔同死生。
> 襄王云雨今安在？江水东流猿夜声。

此诗之妙不在自比以饮酒出名的山公。山公饮酒"醉似泥"，犹是常态。而此诗中，李白在醉眼迷离之中，竟眼望着"鸭头绿"的江水，忽发奇想，若是此江春水都变成"春酒"该有多好！这才是酒徒的心理变态。若是江水都变成了春酒，不就可以不用花钱去买酒喝了吗？不但喝酒不花钱，连江上的"清风朗月"也可以"不用一钱买"了，如此在江上饮酒俯仰，吟风弄月，岂不快哉！无怪乎醉翁欧阳公读李白此诗大发慨叹："'落日欲没岘山西，倒著接䍦花下迷，襄阳小儿齐拍手，大家齐唱白铜鞮。'此常言也。至于'清风明月不用一钱买，玉山自倒非人推'，见太白之横放。所以惊动千古者，固不在此乎？"（《苕溪渔隐丛话前集》卷五）此语可谓一语点睛。李白此诗中的山公，指的是晋朝的襄阳太守山简，山简以善饮驰名。其实李白是很不佩服他的，他在另一首诗中说:"高阳小饮真琐琐,山公酩酊何如我?"(《鲁郡尧祠送窦明府薄华还西京》)山简喝酒都赶不上李白,更不用说作诗了。光会喝酒有什么用?不过是酒囊饭袋而已,有什么好吹的?能酒能诗,方是高才。

孟子有句名言:"独乐乐,与人乐乐,孰乐?"(《孟子·梁惠王下》)与朋友一起喝酒,就是与人共享快乐,一个人的快乐就变成了两个人的快乐。李白有不少与朋友一起喝酒行乐的诗:

> 挂席候海色,当风下长川。
> 多酤新丰醁,满载剡溪船。
> 中途不遇人,直到尔门前。
> 大笑同一醉,取乐平生年。
>
> (《叙旧赠江阳宰陆调》)

> 昔日绣衣何足荣,今宵贳酒与君倾。
> 暂就东山赊月色,酣歌一夜送泉明。
>
> (《送韩侍御之广德》)

> 风落吴江雪,纷纷入酒杯。
> 山翁今已醉,舞袖为君开。
>
> (《对酒醉题屈突明府厅》)

> 我在河南别离久,那堪对此当窗牖。
> 情人道来竟不来,何人共醉新丰酒?
>
> (《春日独坐寄郑明府》)

李白是一个好交朋友的人,像陆调,就是李白的一个"铁哥们"。李白曾经在洛阳北门遭到"五陵"(此指洛阳)的斗鸡徒和恶少的围困,是陆调带着宪台的兵士为李白解了围。从此两人结为好友。李白到江东游历时专门带新丰美酒乘船来到陆调家,访友叙旧,一畅别怀。"大笑同一醉,取乐平生年",

真是友朋之乐，可比天伦啊。后三首诗，或酣歌送友，或对酌酒醉，或待友不至，写得何等亲切有味！

有人说，李白是明月魄，玻璃魂，酒精神。他许多精彩的饮酒诗，常常与月有着密切的关联。诗、酒、月，组成了李白声、味、色俱全的生活交响曲：

> 痛饮龙筇下，灯青月复寒。
> 醉歌惊白鹭，半夜起沙滩。
> （《送殷淑三首》其三）

> 水如一匹练，此地即平天。
> 耐可乘明月，看花上酒船。
> （《秋浦歌十七首》其十二）

> 南湖秋水夜无烟，耐可乘流直上天。
> 且就洞庭赊月色，将船买酒白云边。
> （《陪族叔刑部侍郎晔及中书贾舍人至游洞庭五首》其二）

在醉人的眼中，月夜最为美丽，最令人神往。因为月色为现实里平凡甚至丑陋的世界蒙上了一层富有诗意的面纱。月光加醉眼，滤去了世界不甚美好的一面，而诗人心中那代表美好的愿望和理想的彩笔蘸着月色，给世界涂上了一层美丽的光衣。

李白在醉中常发奇想，他甚至在朋友的怂恿之下，举杯向天空的明月痴情发问：

> 青天有月来几时？我今停杯一问之！
> 人攀明月不可得，月行却与人相随。
> 皎如飞镜临丹阙，绿烟灭尽清辉发。
> 但见宵从海上来，宁知晓向云间没？
> 白兔捣药秋复春，姮娥孤栖与谁邻？

> 今人不见古时月，今月曾经照古人。
> 古人今人若流水，共看明月皆如此。
> 唯愿当歌对酒时，月光长照金樽里！

（《把酒问月》）

这首《把酒问月》，也许是从屈原的《天问》中得到了启发。它葱茏的想象，大胆的怀疑，天才的猜测，邃深的哲学意识与奇思妙想，使此诗具有了探索宇宙和人生哲理的价值。"但见宵从海上来，宁知晓向云间没？"这其实就是对月亮是否是绕着地球转的一个模糊猜测，以当时科学发展的水平来说，李白不可能彻底明白地球是圆的这一科学知识。但中国很早就有"浑天说"——天地混沌如鸡子，即地是被天像蛋清包蛋黄一样包起来的。日月和星星在天的外壳上绕地运行。李白的这一大胆提问，是在运用古代天文学知识向天圆地方的传统观念提出挑战。"今人不见古时月，今月曾经照古人"，头顶上的那轮明月万古如斯，而人的一生与明月相比，无疑是很短促的。诗人发出了人生苦短而宇宙永恒的感叹。这种强烈的生命意识和人生感悟，使李白产生要及时享受人生和紧紧把握现实人生的思想。诗末"唯愿当歌对酒时，月光长照金樽里"二句，将月和酒与自己的生命牢牢地结合在一起，看来明月和美酒，是诗人吟唱不够的两大主题，是他生命中须臾不愿离开的美好事物。把酒问月这一题目，对后人是很有启示的。宋代大文学家苏轼的"明月几时有，把酒问青天"及"但愿人长久，千里共婵娟"的著名词句，就是从李白此诗中化用出来的。宋代另一大词家辛弃疾有一首《木兰花慢》词，也是模仿李白问月诗的一首奇作：

可怜今夕月，向何处，去悠悠？是别有人间，那边才见，光影东头？是天外空汗漫，但长风浩浩送中秋？飞镜无根谁系？姮娥不嫁谁留？谓经海底问无由，恍惚使人愁。怕万里长鲸，纵横触破，玉殿琼楼。虾蟆故堪浴水，问云何玉兔解沉浮？若道都齐无恙，云何渐渐如钩？

辛词继李白问月之意，将李白诗中"但见宵从海上来，宁知晓向云间没"的意思进一步表现得淋漓尽致。辛弃疾对月中神话传说的一系列追问，问出了新的意趣和新的水平,此词可以说是李白问月诗的续篇和新的发展。

三、李白对酒文化的影响

在李白的身上,唐代的酒文化及其精神被体现得最为充分。一提起唐诗与酒,人们首先想到的就是诗仙及酒仙李白。中国嗜酒的文人中,称为酒仙的有多位,但被大家认可的,就只有李白一人。在唐代酒文化以至整个中国酒文化中,其地位是无人可以替代的。在中国,李白已作为酒的意象出现在诗歌、绘画、雕塑等艺术品和各种公众传播媒体上。宋元以来关于李白饮酒的绘画多不胜数,如《李白醉饮图》《李白酒船图》《李白扶醉图》《李白醉归图》《饮中八仙图》《竹溪六逸图》,等等,仅清人王琦在《李太白文集》中记录的就有三十多幅。至今关于李白举杯邀月的形象,还是画家热衷的题材。过去酒馆中所挂"太白遗风"的牌匾,关于李白咏酒诗的书法作品,以李白饮酒形象制作的酒壶或艺术品等,都所见多是。以李白酒仙为歌咏对象的诗歌,后人所作更多,现略举数例唐人的诗:

> 我是潇湘放逐臣,君辞明主汉江滨。
> 天外常求太白老,金陵捉得酒仙人。
>
> (崔成甫《赠李十二》)

> 谪仙唐世游兹郡,花下听歌醉眼迷。
> 今日汉江烟树尽,更无人唱白铜鞮。
>
> (李涉《汉上偶题》)

> 吾爱李太白,身是酒星魄。
> 口吐天上文,迹作人间客。
>
> (皮日休《七爱诗·李翰林》)

> 陵阳佳地昔年游,谢朓青山李白楼。

唯有日斜溪上思，酒旗风影落春流。

（陆龟蒙《怀宛陵旧游》）

我呼古人名，鬼神侧耳听。
杜甫李白与怀素，文星酒星草书星！

（裴说《怀素台歌》一作《题怀素台》）

诗中日月酒中仙，平地雄飞上九天。
身谪蓬莱金籍外，宝装方丈玉堂前。
虎靴醉索将军脱，鸿笔悲无令子传。
十字遗碑三尺墓，只应吟客吊秋烟。

（殷文圭《经李翰林墓》）

宋元以后，吟咏李白醉使力士脱靴、月下独酌、酒肆畅饮、醉后放达的诗更是不计其数，现也略举数首：

戴乌纱，著宫锦，不是高歌即酣饮。
饮时独对月明中，醉来还抱清风寝。

（徐积《李太白杂言》）

金銮殿上脱靴去，白下亭东索酒尝。
一自青山冥漠后，何人来道柳花香？

（任希夷《白下亭》）

阊阖天门夜不关，酒星何事谪人间？
为君五斗金茎露，醉杀江南千万山！

（宗臣《过采石怀李白》）

谪仙过日酒初熟，此日犹传新酒坊。

风度不随茅屋改，山川时作锦衣香。

(许梦熊《过南陵太白酒坊》)

这些诗无不将李白与酒紧密地联系在一起。其实，在中国，无论是贤是愚，是官是民，是文人或是白丁，只要提起饮酒，没有不先想到李白的。在酒文化的世界中，李白的知名度当属第一。

然而，李白对后世酒文化的影响和贡献，主要是在精神上将酒提高到了一个哲理的层次，形成了一种文化精神。

李白之所以能够成为李白，酒对他的人格塑造起着不可小视的作用。酒固然可能使一个人意志消沉，但有时能振奋人的精神，张扬人的个性，培养人的人格。俗话说，酒壮英雄胆。一些人侠肝义胆的英雄之举，常常是在酒后发生的，李白也是如此。他可以在酒后为朋友两肋插刀，对篡国乱政的奸臣小人怒目而视，为世上的不平之事愤然疾呼，为挽救国家和民族之命运拔剑而起：

三杯吐然诺，五岳倒为轻。
眼花耳热后，意气素霓生。

(《侠客行》)

奸臣欲窃位，树党自相群。
果然田成子，一旦弑齐君！

(《古风五十九首》其五十三)

少年负壮气，奋烈自有时。
因声鲁勾践，争博勿相欺！

(《少年行二首》其一)

壮士愤，雄风生。
安得倚天剑，跨海斩长鲸！

(《临江王节士歌》)

在现实生活中，李白其实也是一个凡人，他热衷功名，也有讨好皇帝、攀附权贵的庸俗的一面。但在醉中，他内心深处的独立自我意识，就充分地展现了出来，表现出他傲视权贵、平视王侯的傲岸人格："黄金白璧买歌笑，一醉累月轻王侯"（《忆旧游寄谯郡元参军》）；"手持一枝菊，调笑二千石"（《宣州九日闻崔四侍御与宇文太守游敬亭，余时登响山不同此赏醉后寄崔侍御二首》其一）；"揄扬九重万乘主，谑浪赤墀青琐贤"（《玉壶吟》）；"严陵不从万乘游，归卧空山钓碧流。自是客星辞帝座，元非太白醉扬州！"（《酬崔侍御》）

苏轼评价李白说："士以气为主。方高力士用事，公卿大夫争事之。而太白使脱靴殿上，固已气盖天下矣！……'戏万乘若僚友，视俦列如草芥。雄节迈伦，高气盖世，可谓拔乎其萃游方之外者也。'吾于太白亦云。"（《李太白碑阴记》）李白这种高度自信、自尊、自爱、自立的独立人格和发现自我、尊重自我、相信自我，一切都由自我做主的自由意识及自主精神，都是由饮酒得到激发。酒使诗人的人格得到了提高和升扬，使他与凡庸拉开了距离。若没有酒，李白的人格得不到提升，其与凡夫俗子何异？酒对李白的功劳可谓大矣。

李白不但有好酒之行为，而且还有爱酒之理论，其理论之影响不亚于刘伶的《酒德颂》。其《月下独酌》其二云：

天若不爱酒，酒星不在天。
地若不爱酒，地应无酒泉。
天地既爱酒，爱酒不愧天。
已闻清比圣，复道浊如贤。
贤圣既已饮，何必求神仙？
三杯通大道，一斗合自然。
但得醉中趣，勿为醒者传。

此诗为爱酒之说找了很多理由。其中以天、地、人皆爱酒，且以饮酒合自然之道为由，说明饮酒的合理性；并以"贤圣"皆爱饮酒，为饮者正名。诗中还特别提到了"酒中趣"，此为好酒之士所独有，不可为醒者道，以说明醉者比醒者还胜一筹呢！饮酒既符合大道，又有如此多的优点，当然比神仙还快活，饮酒赛神仙！这就是李白的爱酒理论。"酒中趣"之说也得到后人的赞赏。刘辰翁评此诗曰："缠绵散朗，渐入真趣。言语之悟入如此。"应时评此诗云："醉语纵横，旁若无人，千古只有李白方可嗜酒，其次则阮嗣宗乎？"[①]

在酒的世界中，李白寻回了自我，也找到了一个自由的天地。在这个天地中，他来往古今，出入六合，一会儿在天空飞翔，自由得像一个快活的神仙："永随长风去，天外恣飘扬"（《古风五十九首》其四十一）；一会儿徜徉于人间："醉看风落帽，舞爱月留人"（《九日龙山饮》）；一会儿飘入梦境："梦中往往游仙山，……壶中别有日月天"（《下途归石门旧居》）。有时在醉中，他什么也不想，进入了一个黑甜之乡："醉后失天地，兀然就孤枕。不知有吾身，此乐最为甚。"（《月下独酌四首》其三）是的，在醉中，他忘却了人世间的一切烦恼；在醉乡中，他六根清净，一尘不染。什么人世间的穷与通、荣与辱、上与下、长与短、天与地、生与死以及人与物，都没有了界限，犹如道家的"坐忘"与佛家的"坐禅"一样，李白完全进入了一种与天地为一，与宇宙共生的涅槃境界，这就是中国哲学所谓的"天人合一"。这种中国人所追求的至高境界，李白在酒中和醉中已经达到了。也许，酒的文化哲理层次就在于此。但是醉者无言，酒中有真趣，"勿为醒者传"；或者是虽欲言，却"欲辩已忘言"了。

[①] 以上均引自《月下独酌》其二"集评"，《李白全集校注汇释集评》卷21。

第五节
醉里从为客，诗成觉有神——诗圣杜甫与酒

一、诗圣的诗酒生涯

杜甫虽不以饮酒出名，但其嗜酒程度实不亚于李白。其实在唐人的眼中，杜甫已算得上是"饮中八仙"外的第九"仙"了："昔在帝城中，盛名君一个。……郎官丛里作狂歌，丞相阁中常醉卧！"（任华《寄杜拾遗》）郭沫若在《李白与杜甫》中列了一个专章《杜甫嗜酒终身》，专述杜甫嗜酒之事。他说："诗人和酒，往往要发生密切的联系。李白嗜酒，自称'酒中仙'，是有名的；但杜甫的嗜酒实不亚于李白。我曾经就杜甫现存的诗和文1400多首中作了一个初步的统计，凡说到饮酒上来的共有300首，为21%强。作为一个对照，我也把李白现存的诗和文1050首作了一个初步的统计，说到饮酒上来的有170首，为16%强。"郭沫若的统计是很粗疏的。其实，根据《全唐诗》（光盘版）统计，杜甫诗中说到"酒"字的有178处，若按每首诗出现一次，约占其诗篇数的12%，而李白约占20%。杜诗中说到酒的同义词，或与饮酒有关的，如醪、酪、醇酎、琼浆、酝、酿、饮、酌、酣、醉、酩酊，及饮酒器皿如杯、樽、觞、盏、壶、瓶、罍、斗等，共计有312次。总计谈及饮酒的有490次，占其诗总字数（据《全唐诗》统计，共1458首诗，总字数为104715字）的0.47%；而李白涉及饮酒的有698次，占其诗总字数的0.96%。按出现次数及比率来看，杜诗言酒事的还是赶不上李诗，

更何况现存的李诗比杜诗要少 1/3。

　　杜甫之嗜酒，当然不能光从诗中出现的饮酒活动数量来算。实际上杜甫从小就爱喝酒，而且嗜酒终身。他在《壮游》中说自己："性豪业嗜酒，嫉恶怀刚肠。……饮酣视八极，俗物都茫茫！"还多次自我表白说："生平老耽酒"（《述怀》）、"我生性放诞……嗜酒爱风竹"（《寄题江外草堂》）。年轻时的杜甫，并不是一个文弱书生，而是一个"裘马颇清狂"的人物。他常与朋友一起纵酒打猎，"呼鹰皂枥林，逐兽云雪冈。射飞曾纵鞚，引臂落鹜鸽"（《壮游》）。作为一个官僚子弟的公子哥，他多次出入地方官员和达官贵人的酒筵，像"座对贤人酒，门听长者车"（《对雨书怀走邀许主簿》）、"检书烧烛短，看剑引杯长"（《夜宴左氏庄》）的诗句，就是作于此时。

　　杜甫年轻时心目中最仰慕的人物就是能诗善酒的李白及"饮中八仙"中其他恃酒狂放的人物。试看《饮中八仙歌》将"八仙"写得放浪纵恣，活灵活现，充满了艳羡之情，便知杜甫此时的爱好和心态了。尤其是他与诗仙及酒仙李白的交往，更能说明问题。天宝三年（744），李白辞京还山，路过东都洛阳，与杜甫相遇，两人一见如故，结为知音，并结伴同游梁宋与齐鲁。杜甫后来回忆与李白初遇时的情景说：

　　　　乞归优诏许，遇我宿心亲。
　　　　未负幽栖志，兼全宠辱身。
　　　　剧谈怜野逸，嗜酒见天真。
　　　　醉舞梁园夜，行歌泗水春。

　　　　　　　　　　　　（《寄李十二白二十韵》）

　　在梁宋之游时，他们还与诗人高适相遇，三人过汴州，"酒酣登吹台，慷慨怀古，人莫测也"（《新唐书·杜甫传》）。杜甫后来有诗回忆道："忆与高李辈，论交入酒垆。两公壮藻思，得我色敷腴。气酣登吹台，怀古视平芜。"（《遣怀》）三人还在宋州的孟诸泽一起行猎，在单父县的酒楼一起听歌观舞。杜甫、李白和高适均有诗记其事。其后，李、杜又一起游齐鲁，到济南游鹊山湖，与李邕、李之芳相见，纵酒吟诗。之后，又一同到兖州城北访隐士范十，过了一段"醉眠秋共被，携手日同行"（《与李十二白同寻范十隐居》）的亲如弟兄的日子。在杜甫的眼中，李白此时的形象是：

> 秋来相顾尚飘蓬，未就丹砂愧葛洪。
> 痛饮狂歌空度日，飞扬跋扈为谁雄？
>
> （《赠李白》）

有人说此诗"是白一生小像"[①]。这话虽然不错，但我总觉得这其中也有杜甫自己的形象在内。青年杜甫的形象与李白是颇有些相同之处的。天宝四年（745）秋，两人在鲁郡东石门相别，李白在杜甫临行时送给他一首诗，而这首诗的内容主要说的是酒：

> 醉别复几日，登临遍池台。
> 何时石门路，重有金樽开？
> 秋波落泗水，海色明徂徕。
> 飞蓬各自远，且尽手中杯！
>
> （《鲁郡东石门送杜二甫》）

送别杜甫之后，李白在"高卧沙丘城"之时，十分想念杜甫，又写了一首诗相寄，其中说道："鲁酒不可醉，齐歌空复情。思君若汶水，浩荡寄南征。"（《沙丘城下寄杜甫》）又提到了酒。从李白的诗中来看，两人之所以能结下深厚友情，除了人格的魅力和诗的因素之外，另一个重要因素无疑就是酒了。其实，杜甫何尝不是如此呢？杜甫以后赠给李白及提及李白的诗中，提到酒的也不在少数。《饮中八仙歌》就不用说了，另如：

> 渭北春天树，江东日暮云。
> 何时一樽酒，重与细论文？
>
> （《春日忆李白》）

[①] 《杜诗镜铨》卷1，上册，第15页，引蒋弱六语。

不见李生久，佯狂真可哀。
…………
敏捷诗千首，飘零酒一杯。

（《不见》）

惜君只欲苦死留，富贵何如草头露。
蔡侯静者意有余，清夜置酒临前除。
罢琴惆怅月照席，几岁寄我空中书？
南寻禹穴见李白，道甫问信今何如？

（《送孔巢父谢病归游江东兼呈李白》）

坐中薛华善醉歌，歌辞自作风格老。
近来海内为长句，汝与山东李白好。

（《苏端薛复筵简薛华醉歌》）

看来，李、杜之交不仅是诗之交，而且还是酒之交。正是诗酒，将这两位唐代最伟大的诗人紧密地联系在了一起。

杜甫在长安的十年中，虽然有时过着"朝扣富儿门，暮随肥马尘。残杯与冷炙，到处潜悲辛"（《奉赠韦左丞丈二十二韵》），甚至"饥卧动即向一旬，敝裘何啻联百结"（《投简成华两县诸子》）的衣食不继、乞食友朋、卖药都市的贫困生活，但依然嗜酒如故，过着"沉饮聊自遣，放歌破愁绝"（《自京赴奉先县咏怀五百字》）的酣饮狂歌的日子。他每到无食无酒之时，便到朋友家蹭饭吃、蹭酒喝。最常去的有郑虔、堂弟杜位、友人王倚等人家。天宝十年（751）的除夕，杜甫穷得连年也过不起，就是在他堂弟、李林甫之婿杜位家度过的。是夕，他满腹之愁无处发泄，喝得烂醉如泥。有一年秋天，杜甫害了疟疾，大病一场："疟疠三秋孰可忍，寒热百日相交战。头白眼暗坐有胝，肉黄皮皱命如线。"病后他到老友王倚家，王倚见他病得皮包骨头，营养极度缺乏，便命家人准备好酒好菜，招待了他一顿。杜甫很是感激，便写了一首诗表示答谢："惟生哀我未平复，为我力致美肴膳。遣人向市赊香粳，唤妇出房亲自馔。

长安冬菹酸且绿，金城土酥静如练。兼求富豪且割鲜，密沽斗酒谐终宴。故人情义晚谁似，令我手脚轻欲漩。"（以上二条均见《病后遇王倚饮赠歌》）

杜甫在长安最要好的朋友是郑虔。郑虔时为广文馆博士，"好琴酒篇咏，善图山水，能书"（《唐才子传校笺》卷二）。他曾经自写其诗并画，献于玄宗，玄宗看了之后，在其书卷后署曰："郑虔三绝。"但郑虔官冷位卑，生活潦倒。杜甫和他很对脾胃，两人经常在一起喝酒吟诗，不醉不休，杜甫喝醉了就写诗发牢骚。杜甫有《醉时歌》云：

> 诸公衮衮登台省，广文先生官独冷。
> 甲第纷纷厌粱肉，广文先生饭不足。
> 先生有道出羲皇，先生有才过屈宋。
> 德尊一代常坎坷，名垂万古知何用？
> 杜陵野客人更嗤，被褐短窄鬓如丝。
> 日籴太仓五升米，时赴郑老同襟期。
> 得钱即相觅，沽酒不复疑。
> 忘形到尔汝，痛饮真吾师。
> 清夜沉沉动春酌，灯前细雨檐花落。
> 但觉高歌有鬼神，焉知饿死填沟壑？
> 相如逸才亲涤器，子云识字终投阁。
> 先生早赋归去来，石田茅屋荒苍苔。
> 儒术于我何有哉？孔丘盗跖俱尘埃。
> 不须闻此意惨怆，生前相遇且衔杯！

诗约作于天宝十三年（754），此时杜甫在长安将近十年，他应制举，被李林甫以"野无遗贤"为借口，被斥落第；他进《三大礼赋》，也被搁置，未予授官。生活上一直没有着落，穷困潦倒，衣食无着，怀才不遇。因此，他只有借酒浇愁，以酒泄愤。你郑广文"有道出羲皇""有才过屈宋"又有什么用？还不是做一个食不果腹的小官？我这个杜陵野客更是无用，虽有相如之"逸才"、子云之学识，又有何出路？在此贤盗不分的世界里，儒术对我有什么用？杜甫借着酒劲和醉意，将一腔牢骚都发泄了出来。

后来郑虔陷贼时被迫任了伪职，被贬为台州司户，杜甫虽因故未能前往相送，但对这位白发满鬓的老才人充满了惜别之情：

郑公樗散鬓成丝，酒后常称老画师。
万里伤心严谴日，百年垂死中兴时。
苍惶已就长途往，邂逅无端出饯迟。
便与先生应永诀，九重泉路尽交期。

（《送郑十八虔贬台州司户伤其临老陷贼之故，阙为面别，情见于诗》）

当杜甫在夔州得到郑虔去世的消息后，回忆起这位晚年遭贬，身世凄凉的"老画师"时，还对他"文传天下口，大字犹在榜。……嗜酒益疏放，弹琴视天壤"（《八哀诗·故著作郎贬台州司户荥阳郑公虔》）的才情，充满了敬意和惋惜。

旅食长安的十年是杜甫思想最为苦闷的时期。他经常到乐游园和曲江池一带饮酒，醉后长歌当哭，一抒胸中忧愤：

却忆年年人醉时，只今未醉已先悲。
数茎白发那抛得，百罚深杯亦不辞。
圣朝亦知贱士丑，一物但荷皇天慈。
此身饮罢无归处，独立苍茫自咏诗！

（《乐游园歌》）

在此所谓盛唐之世，贱士被人看不起，得不到任用。看着长安阔少们骑着高头大马，带着歌妓美酒，前来林园游赏，而自己已白发上头，仍是一介布衣，衣食无着，官无半品，只能做一个园外的看客，此身饮罢，却连个归处也没有，是何其悲哀！不长歌当哭，还能做些什么呢？

安史之乱后，玄宗幸蜀，肃宗于灵武（今宁夏）即位。杜甫从羌村出发，在前往灵武的途中被乱军捉住，押往长安。幸好他官小未被认出。他在长安城中翘首西望，日夜盼官军杀回长安，写出了《春望》《哀江头》等一系列名诗。此时他衣食无着，幸遇苏端、薛复等人接待了他。《雨过苏端》一诗曾记一时之窘况：

> 鸡鸣风雨交，久旱云亦好。
> 杖藜入春泥，无食起我早。
> 诸家忆所历，一饭迹便扫。
> 苏侯得数过，欢喜每倾倒。
> 也复可怜人，呼儿具梨枣。
> 浊醪必在眼，尽醉摅怀抱。
> 红稠屋角花，碧委墙隅草。
> 亲宾纵谈谑，喧闹畏衰老。
> 况蒙霈泽垂，粮粒或自保。
> 妻孥隔军垒，拨弃不拟道。

当杜甫经历九死一生逃出长安，来到凤翔肃宗行在，"麻鞋见天子，衣袖露两肘"（《述怀》），好不容易授了一个左拾遗，却因疏救房琯，差一点丢了官职，只好乞恩到鄜州探亲。经过长途跋涉，来到妻儿寄食的羌村，当地的农民携酒前来看望他，使他十分感动：

> 父老四五人，问我久远行。
> 手中各有携，倾榼浊复清。
> 莫辞酒味薄，黍地无人耕。
> 兵革既未息，儿童尽东征。
> 请为父老歌，艰难愧深情。
> 歌罢仰天叹，四座泪纵横。
>
> （《羌村三首》其三）

一壶浊酒，表达了普通劳动人民对诗人的深切关心，使诗人感动得老泪纵横。

长安收复后，朝廷得到短暂的平静和稳定。此时杜甫也有了暂时的平静生活。他曾在曲江与友人一起对酒，写下了"朝回日日典春衣，每日江头尽醉归。

酒债寻常行处有,人生七十古来稀"(《曲江二首》其二)及"桃花细逐杨花落,黄鸟时兼白鸟飞。纵饮久判人共弃,懒朝真与世相违"(《曲江对酒》)的诗句。但这样的日子并未过了多久,杜甫就被外贬出朝为华州司功参军。不久他又回到洛阳探亲,一路上经过湖城(今河南灵宝)、新安(今属河南)等县,正逢朝廷征兵。他写下了著名的"三吏""三别"等诗篇。在途中,他还与分散多年的老友卫八处士会面,卫八处士的儿女很热情地接待了他,卫八命儿女"夜雨剪春韭,新炊间黄粱",摆酒设宴,两人在席上举杯痛饮,畅叙别怀:"主称会面难,一举累十觞。十觞亦不醉,感子故意长。"第二天,杜甫就告别老友,匆匆上路了。"明日隔山岳,世事两茫茫"(以上俱引自《赠卫八处士》),从此天各一方,他们再也没有见过面。

从华州奔秦州以至入蜀的途中,杜甫连饱饭也很难吃上一顿,更不用说饮酒了。到了四川成都之后,在友人的帮助下,他筑了草堂,才有了相对稳定的生活。此时他的饮酒诗又多了起来,透露出一种闲适恬淡的心情:

> 鹅儿黄似酒,对酒爱新鹅。
> 引颈嗔船逼,无行乱眼多。
>
> (《舟前小鹅儿》)

> 把酒从衣湿,吟诗信杖扶。
> 敢论才见忌,实有醉如愚。
>
> (《徐步》)

> 读书难字过,对酒满壶频。
> 近识峨眉老,知余懒是真。
>
> (《漫成二首》其二)

> 江深竹静两三家,多事红花映白花。
> 报答春光知有处,应须美酒送生涯。
>
> (《江畔独步寻花七绝句》其三)

这样的好日子也并未过多久，因老友严武的去蜀、去世，蜀中开始大乱，杜甫又在蜀中到处流离。"此生那老蜀，不死会归秦"（《奉送严公入朝十韵》），杜甫时刻想回到京城长安或东都洛阳。广德元年（763），杜甫流落到梓州（今四川三台）时，听说官军彻底平定了安史之乱，大喜欲狂，当即收拾行囊，欲与妻子"白日放歌须纵酒，青春作伴好还乡"（《闻官军收河南河北》），但终因种种原因，归秦和入洛都非易事，未能成行。直到永泰元年（765），杜甫才乘舟东下，来到了夔州。在夔州，他仍纵酒如故，一次因醉乘马飞奔，从马上坠下摔伤，朋友们纷纷携酒前来看他，他作了一诗表达谢意。此后，他因老病缠身，就"潦倒新停浊酒杯"（《登高》）了。

大历三年（768），杜甫离开了夔州，出峡后南游洞庭，又南下衡州（今湖南衡阳），投靠他的老友韦之晋，因韦之晋已调任潭州（今湖南长沙），杜甫又去往潭州。不久，韦之晋死，杜甫失去了依靠，便在湖南境内流落。此时他已是"右臂偏枯半耳聋"（《清明二首》其二）的垂暮老人了，穷得"乌几重重缚，鹑衣寸寸针"（《风疾舟中伏枕书怀三十六韵奉呈湖南亲友》），酒也不能喝了，实际上是喝不上了。《旧唐书》本传说他"沂沿湘流，游衡山，寓居耒阳。甫尝游岳庙，为暴水所阻，旬日不得食。耒阳聂令知之，自棹舟迎甫而还。永泰二年，啖牛肉白酒，一夕而卒于耒阳"。《新唐书》也说"（县）令尝馈牛炙白酒，大醉，一昔（夕）卒"。这个记载不一定准确，可能是出于传说。但从这个传说来看，他也和李白一样，是死于酒的。

二、诗圣的酒中之趣

杜甫一生耽于酒，当然和李白一样，是深谙酒中之趣的。他曾说过："浊醪有妙理。"（《晦日寻崔戢李封》）苏轼对杜甫这句话大加赞赏，并以此为题写了一篇《浊醪有妙理赋》，赋中说："酒勿嫌浊，人当取醇。失忧心于昨梦，信妙理之疑神。浑盎盎以无声，始从味入；杳冥冥其似道，径得天真。……惟此君独游万物之表，盖天下不可一日而无。"嗜酒之人，深得酒中之趣，故"不可一日而无"也。诗圣的酒中之趣都有哪些呢？我以为当有以下几个方面。

213

（一）酒是扫愁帚，可以酒解忧

在唐代诗人中，生活最为坎坷和不幸的，以杜甫为甚，他一生都穷困潦倒。再加上他不仅以己忧为忧，还要以天下之忧为忧。他忧弟妹、忧朋友、忧朝廷、忧百姓、忧生灵、忧万物，总之他忧己、忧人、忧国、忧民、忧天下。这么多的忧愁都压在他的心头，他怎么能受得了？怎么办？只有以酒解之：

啅雀争枝坠，飞虫满院游。
浊醪谁造汝？一酌散千忧。

（《落日》）

瓮余不尽酒，膝有无声琴。
圣贤两寂寞，眇眇独开襟。

（《过津口》）

弟妹悲歌里，乾坤醉眼中。
兵戈与关塞，此日意无穷。

（《九日登梓州城》）

才名四十年，坐客寒无毡。
赖有苏司业，时时乞酒钱。

（《戏简郑广文虔兼呈苏司业源明》）

酒尽沙头双玉瓶，众宾皆醉我独醒。
乃知贫贱别更苦，吞声踯躅涕泪零。

（《醉歌行》）

堂上指图画，军中吹玉笙。
岂无成都酒，忧国只细倾。

（《八哀诗·赠左仆射郑国公严公武》）

地偏初衣夹，山拥更登危。
万国皆戎马，酣歌泪欲垂。

（《云安九日郑十八携酒陪诸公宴》）

在这些诗中，杜甫忧思深广，从家人到友人，从国家到黎民，都在他时时处处忧虑和思念之中，即使是日饮千斛美酒，也难消他心头之忧。换句话来讲，酒并非在消愁，而是在勾愁、钓愁，他是借喝酒来激发他忧国忧民的忧患意识，来抒发他民胞物与的深沉感情啊。

（二）酒是乐之媒，可以酒娱情

饮酒不光是为了消愁，它也是一种交友娱情手段。亲人团聚、朋友会面，心情高兴时也要喝酒。杜甫虽经常喝的是解闷酒，但有时也喝开心酒：

只作披衣惯，常从漉酒生。
眼前无俗物，多病也身轻。

（《漫成二首》其一）

杜酒偏劳劝，张梨不外求。
前村山路险，归醉每无愁。

（《题张氏隐居二首》其二）

山瓶乳酒下青云，气味浓香幸见分。
鸣鞭走送怜渔父，洗盏开尝对马军。

（《谢严中丞送青城山道士乳酒一瓶》）

莫笑田家老瓦盆，自从盛酒长儿孙。
倾银注玉惊人眼，共醉终同卧竹根。

（《少年行二首》其一）

把臂开尊饮我酒，酒酣击剑蛟龙吼。

………

万事尽付形骸外,百年未见欢娱毕。

(《相逢歌赠严二别驾》)

盘飧市远无兼味,樽酒家贫只旧醅。
肯与邻翁相对饮,隔篱呼取尽余杯。

(《客至》)

这些诗,有的是写悠然自得的独酌,有的是写与朋友欢聚的对酌,有的是写与马军、邻翁共饮的闲酌,有的是写农家用瓦盆共饮的欢酌。"美酒聊共挥",或围炉共坐,或隔篱呼饮,或鸣鞭走送,或倾银注瓦,或举杯偏劝,或把臂开尊。有酒共饮,有乐共享,何等令人开怀!心情高兴时饮上一杯,有朋自远方来时碰上几盅,亲友团聚时摆上一桌,是何等的赏心乐事!杜甫不但能与亲朋好友一起欢饮,也能与下层的劳动人民畅怀共酌,由此可看出诗圣"与人乐乐"的博大宽广的胸怀。

(三)酒是钓诗钩,可以酒酿诗

酒对诗人最大的功用是以酒酿诗、以酒钓诗。杜甫对酒最有深解:"宽心应是酒,遣兴莫过诗。"(《可惜》)宋代大诗人苏东坡对酒的功用说得好:"应呼钓诗钩,亦号扫愁帚。"(《洞庭春色》)诗人们的许多诗兴都是在饮酒时钓出来的,他们的许多好句也大都是从酒杯里泡出来、从酒缸里钓出来的。杜甫当然也不例外:

灯花何太喜,酒绿正相亲。
醉里从为客,诗成觉有神!

(《独酌成诗》)

客醉挥金碗,诗成得绣袍。
清秋多宴会,终日困香醪。

(《崔驸马山亭宴集》)

> 把酒宜深酌，题诗好细论。
> 府中瞻暇日，江上忆词源。
>
> （《弊庐遣兴奉寄严公》）

> 稠花乱蕊裹江滨，行步欹危实怕春。
> 诗酒尚堪驱使在，未须料理白头人。
>
> （《江畔独步寻花七绝句》其二）

> 晚节渐于诗律细，谁家数去酒杯宽。
> 唯君最爱清狂客，百遍相过意未阑。
>
> （《遣闷戏呈路十九曹长》）

诗圣的"诗成觉有神"来自何处？是"醉里从为客"之故也。苏轼曾说过："吾酒后，乘兴作数千字，觉酒气拂拂从十指出也。"（《侯鲭录》）我们看杜甫醉中走笔作歌的长篇大诗如《饮中八仙歌》《醉时歌》《醉歌行》《渼陂行》《送孔巢父谢病归游江东兼呈李白》《苏端薛复筵简薛华醉歌》《短歌行赠王郎司直》等，哪一篇不是"酒气拂拂从十指出"呢？诗神和酒神，历来是双胞胎，外国是如此，中国也是如此，古代如此，当代也是如此，古今中外，概莫能外。李白"一斗诗百篇"，杜甫"醉里""诗成觉有神"，诗仙李白和诗圣杜甫，就是很好的两个例子。

（四）酒中有真趣，可以酒养性

杜甫曾说李白"嗜酒见天真"，其实杜甫本人也是如此。他曾多次在诗中表白：

> 我生性放诞，雅欲逃自然。
> 嗜酒爱风竹，卜居必林泉。
>
> （《寄题江外草堂》）

> 早岁与苏郑，痛饮情相亲。

二公化为土，嗜酒不失真。

(《寄薛三郎中据》)

舍西柔桑叶可拈，江畔细麦复纤纤。
人生几何春已夏，不放香醪如蜜甜！

(《绝句漫兴九首》其八)

荆州郑薛寄诗近，蜀客郗岑非我邻。
笑接郎中评事饮，病从深酌道吾真。

(《赤甲》)

  人生百态，一生可有好多副面孔，唯有醉后露出的才是真面孔。人们平时见到的杜甫常是他谦恭的一面，仿佛他只是一个与世无争的谦谦儒者。只有在酒醉的时候，才看得出他傲诞的一面。如他曾在醉后写诗发泄对唐肃宗的不满："唐尧真自圣，野老复何知？"（《秦州杂诗二十首》其二十）在《醉时歌》中他大呼："儒术于我何有哉？孔丘盗跖俱尘埃！"此时才可见杜甫的真性格，他并非只是一个柔顺的儒者，还是一个不畏权势的"大人先生"。所以《新唐书》说他"性褊躁傲诞"，不为无据。杜甫一向以讲真话为人称道。他在《自京赴奉先县咏怀五百字》中，直书了"彤庭所分帛，本自寒女出。鞭挞其夫家，聚敛贡城阙"和"朱门酒肉臭，路有冻死骨"的残酷现实，揭示了"高马达官厌酒肉，此辈杼轴茅茨空"（《岁晏行》）的贫富不均的社会不平现象。这虽说取决于杜甫高度的思想认识水平和仁民爱物的品德，但我要说，这里面还有酒的功劳。

  此外，杜甫内心对精神解放和"摆脱拘束，返璞归真，舒展个性，求取精神高蹈和自由情操"[①]的渴求，都在酒中表现无遗。庄子说："真者，所以受于天也，自然不可易也。故圣人法天贵真，不拘于俗。"（《庄子·渔父》）杜甫醉后恃酒傲世，不拘于俗，"饮酣视八极，俗物都茫茫"（《壮游》）！他在酒中找到了自我，一个大写的"人"字。只有在这时，他才是真正自由的，

[①] 张志烈《浊醪有妙理——论杜甫与中国酒文化》，载《杜甫研究论集》。

才认识到自己真正的价值。"浊醪有妙理，庶用慰沉浮！"（《晦日寻崔戢李封》）杜甫认识到了酒的真正好处，只有在醉眼中，才能将世间的宦海沉浮看得如同鸿毛之轻，如同身外之物。一切尘世间的重压和精神负担，都在酒中融解了、化掉了，只剩下纯真的自我。

三、诗仙与诗圣酒神精神之异同

诗仙和诗圣都是嗜酒之人，他们的诗中都散发着酒的芳香，在酒中都表现出率真的性格。嗜酒是其共同之所好，然而表现的形式却大不一样。如果打个蹩脚的比喻，李白如同喷发的油井，酒后的豪情随着酒气一喷万丈；而杜甫如同涓涓的山泉，酒后的诗情像泉水一样汩汩不断。饮酒的方式也不一样，李白的酒量如海，他天天饮酒，一饮就是"三百杯"，沉湎于醉乡；而杜甫不如李白幸运，尤其是在"乞食友朋"的长安时期和战乱的年代，他饥一顿饱一顿的，饭都没得吃，更何况天天饮酒？李白也有无钱饮酒时，但他可以"五花马""千金裘"来换酒，以龙泉剑来赊酒；而杜甫就没有这样的阔气，他无钱买酒时，就只能到朋友家去蹭酒，或者叫儿子到邻居家去赊酒喝。李白喝的多是"斗十千"的美酒，而杜甫常喝的却是每斗只值"三百青铜钱"的浊醪。李白酒后作诗敏捷，"一斗诗百篇""敏捷诗千首，飘零酒一杯"是其写照；而杜甫醉后作诗不是敏捷多产、豪情奔放，而是精雕细刻，是作意深刻，是"渐于诗律细"，是诗歌意境的老苍浑茫。

除以上所说的之外，我认为两人最重要的不同有三点。

一是李白之醉是为解放个人，杜甫之醉是为忧国忧民。李白在醉中呼喊的主题是充分解放自己，他是作为一个与公卿王侯平起平坐、与天子为师为友的"士"的形象出现的。他酒后所突出的是一个"大人先生"式的自我，一个"天生我材必有用"的自我，一个"天子呼来不上船"的狂士，一个长剑挂颐、不事玉阶的天外太白老，一个傲世轻俗的放浪形骸的谪仙人。总之，他给人最突出的形象是酒后狂士。正如闻一多先生所说的，他更像一个没人管教也管教不了的"野孩子"。而杜甫不然，他虽然也好酒，有时也在酒后佯狂一下，发一发"儒术于我何有哉，孔丘盗跖俱尘埃"的牢骚，但他本质上还是一个心里装着皇帝和国事的儒士，是一个仁民爱物的仁者，即使在醉中，他想的也多是他人，是妻子、儿女、弟妹、朋友，是兵士、农夫、船户，是国家的前途、人民的命运，是"北极朝廷终不改"，是战乱中没有房子住的寒士，是石壕村逾墙走的老翁，是大巴山中哀哀痛哭的寡妇。总之，他给人最突出的形象，是醉后站在曲江头"独立苍茫自咏诗"的忧国忧民的志士仁人。闻一多对他也有一个颇为形象的说法，说他是一个丢了娘而"到处找娘的孩子"。

二是李白善于在诗中表现自己，而杜甫善于描写他人。李白的诗中，尤其是咏酒的诗篇中，大多都是在写自己，如花间举杯邀月的李白，把酒问月的李白，醉卧酒肆的李白，日日醉如泥的李白，欲上青天览明月的李白，等等。而杜甫的咏酒诗中，就不仅是他自己的形象了。在他的诗中，有"饮中八仙"，有"酒后常称老画师"、官运独冷的老博士郑广文先生，有"不通姓字粗豪甚，指点银瓶索酒尝"的薄媚郎，有"手中各有携，倾榼浊复清"的羌村父老。杜甫像一个高明的画家，他不但能够给醉人画像，还画出了像曹霸、公孙大娘弟子等艺术家及《兵车行》《丽人行》"三吏""三别"《最能行》《负薪行》等诗中一大批唐代各阶层的人物形象。

三是李白的贡献在于开掘咏酒诗的思想深度，杜甫的贡献在于开辟了咏酒诗的新境界。李白的咏酒诗，是在嵇康、阮籍、陶渊明、王绩等人咏酒诗的基础上更进一层，写出了新的力度和深度，使其具有更深刻的社会意义、思想意义及文化意蕴，使酒文化达到更加淋漓尽致的水平，使咏酒诗在审美上上了一个更高的档次。而杜甫的咏酒诗，则开辟了新的审美境界，他善于在平凡的事物中发现新的意趣。他可以在丰收的禾黍中闻到"糟床注"的酒香，从初生鹅儿的黄色看到黄酒的色泽，从田父泥酒劝客的粗丑动作中看到下层人民的朴实可爱，从樽酒旧醅中感受到生活的欢乐和友谊的可贵。他从众多的酒仙和酒狂中看到了他们的可亲可爱，并为他们画下了不可多得的醉中群像。他还从浊醪中悟到了宦海沉浮皆为身外之物，"宽心应是酒，遣兴莫过诗"，这说得是何等的好啊！杜甫在诗酒中开辟了更加宽广的道路，发掘了咏酒诗的新境界。

第六节
酒狂又引诗魔发——醉吟先生白居易

一、从直谏斗士到醉吟先生

在人们的印象中，好像李白的诗中涉及饮酒的最多，郭沫若在《李白与杜甫》书中统计过，杜甫言及酒的诗超过了李白。但根据《全唐诗》（光盘版）的统计，白居易诗中说到"酒"字的有654次，若每首出现一次，约占其诗篇数的22%。而李白约占20%，杜甫约占12%。白居易诗说到酒的同义词或与饮酒有关的，计有1181次；总计谈及饮酒的有1835次，占其诗总字数（据《全唐诗》统计共2930首诗，总字数为188765字）的0.97%，比率高于李白与杜甫。而李白涉及饮酒的有698次，占其诗总字数的0.96%；杜甫涉及饮酒的有490次，约占0.47%。

白居易青少年时期即励志苦读，他在《与元九书》中回忆道："二十已来，昼课赋，夜课书，间又课诗，不遑寝息矣。以至于口舌成疮，手肘成胝，既壮而肤革不丰盈，未老而齿发早衰白，瞥瞥然如飞蝇垂珠在眸子中也，动以万数。盖以苦学力文所致。"果然功夫不负有心人，白居易连中三第（即中进士、书判拔萃科、才识兼茂明于体用科），被宪宗皇帝授予翰林学士及左拾遗之职。在任左拾遗时，他竭尽心力，直言敢谏，屡陈时政，请降系囚，蠲租税，放宫人，绝进奉，禁掠卖良人等。于此之时，他除了手请谏纸，竭尽谏官之责以外，"有可以救济人病，裨补时阙，而难于指言者，辄咏歌之"（《与元九书》）。在《与元九书》中，他明确提出了"文章合为时而著，歌诗合为事而作"的现实主义诗歌创作的主张。他的这一主张，后来得到元稹、张籍、李绅等人的响应，形成了以反映和关心现实民间疾苦为主要内容的新乐府运动。

在诗歌创作中，白居易所作的《新乐府》诗五十首、《秦中吟》十首及《贺雨》《哭孔戡》《登乐游园望》《宿紫阁山北村》等讽喻诗，在社会上引起了巨大的反响。这些其辞质而径、其言直而切、其事核而实、其体顺而肆的"为君、为臣、为民、为物、为事而作"（《新乐府》诗序）的讽谏诗，揭示了权贵豪门侵掠百姓的暴行和下层人民痛苦生活的悲惨状况，触怒了那些当道的权要，因此他们对白居易恨之入骨，肆意讪谤。白居易说："凡闻仆《贺雨》诗，众口籍籍，已谓非宜矣。闻仆《哭孔戡》诗，众面脉脉，尽不悦矣。闻《秦中吟》，则权豪贵近者相目而变色矣。闻《乐游园》寄足下诗，则执政柄者扼腕矣。闻《宿紫阁村》诗，则握军要者切齿矣。"（《与元九书》）白居易以诗歌为武器，与那些鱼肉乡民的权要做斗争，为黎民百姓而呼喊。

元和十年（815）七月，宰相武元衡为盗所杀，白居易听说后，"首上疏论其冤，急请捕贼，以雪国耻"。而当政者却以白居易是"宫官（时白居易为左赞善大夫）非谏职，不当先谏官言事"，又有素恶白居易者，说白居易母因看花堕井而死，而他却作《赏花》及《新井》诗，"甚伤名教""浮华无行"（以上引文俱见《旧唐书·白居易传》），贬白居易为江州司马。此时牛、李党争甚烈，白居易被视为牛党，陷入党争之中，因此李党对他打击甚剧。

这一打击对白居易的思想影响很大。白居易素奉"穷则独善其身，达则兼济天下"的信条，并认为自己"志在兼济，行在独善"。既然兼济之志不得行于世，就只好"奉身而退""行在独善"（以上引文俱见《与元九书》）了。从此，他便从一名直言敢谏、与权要勇敢斗争的斗士，变成了一位"行在独善"、纵情诗酒的"醉吟先生"。他的诗歌创作，也由"兼济之志"的讽喻诗，转向了"独善之义"的闲适诗。

这些闲适诗和杂律诗，大都是以诗酒自适、自娱，抒发了他对生活的种种感受，开辟了一个新的审美空间，反映了白居易思想的另一面。白居易说，这些诗"或诱于一时一物，发于一笑一吟，率然成章，非平生所尚者，但以亲朋合散之际，取其释恨佐欢，今铨次之间，未能删去，他时有为我编集斯文者，略之可也"（《与元九书》）。当然，这只是早年的思想，后来他亲自编的《白氏长庆集》所收的诗歌，绝大部分都是闲适诗和杂律诗，讽喻诗基本上还是先前所写的那些。可见他并没有将这些诗删掉，而是以这些诗为其主要诗作了。他晚年所作的《序洛诗》，诗中说他在居洛阳五年间所作的432首诗中，"除丧朋、哭子十数篇外，其他皆寄怀于酒，或取意于琴，闲适有余，酣乐不暇；苦词无一字，忧叹无一声，岂牵强所能致耶？盖亦发中而形外耳"。这些所谓"苦词无一字，忧叹无一声"的文字，固然是牢骚话，其实也说明了白居易的晚年确实已销蚀了早年的锐气，由一名为黎民百姓呐喊的斗士，退缩为一个知足保和的乐天居士。当然，这固然是为了避免陷入朋党之争，有其超然的一面，也可以说是对当时政治腐败黑暗的一种无声的抗议，但毕竟消极和软弱了些。

乐天居士毕竟不像他自己所说的那么思想达观，信道、佞佛也不能消除他思想的苦痛。因此只好借助"扫愁将军"——酒，从酒和醉乡中讨生活。他在自撰的《醉吟先生传》中说："若舍吾所好，何以送老？因自吟《咏怀》诗云：'抱琴荣启乐，纵酒刘伶达。放眼看青山，任头生白发。不知天地内，更得几年活？从此到终身，尽为闲日月。'吟罢自哂，揭瓮拨醅，又饮数杯，兀然而醉。既而醉复醒，醒复吟，吟复饮，饮复醉；醉吟相仍，若循环然。由是得以梦身世，云富贵，幕席天地，瞬息百年，陶陶然，昏昏然，不知老之将至。古所谓得全于酒者，故自号为醉吟先生。"他的这篇自传，很像陶渊明的《五柳先生传》。白居易一生景仰陶渊明，把陶渊明、荣启期、刘伶视为"北窗三友"："嗜诗有渊明，嗜琴有启期。嗜酒有伯伦，三人皆吾师。"（《北窗三友》）他还专门写有《效陶潜体诗十六首》，其中一首就专咏陶渊明：

> 吾闻浔阳郡，昔有陶征君。
> 爱酒不爱名，忧醒不忧贫。
> 尝为彭泽令，在官才八旬。
> 愀然忽不乐，挂印著公门。
> 口吟归去来，头戴漉酒巾。
> 人吏留不得，直入故山云。

> 归来五柳下,还以酒养真。
> 人间荣与利,摆落如泥尘。
> 先生去已久,纸墨有遗文。
> 篇篇劝我饮,此外无所云。
> 我从老大来,窃慕其为人。
> 其他不可及,且效醉昏昏。

白居易以陶渊明为楷模,认为其诗和思想境界皆不可及,而其饮酒则可学之。

酒可以说伴随了白居易的后半生。他在醉眼中观世界,在醉梦中逃世界,在醉乡中寻世界,在醉诗中创造世界。

二、醉吟先生的酒世界

白居易的咏酒诗,无疑也是一个丰富多彩的世界。他在此世界中徜徉优游,乐此不疲。他年轻时即好杯中物,三十岁时写了一首诗说:"酒盏酌来须满满,花枝看即落纷纷。莫言三十是年少,百岁三分已一分。"(《花下自劝酒》)但白居易父亲早死,家庭生活比较贫寒,平时无钱喝酒,甚至典衣买酒喝,只是后来当了官,喝酒才可放量痛饮:"忆昔羁贫应举年,脱衣典酒曲江边。十千一斗犹赊饮,何况官供不著钱。"(《府酒五绝·自劝》)他曾写了一首《悲哉行》,自悲为儒生时贫贱苦读的情景:"悲哉为儒者,力学不知疲。读书眼欲暗,秉笔手生胝。十上方一第,成名常苦迟。纵有宦达者,两鬓已成丝。可怜少壮日,适在穷贱时。"他在做了郡守一类的高官后,才开始放情纵饮。他晚年致仕,隐居洛阳时,写了一首《达哉乐天行》,这是一首名诗,不妨录于下:

> 达哉达哉白乐天,分司东都十三年。
> 七旬才满冠已挂,半禄未及车先悬。
> 或伴游客春行乐,或随山僧夜坐禅。
> 二年忘却问家事,门庭多草厨少烟。
> 庖童朝告盐米尽,侍婢暮诉衣裳穿。

妻孥不悦甥侄闷，而我醉卧方陶然。
起来与尔画生计，薄产处置有后先。
先卖南坊十亩园，次卖东都五顷田。
然后兼卖所居宅，仿佛获缗二三千。
半与尔充衣食费，半与吾供酒肉钱。
吾今已年七十一，眼昏须白头风眩。
但恐此钱用不尽，即先朝露归夜泉。
未归且住亦不恶，饥餐乐饮安稳眠。
死生无可无不可，达哉达哉白乐天！

此诗虽颇似游戏笔墨，但写得趣味盎然，一个乐天达道的白居易跃然纸上。他宁肯变卖家产，也要饮酒，可见其晚年酒瘾之深了。由于晚年的白居易官及二品，官高禄厚，酒食无忧，因此产生了一种知足保和的思想，这在他诗中多有所表现。如他在《对镜吟》中写道："老于我者多穷贱，设使身存寒且饥。少于我者半为土，墓树已抽三五枝。我今幸得见头白，禄俸不薄官不卑。眼前有酒心无苦，只合欢娱不合悲。"基于这种思想，他常在诗中提倡及时纵酒行乐："欲留年少待富贵，富贵不来年少去。去复去兮如长河，东流赴海无回波。贤愚贵贱同归尽，北邙冢墓高嵯峨。古来如此非独我，未死有酒且高歌。"（《浩歌行》）

白居易非常重交情，好朋友。早年他与元稹结下了生死之交，经常诗酒唱和，有《元白酬唱集》行世。其中就有不少是咏酒的，有一首寄元稹的劝酒诗说：

百年夜分半，一岁春无多。
何不饮美酒，胡然自悲嗟。
俗号销愁药，神速无以加。
一杯驱世虑，两杯反天和。
三杯即酩酊，或笑任狂歌。
陶陶复兀兀，吾孰知其他。

（《劝酒寄元九》）

元稹接到白居易的诗后回复道：

刘伶称酒德，所称良未多。
愿君听此曲，我为尽称嗟。
一杯颜色好，十盏胆气加。
半酣得自恣，酪酊归太和。
共醉真可乐，飞觥撩乱歌。
独醉亦有趣，兀然无与他。
美人醉灯下，左右流横波。
王孙醉床上，颠倒眠绮罗。
君今劝我醉，劝醉意如何？

（《酬乐天劝醉》）

白居易劝元稹饮酒，说了许多饮酒的好处。无非是说人生有限，何不及时行乐；人生多忧愁，而酒是"消愁药"，而且消愁速度之快，无物可比；即使你有天大的忧愁，只要喝醉了，就什么也不知道了。而元稹似乎并不完全赞同白居易的观点。他认为少喝些，以半酣最好，这样可以随心所欲；而喝得大醉酪酊，就什么也不知道了。独醉有独醉的好处，共醉虽然可乐，但就是有些麻烦，大家醉得一塌糊涂，男女杂错，不大雅观。你劝我要喝醉，喝醉有什么好呢？

白居易喜欢到仇家酒店喝酒，曾写了一首诗寄给元稹：

年年老去欢情少，处处春来感事深。
时到仇家非爱酒，醉时心胜醒时心。

（《重到城七绝句·仇家酒》）

元稹收到诗后，很快就给他寄了一首和诗：

病嗟酒户年年减，老觉尘机渐渐深。

> 饮罢醒余更惆怅，不如闲事不经心。
>
> （《和乐天仇家酒》）

看来，在喝酒方面元稹和白居易不在一个档次上。"酒户"就是酒量，元稹是说自己的酒量一年不如一年。他还有两句诗说"今日樽前败饮名，三杯未尽不能倾。"（《先醉》）意思是说，他喝三杯酒都有困难。白说喝醉了比酒醒好。而元说喝了也没用，醉了还会醒的，还是"闲事不经心"好。到底是哪个好，酒鬼与一个不大会喝酒的人，是讲不到一处去的。白居易还写了《劝酒十四首》，元稹也写了《有酒十章》。此外，元稹还有十二首醉酒诗，如《先醉》《独醉》《宿醉》《惧醉》《羡醉》《忆醉》《病醉》《拟醉》《劝醉》《任醉》《同醉》《狂醉》，写醉酒时的种种形态和情趣。

元稹死后，白居易在洛阳又与著名诗人刘禹锡互相唱和，《刘禹锡集》中与白居易的唱和诗就有七十多首，其中有一半唱和诗与酒有关。两人是有名的酒友和诗友，时人呼为"刘白"。白居易有一首《赠梦得》诗说：

> 年颜老少与君同，眼未全昏耳未聋。
> 放醉卧为春日伴，趁欢行入少年丛。
> 寻花借马烦川守，弄水偷船恼令公。
> 闻道洛城人尽怪，呼为刘白二狂翁！

从白居易这首诗来看，刘禹锡喝酒要比元稹高明。所以两人一拍即合，酒逢知己，诗遇对手。两位白头诗翁很快在洛阳城以喝酒而闻名，他们常在少年场里串，喝起来比年轻人还厉害，以至于洛阳城中的人怪其酒量惊人，争呼为"狂翁"。刘禹锡酒健诗更健。长庆中，刘禹锡与元稹、韦楚客、白居易四人饮酒斗诗，各赋《金陵怀古》一首，结果刘禹锡满饮一杯酒，其诗已成，诗云："王濬楼船下益州，金陵王气黯然收。……"白居易看了之后，说："四人探骊龙，子先获珠，所余鳞爪何用耶？"于是罢唱（《唐诗纪事》卷三九）。刘禹锡下面的这首诗，就写出了他们在宴席上比酒斗诗的情景：

一月道场斋戒满，今朝华幄管弦迎。
　　衔杯本自多狂态，事佛无妨有佞名。
　　酒力半酣愁已散，文锋未钝老犹争。
　　平阳不独容宾醉，听取喧呼吏舍声。

（《酬乐天斋满日裴令公置宴席上戏赠》）

　　诗中嘲戏白居易喝酒时的狂态，虽说事佛有佞名，却不忌饮酒。诗友们在酒力半酣、愁消忧散之时，诗思奔涌，自恃诗笔犹健，文锋未钝，在官舍里争相吟诗，传出一片喧呼之声。这首诗生动地刻画出了宴会上诗人们诗酒喧呼的场面，可谓是一幅唐代的酒会赛诗图。

　　白居易和刘禹锡是同龄人，可刘禹锡却先他而去，使他又失去了一个生平好友，白居易伤心地为他写了一首悼诗：

　　四海齐名白与刘，百年交分两绸缪。
　　同贫同病退闲日，一死一生临老头。
　　杯酒英雄君与操，文章微婉我知丘。
　　贤豪虽殁精灵在，应共微之地下游。

（《哭刘尚书梦得二首》其一）

　　此诗写得沉痛深情，对刘禹锡的诗酒作了高度的评价。在豪饮上把刘禹锡比作三国时与曹操煮酒论英雄的刘备，在文章上将其比作制作六经的圣人孔丘，意即文章泰斗。其评价不可谓不高。末联说他虽死英灵仍在，在九泉之下，还能与才子元稹在一起饮酒赋诗。

　　在洛阳，白居易除了与刘禹锡诗酒唱和之外，还与胡杲、吉皎、郑据、刘真、卢真、张浑、如满、李元爽等人结为酒友。这些人皆年高不仕，时人称为"九老"，并绘有《九老图》。

　　白居易之所以在晚年如此沉湎于酒，是因为他看透了官场的你争我斗、尔虞我诈，心里对官场产生厌倦之感：

> 莫上青云去，青云足爱憎。
> 自贤夸智慧，相纠斗功能。
> 鱼烂缘吞饵，蛾焦为扑灯。
> 不如来饮酒，任性醉腾腾。
>
> （《劝酒十四首·不如来饮酒七首》其六）

> 贫贱非不恶，道在何足避。
> 富贵非不爱，时来当自致。
> 所以达人心，外物不能累。
> 唯当饮美酒，终日陶陶醉。
>
> （《感时》）

对于富贵、贫贱的问题，白居易不是不考虑，而是衡量其是否符合道的标准。如果得之有道，富贵得之无愧；如果得之无道，则宁肯贫贱自守，也在所不辞。对于无道而得来的富贵，就如同吞饵之鱼、扑灯之蛾，自取其败；还不如自饮美酒，自得其乐。

晚年的白居易在酒中寻找自己的无忧世界，过着醉中取乐、醉生梦死的生活：

> 留春不住登城望，惜夜相将秉烛游。
> 风月万家河两岸，笙歌一曲郡西楼。
> 诗听越客吟何苦？酒被吴娃劝不休。
> 从道人生都是梦，梦中欢笑亦胜愁。
>
> （《城上夜宴》）

白居易喜欢喝的酒品种众多，有扶头酒、瓮头青酒、绿蚁酒、兰尾酒，有新酒、旧醅，还有烧酒、葡萄酒等，但他最喜欢喝的还是绿蚁酒。绿蚁酒是刚酿出来的新酒，还未来得及将酒渣滤掉，酒上面漂着一层绿蚂蚁似的东西。他有一首有名的小诗，题为《问刘十九》：

绿蚁新醅酒，红泥小火炉。
晚来天欲雪，能饮一杯无？

酿酒新成，酒绿而炉红，天色将晚，又像是要下雪的样子，他期待着老朋友刘十九的到来，一同共享这对炉饮酒的美妙时刻。

酒要新酿，可见唐人喜饮新酒，认为新酒才是香的："帐小青毡暖，杯香绿蚁新。"（《雪夜对酒招客》）而不喜饮旧酒，有杜诗为证："樽酒家贫只旧醅"（《客至》）。白居易诗集中还有一首与《问刘十九》有同一情趣的诗：

小榼二升酒，新簟六尺床。
能来夜话否？池畔欲秋凉。

（《招东邻》）

这首诗只是将时间由冬天改到了夏天，小火炉变成了新簟床，由室内改到了室外池畔。其意趣是相仿的。可见白居易最喜欢与知心好友对酌。有时朋友不至，他只能独酌，也悠然自得：

时倾一杯酒，旷望湖天夕。
口咏独酌谣，目送归飞翮。

（《北亭》）

有时他也学学李白，手举酒杯，仰问苍天：

把酒仰问天，古今谁不死？
所贵未死间，少忧多欢喜。
穷通谅在天，忧喜即由己。
是故达道人，去彼而取此。

（《把酒》）

230

世上当然没有不死之人,所以乐天先生所问之意并不在此,而是在后几句。他认为重要的不在于有不死之人,而在于未死之时,能够明白"少忧多欢喜"的道理。一个人穷与达的命运,在于天;而忧与喜之感情,却取决于自己的人生态度。一个达道的人,就应常持乐观的人生态度。这种乐天的人生态度,无疑是可取的。当然,白居易的乐天态度,一半是取决于酒的。他认为醉中最自在,最幸福:

> 空腹三杯卯后酒,曲肱一觉醉中眠。
> 更无忙苦吟闲乐,恐是人间自在天!

(《闲乐》)

"人间自在天"也就是唐代诗人常说的"醉乡"。当然,白居易也很向往这个黑甜乡:

> 酒后高歌且放狂,门前闲事莫思量。
> 犹嫌小户长先醒,不得多时住醉乡。

(《醉后》)

光知道喝酒,并总是喝得一醉不起,对于诗人来说,这并不是雅事。酒的雅趣中有诗趣,才是上乘。对于诗翁白居易来说,酒是他的安命之所,诗才是他的立命之本。他称酒为"酒魔",称诗为"诗债":"酒魔降伏终须尽,诗债填还亦欲平。"(《斋戒》)他又称自己是"诗成癖""酒得仙":"各以诗成癖,俱因酒得仙。笑回青眼语,醉并白头眠。"(《醉后重赠晦叔》)他喝酒的一个重要目的,就是以酒钓诗:

> 两鬓千茎新似雪,十分一盏欲如泥。
> 酒狂又引诗魔发,日午悲吟到日西。

(《醉吟二首》其二)

但遇诗与酒，便忘寝与餐。
高声发一吟，似得诗中仙。
引满饮一盏，尽忘身外缘。

（《自咏》）

春花与秋月，因诗情和酒思而倍增颜色，而他的诗思只有在酒中才空前活跃：

春来有色暗融融，先到诗情酒思中。
柳岸霏微裹尘雨，杏园澹荡开花风。

（《和钱员外答卢员外早春独游曲江见寄长句》）

杨氏弟兄俱醉卧，披衣独起下高斋。
夜深不语中庭立，月照藤花影上阶。

（《宿杨家》）

白居易对自己的酒量之大，酒后的诗思之敏捷，诗作之多，很是得意，他曾向年轻人不无炫耀地说："千首诗堆青玉案，十分酒写白金盏。回头却问诸年少，作个狂夫得了无？"（《问少年》）

白居易在醉中的佳句实在太多，这里再略举一二，以见其余：

何处春深好？春深迁客家。
一杯寒食酒，万里故园花。

（《和春深二十首》其九）

晚凉思饮两三杯，召得江头酒客来。
莫怕秋无伴醉物，水莲花尽木莲开。

（《木芙蓉花下招客饮》）

绿蕙不香饶桂酒，红樱无色让花钿。

野人不敢求他事，唯借泉声伴醉眠。

（《宴周皓大夫光福宅》）

以上所谈都是白氏嗜酒的方面，其实，他不但明白酒的好处，也深知酒之害。到了晚年，他因饮酒过度得了"肺渴"病，因此对酒色有了深刻的反省："嘉肴与旨酒，信是腐肠膏。艳声与丽色，真为伐性刀。"（《寄卢少尹》）他曾向张道士讨治病的药方说："眼昏久被书料理，肺渴多因酒损伤。今日逢师虽已晚，枕中治老有何方？"（《对镜偶吟赠张道士抱元》）张道士教他练气功，一个山僧教他坐禅，但不管是佛是道，都要他戒酒："病来道士教调气，老去山僧劝坐禅。孤负春风杨柳曲，去年断酒到今年。"（《负春》）对于好酒的古人来说，戒酒恐怕像今人戒烟一样困难，等白居易的"肺渴"病略有好转，他便老毛病复发，又要开戒饮酒："忽忆前年初病后，此生甘分不衔杯。谁能料得今春事，又向刘家饮酒来。"（《会昌元年春五绝句·病后喜过刘家》）白居易最后是否因饮酒过度而死，笔者没有做过考证，但我想，他的死一定和饮酒有关。

三、酒仙·酒圣·酒徒——李、杜、白咏酒诗之比较

下面我们对唐代三大诗人李白、杜甫和白居易的咏酒诗，做一比较。他们三人都好酒，且都能饮。从数量上来说，三人的咏酒诗都很多；从质量上来说，都有名篇传世，如李白的《将进酒》《襄阳歌》《月下独酌》《把酒问月》，杜甫的《饮中八仙歌》《醉时歌》《曲江对酒》《乐游园歌》，白居易的《问刘十九》《对酒》《劝酒十四首》《效陶潜体诗十六首》等。但若从总体上来看，他们咏酒诗的特点是不同的。李白的咏酒诗充满了傲视世俗的仙气，杜甫的咏酒诗有一种胸怀博大的浩气，白居易的咏酒诗则有一股富贵闲人的俗气。

李白的咏酒诗神采飞动，英气逼人。读了使人感到充满青春的活力，处处闪现着视富贵如浮云的豪气，视权贵如草芥的傲气，壮志凌云的英气，超凡脱俗的灵气，给人一种振奋的力量。他的《将进酒》，写得心胸阔大，气势恢宏，

虽情绪低沉却不衰飒，虽满腹牢骚却不失自信；他的《襄阳歌》，大笔挥洒，意到言随，奇思泉涌，佳句天成，意气风发，令人神往；他的《月下独酌》四首，更是醉中所作的佳篇，直是匪夷之思，写得出神入化，其超凡的想象、绝妙的意趣，让人心飞神往，回味无穷；他的《把酒问月》，有着迥邃的宇宙意识，既有天真烂漫的诗人奇想，也有深沉的哲理之思。他在醉中恃酒使气，使力士脱靴、国忠捧砚；他借着酒力，佯狂傲世，不臣天子，指斥权贵，使后世士子为之扬眉吐气。酒使李白成为一个大写的人。

杜甫的咏酒诗，笔力直可扛鼎，感人至深。其诗中处处展示出诗人高大的人格魅力。即使是在醉中，他也是清醒的。他时刻注视着大地的疮痍、人间的苦难，心里总是放舍不下大唐的江山和黎民百姓。他喝的虽是劣质的浊酒，献出的却是感人肺腑的最好的诗篇。《饮中八仙歌》画出了一群桀骜不驯的名士风采，写出了他们的天才、傲骨与卓然不群的人格，这里面分明也有着诗人自己形象的影子。《醉时歌》中，一个胸怀大志却怀才不遇的才士形象呼之欲出。他在曲江池畔望着沦陷的国土放声痛哭；他在乐游原上喝得酩酊大醉，独立苍茫，吟咏着忧国忧民的诗歌；在长江三峡的山顶上，他眼望着北斗，忧心着山河的破碎；在湘江的一条破船上，他一边喝着浊酒，一边不停地吟着惊天动地的歌诗。酒使杜甫忧愤深广、心胸博大，更使他的诗散发出人格的光辉和魅力。

白居易在不喝酒时是清醒的。他早年的《秦中吟》和《新乐府》诗，充溢着对百姓的关心和同情，有着与黑暗势力抗争的战斗勇气和豪情。那时候的他是一个清醒的斗士。但当他遭受挫折时，他退缩了，犹豫了。当他的官做得越来越大时，他的人却变得越来越俗气。当他沉湎于美酒时，他是真的喝醉了，喝得越来越糊涂了。在醉中，他的心中只有他自己。他在酒中看不见黎民百姓，迷失了自我，变成了一个惧祸怕事、一味明哲保身的老官僚、老酒徒。他的咏酒诗大量表现的是知足保和、偷闲享乐的思想，散发着优游自得的富贵气和贪图享乐的世俗气。这也正是他与李、杜不同的地方。如果可以称李白为酒仙，杜甫为酒圣的话，那么白居易充其量也只能算是个诗人中的酒徒——醉吟先生。当然，他的咏酒诗也不是一无是处，其中的闲趣和酒趣，朋友之间的友情，家人间的亲情，以及醉后新异的审美眼光，时有可喜之句。但酒也是靠人格力量支撑的，如果没有伟大的人格力量，酒再美也是会变味的。

第七节
爱酒有情如手足——醉士皮日休

一、皮日休与诗酒

皮日休是晚唐著名的诗人和散文家，也是唐代唯一一个参加过黄巢农民起义军的诗人。皮日休的小品文写得很是精彩，他在三十岁未中进士之前写的《皮子文薮》与陆龟蒙的《笠泽丛书》齐名，为鲁迅所称道喝彩："皮日休和陆龟蒙自以为隐士，别人也称之为隐士，而看他们在《皮子文薮》和《笠泽丛书》中的小品文，并没有忘记天下，正是一塌糊涂的泥塘里的光彩和锋芒。"[①]

鲁迅先生所论极是。《皮子文薮》对统治者的讽刺之言大胆而尖锐，锋芒毕露，战斗力很强。如"古之隐也，志在其中；今之隐也，爵在其中""古之官人也，以天下为己累，故己忧之；今之官人也，以己为天下累，故人忧之""古之杀人也，怒；今之杀人也，笑""古之置吏也，将以逐盗；今之置吏也，将以为盗""尧、舜，大圣也，民且谤之。后之王天下，有不为尧、舜之行者，则民扼其吭，捽其首，辱而逐之，折面而族之，不为甚矣"。这些话不但尖锐深刻，而且很激愤，富有民主精神和反抗精神，即使今天看来也很精警。由此看来，他后来能参加黄巢的起义军，也就不奇怪了。对古代一个饱读经书、备受儒家思想约束的人来说，平常是很难说出如此尖锐与大胆的话的。我想，这些话大都是酒后之言，

---

① 《小品文的危机》，《南腔北调集》，《鲁迅全集》第 4 册。

只有在醉中，才可能如此放胆畅言，无所顾忌。

我说这话并非毫无根据。据皮日休自己所言，他在鹿门山写《皮子文薮》时，就是一个好酒之徒，自称是一个"醉士"和"醉民"，一天不喝酒就感到不舒服。他说：

皮子性嗜酒，虽行止穷泰，非酒不能适。居襄阳之鹿门山，以山税之余，继日而酿，终年荒醉，自戏曰"醉士"。居襄阳之洞湖，以舴艋载醇酎一甀，往来湖上，遇兴将酌，因自谐曰"醉民"。

他还在此文的箴语中说："酒之所乐，乐其全真。宁能我醉，不醉于人。"所以皮日休之《皮子文薮》可以说是以酒壮胆，在醉中口吐真言。其实他不是真醉，而是更加清醒了，他是借酒骂世，以酒使气。同时，他又给自己蒙上了"醉士"或"醉民"的面纱，让人认为他说的是醉话，好为自己涂上一层保护色。

与皮日休同时的罗隐，也是一个有血性的汉子，他写过一部讥刺当政者的《谗书》，结果"十上不第"[①]，"谗书虽盛一名休"（姚合《使两浙赠罗隐》），但罗隐是吃了《谗书》不少的亏。而皮日休在他编定《皮子文薮》的第二年即咸通八年（867）中了"末榜"进士。为什么罗隐写了《谗书》而落第，皮日休写了《皮子文薮》却中了第呢？一个原因可能是皮日休的作品并没有怎么流传，另一个原因，据专家考证是他"在很大程度上叨光了他的尊姓"[②]。从"大中以来，礼部放榜，岁取三二人姓氏稀僻者，谓之色目人，亦谓曰榜花"（《南部新书》卷丙），皮姓是稀少姓氏，很像少数民族的姓氏，他是被作为"色目人"而挂榜作点缀的。

皮日休的诗歌继承了元白新乐府诗的传统，在诗歌创作上提出了"上剥远非，下补近失"（《皮子文薮》自序）的主张，即诗歌要有补于时政。他在《正乐府十篇》序中说："乐府，盖古圣王采天下之诗，欲以知国之利病，民之休戚者也。……诗之美也，闻之足以观乎功；诗之刺也，闻之足以戒乎政。"他的《正乐府十篇》，观其目就知其内容之大概。其诗目有《卒妻怨》《橡媪叹》

---

① 罗大经《鹤林玉露》卷6乙编，《晚唐诗人》条。
② 萧涤非《〈皮子文薮〉1959年版前言》，《皮子文薮》附录三。

《贪官怨》《农父谣》《路臣恨》《贱贡士》《颂夷臣》《惜义鸟》《诮虚器》《哀陇民》，这些诗对征妇、橡媪、农父、路人、陇民抱有深切的同情，对朝廷和地方上的贪官污吏，怀有无比的愤恨，对朝廷贱贡士而贵珍宝的行为进行讽谏，对朝中一些大臣和官员对中国文化的了解反不如一些外国使者懂得多做了讽刺，嘲诮虚器之无用而不如怀德，感叹那些射利之徒人不如鸟。其中以《橡媪叹》一诗最著盛名。他的一些小诗，也颇表现出对有钱人的讥刺和对穷苦人的同情，如《金钱花》：

> 阴阳为炭地为炉，铸出金钱不用模。
> 莫向人间逞颜色，不知还解济贫无？

这首诗可以说是诗人借咏花以发泄对财主和富豪们以金钱奴役剥削穷人的愤怒情绪。在旧社会，金钱无疑是剥削者贪婪的象征。

皮日休最佩服的诗人有两个，一个是李白，一个是白居易。在皮日休的眼中，李白是一个以诗酒傲世的最有独立人格的天才诗人。皮日休对他的敬佩和仰慕，情出言表：

> 吾爱李太白，身是酒星魄。
> 口吐天上文，迹作人间客。
> 磊砢千丈林，澄澈万寻碧。
> 醉中草乐府，十幅笔一息。
> 召见承明庐，天子亲赐食。
> 醉曾吐御床，傲几触天泽。
> 权臣妒逸才，心如斗筲窄。
> 失恩出内署，海岳甘自适。
> 刺谒戴接䍦，赴宴著縠屐。
> 诸侯百步迎，明君九天忆。
> 竟遭腐胁疾，醉魄归八极。
> 大鹏不可笼，大椿不可植。

蓬壶不可见，姑射不可识。
五岳为辞锋，四溟作胸臆。
惜哉千万年，此俊不可得！

（《七爱诗·李翰林白》）

皮日休最喜欢的是李白"口吐天上文"的超人才情和"大鹏不可笼"的傲岸人格。他在《七爱诗》序中说："负逸气者，必有真放，以李翰林为真放焉。"看来，李白的人格对他的影响很大，皮日休之所以敢于藐视权贵，大胆指斥和讽刺当道者，是有李太白之精神在鼓舞着他的。

早年的白居易，舍身敢谏，以新乐府诗为武器，抨击时政、为民请命的精神，也是皮日休效仿的榜样；晚年的白居易急流勇退，守身自好，悠然独乐，也使他很羡慕：

吾爱白乐天，逸才生自然。
谁谓辞翰器，乃是经纶贤！
欸从浮艳诗，作得典诰篇。
立身百行足，为文六艺全。
清望逸内署，直声惊谏垣。
所刺必有思，所临必可传。
忘形任诗酒，寄傲遍林泉。
所望标文柄，所希持化权。
何期遇訾毁，中道多左迁。
天下皆汲汲，乐天独怡然。
天下皆闷闷，乐天独舍旃。
高吟辞两掖，清啸罢三川。
处世似孤鹤，遗荣同脱蝉。
仕若不得志，可为龟鉴焉。

（《七爱诗·白太傅居易》）

白居易"达则兼济天下，穷则独善其身"的立身处世的信条，使他能在得志时，尽力为国效命，竭诚进谏，赢得"直声惊谏垣"的声名；在其失志时，能"高吟辞两掖""遗荣同脱蝉"，进退有据，不失清誉。这些都对皮日休的思想影响甚巨。当然，李白和白居易的诗酒生涯，更为皮日休所艳羡。这就是皮日休特别喜爱此二人的原因。

　　皮日休在襄阳鹿门隐居时，就自称"醉士"，与友人"以舴艋载醇酎一甀，往来湖上，遇兴将酌"。他"继日而酿，终年荒醉"，可见其酒瘾不小。他在《襄阳闲居与友生夜会》一诗中，描写了与一群酒友纵酒赋诗的情景：

　　　　习隐悠悠世不知，林园幽事递相期。
　　　　旧丝再上琴调晚，坏叶重烧酒暖迟。
　　　　三径引时寒步月，四邻偷得夜吟诗。
　　　　草玄寂淡无人爱，不遇刘歆更语谁？

　　皮日休在襄阳隐居时，众友人轮流做东，举办酒会，此诗所写的正是某次夜会。酒会上有人弹琴，有山童烧叶温酒，酒后有人在寒月下徘徊吟诗，朗吟喧哗之声惊动四邻。独有诗人自己与一位知友在谈玄，意味盎然。

　　除了与友人宴饮之外，皮日休有时还到襄阳的一处名胜习池小住，在那里感受一下这一饮酒胜地的历史风韵。习池，一名习家池，又名高阳池。东汉襄阳侯习郁在此建宅，内有池水、钓台，池内养鱼、种芙蓉。西晋山简镇守襄阳时，常在此饮宴，并以郦食其"高阳酒徒"之意，改习池为高阳池馆。后来习郁的后代习凿齿著书于此，因此习池益负盛名。皮日休这位"醉士"，当然对此处很感兴趣，一住就是十来天。一次清晨早起，他酒兴大发，让家僮带着酒，绕着池台游赏，并兴味盎然地吟了一首诗：

　　　　清曙萧森载酒来，凉风相引绕亭台。
　　　　数声翡翠背人去，一番芙蓉含日开。
　　　　茭叶深深埋钓艇，鱼儿漾漾逐流杯。
　　　　竹屏风下登山屐，十宿高阳忘却回！

　　　　　　　　　　　　　　　　　　　　（《习池晨起》）

在习池这个既风景美丽，又具有酒文化氛围的好地方，他思绪往来于历史与现实之间，真是流连忘返了。他还有一首《闲夜酒醒》的小诗，也写得很有趣味：

> 醒来山月高，孤枕群书里。
> 酒渴漫思茶，山童呼不起。

在襄阳隐居的日子里，他过着读书饮酒，困来即睡，酒醒即起的自在日子，以著书自娱，以饮酒取乐，真是一个快活的"醉民"啊。若不是读了他的《皮子文薮》中那些愤懑激怒带有火药味的文章，我们还真以为他是一个不关心世事，不食人间烟火的世外高人呢。

二、皮陆咏酒唱和诗

皮日休最要好的朋友，当数陆龟蒙。陆龟蒙，字鲁望，姑苏（今江苏苏州市）人。他家有田数百亩，屋三十余间，"家藏书万卷"（《唐才子传校笺》卷八）。他饱读诗书，以耕读为事，曾举进士不中，便隐居在家。后曾被地方官辟为僚佐，不久便辞归乡里。平时"不喜与流俗交，虽造门不肯见"，有时乘舟出游太湖，舟中常备书籍、茶灶、笔床、钓具。"时谓'江湖散人'，或号'天随子''甫里先生'，自比涪翁、渔父、江上丈人"（以上引文俱出《新唐书·陆龟蒙传》），所以后世称他为"处士""先贤""高士"。吴江建"三高祠"，将他与范蠡、张翰并列，足见乡里对他的敬仰。他著有《笠泽丛书》，与皮日休的《皮子文薮》、罗隐的《谗书》并称，为晚唐小品文之杰作。咸通十年（869），皮日休至吴，为郡从事，"居一月，有进士陆龟蒙字鲁望者，以其业见造，凡数编。其才之变，真天地之气也"（《松陵集序》，《皮子文薮》附录一）。两人于此时结交，一见如故，结为知己，诗酒唱和。两人唱和诗后集为《松陵集》，收其所作唱和赠答诗658首。这些诗中有许多关于咏酒的诗歌。皮日休说："茗脆不禁炙，酒肥或难倾。扫除就藤下，移榻寻虚明。唯共陆夫子，醉与天壤并。"（《初夏即事寄鲁望》）他们还就酒中常见的酒典，常用于酿酒的器物，饮酒所用的器皿，与酒有关的建筑、标志等进行唱和，其中有《酒中十咏》《添酒中六咏》

240

等组诗。咏酒的唱和诗在唐诗中并不少见，但像这样专门咏酒及其物事的组诗，还很少见。

《酒中十咏》为皮日休所作，陆龟蒙对每首诗都作了奉和。前有序云：

鹿门子性介而行独，于道无所全，于才无所全，于进无所全，于退无所全，岂天民之蠢者邪？然进之与退，天行未觉于余也。则有穷有厄，有病则殆，果安而受邪？未若全于酒也。夫圣人诫酒祸也大矣！在《书》为"沈湎"，在《诗》为"童羖"，在《礼》为"豢豕"，在《史》为"狂药"。余饮至酣，徒以为融肌柔神，消沮迷丧。颓然无思，以天地大顺为堤封；傲然不持，以洪荒至化为爵赏。抑无怀氏之民乎？葛天氏之民乎？苟沈而乱，狂而身，祸而族，真蛗蛗之为也。若余者，于物无所斥，于性有所适，真全于酒者也。噫！天之不全余也多矣，独在麴糵全之，抑天犹幸于遗民焉。……余之于酒得其乐，人之于酒得其祸，亦若是而已矣。于是征其具，悉为之咏。用继东皋子《酒谱》之后，夫酒之始名，天有星，地有泉，人有乡，今总而咏之者，亦古人初终必全之义也。天随子深于酒道，寄而请之和。

其所咏之物事有酒星、酒泉、酒筹、酒床、酒垆、酒楼、酒旗、酒尊、酒城、酒乡。这里的酒星是指天文，酒泉是指地理，即李白诗所谓"天若不爱酒，酒星不在天。地若不爱酒，地应无酒泉。天地既爱酒，饮酒不愧天"（《月下独酌》）之意。酒筹是滤酒器，皮日休诗曰："翠荑初织来，或如古鱼器。新从山下买，静向瓶中试。"（《酒中十咏·酒筹》）从诗中形容可知，酒筹是一种类似捕鱼的竹篓子，有孔可滤酒糟。酒床是压酒的工具，皮日休诗中写道："糟床带松节，酒腻肥如䔧。滴滴连有声，空疑杜康语。"（《酒中十咏·酒床》）陆龟蒙描写酒床的样子说："六尺样何奇？溪边濯来洁。糟深贮方半，石重流还咽。"（《奉和袭美酒中十咏·酒床》）两人描绘得都很形象，酒床就像床一样大小，里面贮上半槽酒糟，上面用块大石头压着，酒就从下面一滴一滴地流下来，声音仿佛杜康的低语。酒垆，就是卖酒时装酒坛的土台子，有半人来高，所谓卓文君当垆卖酒，即此种酒垆。皮日休说："红垆高几尺，颇称幽人意。火作缥醪香，灰为冬醶气。"（《酒中十咏·酒垆》）由此看来，酒垆还有温酒保暖的功能。

陆龟蒙说:"锦里多佳人,当垆自沽酒。高低过反坫,大小随圆甒。"(《奉和袭美酒中十咏·酒垆》)诗中用的是卓文君当垆卖酒的典故,指出酒垆就是置酒的土台子,大小与酒坛子相称。酒楼就是酒肆,是喝酒的地方。酒旗即酒斾,多为青色,上面写着酒字。皮诗云:"青帜阔数尺,悬于往来道。多为风所飐,时见酒名号。"(《酒中十咏·酒旗》)酒尊即酒杯,有金银的、玉石的、陶瓷的,还有用树根制成的,形制各样,当然还是"斫得奇树根,中如老蛟穴"(《奉和袭美酒中十咏·酒尊》)的最好,因它古朴可爱,既有实用价值,又有艺术感。酒城和酒乡,现实生活中并不存在,而是酒徒和酒民们所向往的地方,只存在于酒徒的心里。皮日休心目中的酒城是"万仞峻为城,沈酣浸其俗。香侵井干过,味染濠波渌"(《酒中十咏·酒城》);陆龟蒙心中的则是"殊无甲兵守,但有糟浆气。雉堞屹如狂,女墙低似醉"(《奉和袭美酒中十咏·酒城》)。总之,在这个地方,有酒池肉山,你可尽情地享用。酒乡,即醉乡,即王绩在《醉乡记》中所写的"无何有之乡"。这也是酒徒们包括皮、陆在内,最最向往的所在。皮日休说:

何人置此乡,杳在天皇外。
有事忘哀乐,有时忘显晦。
如寻罔象归,似与希夷会。
从此共君游,无烦用冠带。

(《酒中十咏·酒乡》)

酒乡远在皇天之外,清醒的人是找不到的,只有醉鬼们才能来到这个地方。这里没有哀乐,也没有显晦,若有若无,似有似无。这个"无何有之乡",是酒徒们追求的理想境界。陆龟蒙诗中说:

谁知此中路,暗出虚无际。
广莫是邻封,华胥为附丽。
三杯闻古乐,伯雅逢遗裔。
自尔等荣枯,何劳问玄弟。

(《奉和袭美酒中十咏·酒乡》)

陆龟蒙认为去酒乡的路谁也弄不清楚,广漠之地是它的邻居,华胥之国(即梦乡)也离它不远。在这里可以听伯牙所弹的古乐,在这里生死与荣枯齐一,无悲无欢,因此就没有什么可伤心的事了。

皮、陆的另一组咏酒唱和诗《添酒中六咏》,是由陆龟蒙先作,皮日休唱和的。分别咏酒池、酒龙、酒瓮、酒船、酒枪和酒杯。诗前亦有序云:

鹿门子示予《酒中十咏》,物古而词丽,旨高而性真,可谓穷天人之际矣。予既和而且曰:"昔人之于酒,有注为池而饮之者,象为龙而吐之者,亲盗瓮间而卧者,将实舟中而浮者,可为四荒矣。徐景山有酒枪,嵇叔夜有酒杯,皆传于后代,可谓二高矣。四荒不得不刺,二高不得不颂,更作六章,附于末云。

此序所说甚明,所咏酒池、酒龙、酒瓮、酒船皆刺之也。酒池是咏昏君桀、纣之事,传说夏桀和殷纣王荒湎于酒,造酒池,为长夜之饮,以致亡国。陆诗云:"后土亦沈醉,奸臣空浩歌。迩来荒淫君,尚得乘余波。"(《添酒中六咏·酒池》)此诗是以酒祸来诫后来荒淫之君。酒龙,按陆龟蒙所云"象为龙而吐之者",诗中亦说"铜雀羽仪丽,金龙光彩奇。潜倾邺宫酒,忽作商庭黎(chí)"(《添酒中六咏·酒龙》),像是铜雀台酒池上的一种铜制的龙头形注酒管口。皮诗说:"遂使铜雀台,香消野花落。"(《奉和添酒中六咏·酒龙》)即指斥为一种纵酒亡国的荒饮象征。酒瓮、酒船二事,都是用晋代吏部侍郎毕卓之典。毕卓的邻居家酿得好酒,比及邻家酒熟,毕卓乘着酒意,偷偷到邻家的置酒瓮处取酒痛饮,被邻家当贼捉住,后知是侍郎大人,才放了他。陆诗刺之云:"常闻清凉酎,可养希夷性。盗饮以为名,得非君子病?"(《添酒中六咏·酒瓮》)酒船,指载酒之舟,毕卓曾对人说:"得酒满数百斛船,四时甘味置两头,右手持酒杯,左手持蟹螯,拍浮酒船中,便足了一生矣。"(《晋书·毕卓传》)毕卓可以说是一个彻头彻尾的享乐主义者,陆龟蒙对其甚为不满:"昔人性何诞,欲载无穷酒。波上任浮身,风来即开口。荒唐意难遂,沉湎名不朽。千古如比肩,问君能继不?"(《添酒中六咏·酒船》)而皮日休却对毕卓持欣赏态度:"剡桂复刳兰,陶陶任行乐。……东海如可倾,乘之就斟酌。"(《奉和添酒中六咏·酒船》)以上四事,陆龟蒙谓之"四荒",给予辛辣的讽刺。酒枪,是指三国徐邈事。酒枪是种温酒器，即酒铛。酒杯用的是嵇康的典故。《梁书·何点传》说，竟陵王萧子良"欣悦无已，遗（何）点嵇叔夜酒杯、徐景山酒铛"。嵇康字叔夜，徐邈字景山。陆龟蒙呼其为"二高"，在诗中予以赞颂。赞徐邈说："景山实名士，所玩垂清尘。尝作酒家语，自言中圣人。"（《添酒中六咏·酒枪》）皮、陆对嵇康也很钦佩，诗中借咏其酒杯，表达了对嵇康傲岸人格的钦仰之情。陆诗云：

>　　叔夜傲天壤，不将琴酒疏。
>　　制为酒中物，恐是琴之余。
>　　一弄广陵散，又裁绝交书。
>　　颓然掷林下，身世俱何如？
>
> 　　　　　　　　　　（《添酒中六咏·酒杯》）

嵇康文才隽秀，多才多艺，善弹琴，且长得一表人才。《世说新语》说他"身长七尺八寸，风姿特秀。见者叹曰：'萧萧肃肃，爽朗清举。'或云：'肃肃如松下风，高而徐引。'山公曰：'嵇叔夜之为人也，岩岩若孤松之独立，其醉也，傀俄若玉山之将崩'"（《世说新语·容止》）。由于他生性孤耿，在《与山巨源绝交书》中说了做官"七不堪""二不可"与"非汤武而薄周孔"的话（《文选》卷四三），颇受晋帝猜忌，因此落得个斩首的下场。嵇康"临刑东市，神气不变，索琴弹之，奏《广陵散》，曲终曰：'袁孝尼尝请学此散，吾靳固不与，《广陵散》于今绝矣！'"（《晋书·嵇康传》）陆诗对嵇康极表敬意，说嵇康是一个以琴酒傲世的人物。他所用的酒杯，是用制琴剩下的材料制成的，由此可知此杯是只木樽或根雕。皮日休的和诗，也对嵇氏以琴酒傲世甚为感佩：

>　　昔有嵇氏子，龙章而凤姿。
>　　手挥五弦罢，聊复一樽持。
>　　但取性淡泊，不知味醇醨。
>　　兹器不复见，家家唯玉卮。
>
> 　　　　　　　　　　（《奉和添酒中六咏·酒杯》）

"龙章凤姿"是《世说新语》注引《康别传》中的话："（嵇）康长七尺八寸，伟容色，土木形骸，不加饰厉，而龙章凤姿，天质自然。"嵇康诗中有"目送归鸿，手挥五弦"（《赠兄秀才入军诗十八首》其十四）的诗句。皮诗的前二联，即用了有关嵇康的两个典故。三联是说嵇康喝酒而其意不在酒，在于取性"淡泊"。末联说嵇康所用的木杯，今已经无人使用，现在家家所喜用的是玉制的酒杯。其意在感叹古意之不存，人心不朴，世风浇漓。

皮日休的《酒中十咏》和陆龟蒙的《添酒中六咏》对后世咏酒诗颇有影响。宋代的张表臣复添至三十则，皮、陆所咏之外，"又益以酒后、酒仙、酒徒、酒保、酒钱、酒债、酒正、酒材、酒杓、酒盆、酒壶、酒觥、酒榼。酒后为杜康。"（郎廷极《胜饮篇·著撰》）

三、皮陆咏酒唱和诗的审美趣味

皮日休和陆龟蒙的唱和诗，其规模之大、诗篇之多，唯元、白唱和诗可以相埒。皮、陆唱和诗大多是悠游林泉和闲情逸致的诗篇，充分展现了他们思想和诗歌的另一面。他们的咏酒诗就是这一类的诗歌。

皮日休很爱吴中的景色和风情，他曾向陆龟蒙表示愿意终老吴乡：

> 古来伧父爱吴乡，一上胥台不可忘。
> 爱酒有情如手足，除诗无计似膏肓。
> 宴时不辍琅书味，斋日难判玉鲙香。
> 为说松江堪老处，满船烟月湿莎裳。

（《吴中言情寄鲁望》）

胥台，即姑胥台之省称，即姑苏台，是吴王夫差为西施治馆娃宫的地方，是苏州最有代表性的名胜。皮日休登胥台而一览吴中风景，湖山之胜尽在眼中，风光之美使他产生了一种心灵上的震撼。中间二联是说他有酒瘾和诗癖，即使在吃饭时亦不忘诗书，斋戒日还想着鲙鱼的香味。末联说吴中风情的好处，自己愿终老此乡。对此诗，陆龟蒙唱和道：

菰烟芦雪是侬乡，钓线随身好坐忘。
徒爱右军遗点画，闲披左氏得膏肓。
无因月殿闻移屦，只有风汀去采香。
莫问江边渔艇子，玉皇看赐羽衣裳。

(《奉和袭美吴中言情见寄次韵》)

陆龟蒙在江中芦雪中垂钓的隐居生活，是非常有诗意的。他也和皮日休一样有自己的癖好，不过他的爱好是右军书法和读《左传》。他自叹己生也晚，没有机会听西施在响屦廊行走时发出的木屐的声响，只有可能到湖中去闻西施当年采莲处的荷花的芳香。那江边渔舟上的渔夫快活得像神仙一样，他们身披的蓑衣，就像是玉皇赐给他们的羽衣。从这首诗里可以看出陆龟蒙对自己家乡的喜爱和他善于从生活中发现诗意和情趣的审美眼光。

下面还是说一说他们对酒的兴趣吧。陆龟蒙有一首《看压新醅寄怀袭美》的诗：

晓压糟床渐有声，旋如荒涧野泉清。
身前古态熏应出，世上愁痕滴合平。
饮啄断年同鹤俭，风波终日看人争。
尊中若使常能渌，两绶通侯总强名。

这是一首以咏酒寄怀的诗。前两联是写压酒的情况，糟床有声，而新酒如清泉一样从酒床里滴出。喝了这样的新酒，微醺之后手舞足蹈，古风犹在，世上的忧愁都在酒滴中消泯了。下两联是说，自己过着像野鹤一样有一顿没一顿的贫寒日子，坐看世上风波、你争我斗。只要樽中有酒，比做个通侯一样的大官都强。诗人觉得在这乱世之中，能有口饭吃、有杯酒喝就不错了。皮日休和了一首，诗中说道：

一篑松花细有声，旋将渠碗撇寒清。
秦吴只恐笞来近，刘项真能酿得平。

> 酒德有神多客颂，醉乡无货没人争。
> 五湖烟水郎山月，合向樽前问底名？
>
> （《奉和鲁望看压新醅》）

　　此诗是说，用松花酿出来的新酒，寒澈清冽，边压边用碗撇出饮用，其风味当然不同一般的酒。当今之世，秦吴之国，恐怕只有在酒筵上才能相互表示亲近；刘项之争，真的能在鸿门宴的酒杯中摆平吗？刘伶的《酒德颂》中有一个无何有之乡，大家都很向往，恐怕只有在醉乡里才没有那些你争我斗的事情吧。还是做一个放情于五湖风月的隐士好，只要有眼前一杯酒，还要什么人世的浮名！在晚唐之世，在风雨欲来的不安定的时代里，诗人要想忘怀忧患和痛苦，只有在酒杯里生活了。

　　皮、陆还有一些写日常生活情趣的酒诗，让人觉得只要用审美的眼光去发现美，美好的事物总是在身边。一次，皮日休喝酒喝得正得意，觉得这酒味道不错，便忽然想到要给老朋友陆龟蒙送一壶好酒，并附一首诗：

> 门巷寥寥空紫苔，先生应渴解酲杯。
> 醉中不得亲相倚，故遣青州从事来。
>
> （《醉中寄鲁望一壶并一绝》）

　　青州从事，指酒。《世说新语·术解》云："桓公（温）有主簿，善别酒，有酒辄令先尝，好者谓青州从事，恶者谓平原督邮。青州有齐郡，平原有鬲县。从事言到脐（齐），督邮言在鬲上住。"因好酒下脐，恶酒凝膈，故诗中常以青州从事喻酒或好酒。此处喻送酒人。

　　陆龟蒙接到皮日休的酒与诗之后，立即写了一首诗相和：

> 酒痕衣上杂莓苔，犹忆红螺一两杯。
> 正被绕篱荒菊笑，日斜还有白衣来。
>
> （《袭美醉中寄一壶并一绝走笔次韵奉酬》）

诗中后两句用的是陶渊明的故事。九月九日那一天，陶渊明于宅边东篱下菊丛中，摘菊盈把，坐于其侧，正愁没有酒喝，恰在这时，江州刺史王弘派白衣人给他送酒来了。你看这是多么令人快意的事啊！

他们还有两首小诗，写出了酒醒后发现的生活中的美。皮日休的《春夕酒醒》写道：

四弦才罢醉蛮奴，醽醁（líng lù）余香在翠炉。
夜半醒来红蜡短，一枝寒泪作珊瑚。

这首诗是说自己在歌舞宴会上喝得酩酊大醉，夜半客散酒醒，只见案上的红烛已经烧得很短了，红烛泪凝堆在灯檠上，像一枝美丽的红珊瑚。在诗歌中，有时一个美妙的比喻，一份美好的心情，就是一个新天地。陆龟蒙看到这首诗，也唤起了他的诗情，当即和了一首：

几年无事傍江湖，醉倒黄公旧酒垆。
觉后不知明月上，满身花影倩人扶！

（《和袭美春夕酒醒》）

出现在此诗中的诗人是一个放情诗酒的酒徒。他在酒肆中喝得大醉，醒后已是明月初上，满身花影了。他想站起来，但是醉得站不起来了。他想叫人扶，可是夜半时分，该上哪里去找人？这是醉眼中的美妙境界：满身花影，是花影还是眼花？诗人已经说不清楚了。

皮、陆在吴中诗酒唱和的时期，过的是悠游林泉的隐逸生活。这个时期的诗，分明有着陶渊明思想和诗歌的印痕。不过陶渊明的生活比他们更贫困，有时穷得连酒也喝不上，思想也更接近下层百姓。皮、陆虽然也不是很富有，但毕竟碗中有肉、杯中有酒，过的仍是衣食无忧的生活，有更多的闲情逸致。故其咏酒诗表现的多是放情诗酒的士大夫的逸趣，这种审美情趣，虽也展现了生活的多面性和他们丰富多彩的内心世界，但缺乏更博大的心胸和更深的思想内涵。

伍

诗酒风流

——唐诗与酒及酒文化的关系

第一节
诗乃酒之华，酒是诗之媒——诗与酒相伴相生

一、诗是酒的精神花朵

  从丰富多彩的咏酒诗和唐人大量酒后所作的精彩诗篇来看，这些诗确实是从唐人酒文化营养基中所孕育出的精神花朵。毫不夸张地说，好的唐诗几乎有一半是在酒兴中写出来的。且不说像王绩的《过酒家》，李白的《将进酒》《襄阳歌》《月下独酌》，杜甫的《醉时歌》《饮中八仙歌》，王维的《渭城曲》，孟浩然的《过故人庄》，王翰的《凉州词》，白居易的《问刘十九》《劝酒》，皮日休的《酒中十咏》，陆龟蒙的《和袭美春夕酒醒》等一系列咏酒诗，就是那些不是咏酒的名诗，也大都是诗人酒后之作。唐代有哪一位诗人不喝酒？又有哪一位诗人光喝酒不作诗呢？所以说，唐人的诗是与酒有着密切关系的。五万多首唐诗，其中直接咏及酒的就有六千多首，还有其他更多的诗歌是间接与酒有关。说诗是酒之华，从唐诗的实际情况来看，是一点也不过分的，请看下面的几首诗：

    满卷才子诗，溢壶圣人酒。
    …………
    此时吸两瓯，吟诗五百首。

            （寒山《诗三百三首·满卷》）

醉后乐无极，弥胜未醉时。
　　动容皆是舞，出语总成诗。

（张说《醉中作》）

　　灯花何太喜，酒绿正相亲。
　　醉里从为客，诗成觉有神。

（杜甫《独酌成诗》）

　　酒中得意吟诗，醉后出语成诗；酒中诗思敏捷，醉里能出好诗。寒山、张说和杜甫确实道出了诗与酒之间内在的密切关系。诗之与酒恰如花之与本，互为表里，相依为伴。

二、酒是诗的催生素

　　从另一个角度来说酒与诗的关系，那就是酒乃诗的基素之一。因为酒是诗的催生剂和重要的物质触媒，同时，酒文化精神也是诗的一个重要的精神支柱。那么，什么是酒文化精神呢？借用西方的一个术语，酒文化的精神，就是酒神精神。按照西方文化的说法，酒神精神代表狂醉、热情、享乐、反抗、追求自由和表现生命与自我本能等。其中心精神就是放松身心，追求精神自由。这种精神，和我国诗歌的艺术精神是相通的。我国古典诗歌的艺术精神，基本上就是一种表现的艺术，是一种追求表现心灵自由的艺术，追求浪漫的、超尘脱俗的、自由的精神境界。而这种精神境界，正是醉乡里的境界。人在现实生活中，要受到现实制度的种种制约，尤其是在封建社会中，封建礼教束缚着人们的思想和行动，动则得咎，很少有自由可言。只有在梦中和醉中，人们的思想才得以从现实的约束中解脱出来，精神的翅膀才得以展开，自由地飞翔。正是醉中自由的天地，给诗歌提供了广阔辽远的飞翔空间。酒文化的精神，也就是自由的精神，解放的精神。从这个意义上来说，酒文化精神乃是诗的一个重要精神支柱，诗的自由之魂。因此，在此基础上，李白才得以"一斗诗百篇"，杜甫才能"诗成觉有神"，张说才能"出语总成诗"。酒之于诗，其功可谓大矣。

第二节
酒壮诗之胆，诗高酒之名——诗与酒相辅相成

一、酒赋予诗胆气与魄力

诗与酒的关系是相互的。酒不但给诗提供了创作思想的宽松环境，同时也给予了诗以胆气和魄力；而诗却使酒脱俗化雅，提高了它的文化品位。

酒壮英雄胆。三杯老酒下肚，满身热血上涌，诗人们就可以摆脱现实生活中的一切羁绊，勇敢地抒发自己的壮怀，说自己想说的心里话，做自己想做的事。如李白喝了一斗酒之后，就敢于"天子呼来不上船，自称臣是酒中仙"；张旭就敢于"脱帽露顶王公前"，以发濡墨，醉写草书；杜甫这个平时规规然的儒生，就敢大发牢骚："儒术于我何有哉，孔丘盗跖俱尘埃！"张祜这名小才子也胆敢"千首诗轻万户侯"（杜牧《登池州九峰楼寄张祜》），突显出诗人们独立的、兀傲的自由人格。李白曾借着酒气，大骂朝中李林甫一类的权贵是秽点贝锦的"苍蝇"、是人所不齿的"鸡狗"和"得志鸣春风"的"蹇驴"（《答王十二寒夜独酌有怀》），他甚至指斥晚年昏聩的唐玄宗为历史上的昏君"殷纣王"和"楚怀王"（《古风五十九首》其五十一）。即使是性格狂放的李白，若不是在醉中，也绝不敢如此放肆大胆。

酒还是诗的保护神。陶渊明曾在一首诗中说："若复不快饮，空负头上巾。但恨多谬误，君当恕醉人。"（《饮酒二十首》其二十）就是说，在醉中若说了过头的话，做了过激的事，但考虑当事人喝醉了酒，就理应得到原谅。因此，

在历史和现实生活中便出现了借酒骂座、借酒使气的种种现象。天宝初，唐明皇与杨贵妃在兴庆宫沉香亭前赏牡丹，特召李白前来写新词。当时李白在宁王府已喝得大醉，被小黄门抬至御前，杨贵妃口含清水，将他喷醒，李白"欣承诏旨，犹苦宿醒未解，因援笔赋之"（李濬《松窗杂录》），写了《清平调词三首》，其二曰："一枝红艳露凝香，云雨巫山枉断肠。借问汉宫谁得似，可怜飞燕倚新妆。"李白把杨贵妃比作巫山神女和赵飞燕，确实是寓讥刺之意在内。那么既然当面讥刺唐玄宗和杨贵妃，有杀头之险，为什么李白还敢如此大胆张狂呢？唯一能解释的原因为，他此时"宿醒未解"，即还在醉中，他是仗着酒胆才写出这样的话来的。或者他也可能是无意为之，那就是说，他是在醉中潜意识的支配下才说出如此大胆之言的。就算唐明皇知道了，也不好明言声张，并以此来治他的罪，"君当恕醉人"嘛。再说，这样一来不就等于当面承认自己的丑事了吗？最后唐明皇只好以"非廊庙器"为借口，将李白赶出宫廷。这件事最能说明酒壮诗人胆及酒所起的保护的作用。

二、诗使酒化俗为雅

诗助酒以名。饮酒本来是件俗事，但因历代的名人尤其是诗人，饮酒赋诗，才使酒渐具雅趣。诗使酒化俗为雅，提升其地位名声，提高了它的文化品位。更重要的是，一些著名的文人和诗人，赋予酒新的内容和文化内涵，使酒从此不仅是一种日常生活的饮品，饮酒也不仅是一般的生活现象，而是一跃成为与作诗齐名的文化活动，使饮酒与作诗一样，成了文人的风流韵事。当然，这首先应归功于魏晋名士。《世说新语》中说："王孝伯言：'名士不必须奇才，但使常得无事，痛饮酒，熟读《离骚》，便可称名士。'"（《世说新语·任诞》）那么能饮酒又能作诗者，更是名士无疑。竹林七贤中的人物，都是能饮者，其中的阮籍、嵇康还是著名的诗人。晋宋之际的陶渊明，更是一个能酒善诗的大家。陶诗中说："不觉知有我，安知物为贵。悠悠迷所留，酒中有深味。"（《饮酒二十首》其十四）陶渊明已将饮酒提高到哲理的层次。刘伶的《酒德颂》中说，酒能使人进入"无思无虑，其乐陶陶"的醉乡世界。魏晋的名士们大大地提高了酒的地位和饮酒的文化品格，他们的观点对唐人影响甚巨。

唐人在魏晋名士的影响下，推波助澜，把酒的地位捧得更高。初唐诗人王绩，也作了一篇《醉乡记》，把醉乡说成是《庄子》中的上古之世，那是一个无机心，无争斗，"无爱憎喜怒"的大同世界。李白说："三杯通大道，一斗合自然。但得酒中趣，毋为醒者传。"（《月下独酌四首》其三）他将饮酒说成是通大道、合自然的必然手段。皮日休在《酒中十咏》序中认为酒能"全德"，能"适性"，醉乡是最好的去处。拾得认为醉中世界"无思亦无虑，无辱也无荣"（《诗·般若》）。权德舆认为醉乡是遗形之所："暂得遗形处，陶然在醉乡。"（《跌伤伏枕有劝釀酒者暂忘所苦因有一绝》）聂夷中在醉乡中可乐天和："与君入醉乡，醉乡乐天和。"（《劝酒二首》其一，一作孟郊诗）徐夤认为醉乡之中，无有利名："醉乡路与乾坤隔，岂信人间有利名？"（《劝酒》）总之，唐人把饮酒的好处说得无以复加，把醉乡说成天堂，在诗中反复吟咏，这样，无形中就把饮酒提高到能够达道的地位，使酒的名声扶摇直上，身价日增。可以说，酒的价值和地位，是靠唐诗捧起来的。

三、酒激发了诗人的创造力

从唐诗的兴盛和创作的角度来讲，酒的功劳更是不可磨灭。唐诗的兴盛虽然原因多样，但酒的促进作用不可小视。酒刺激了诗人的创造力。如前所述，唐代有许多诗歌都是在歌席酒筵上所作，或是在朋友间欢饮酬唱和独酌沉吟中写成的，总之大多都与酒有些关系。至于从创作的角度来讲，酒是扫愁帚，更是钓诗钩。

《文心雕龙·神思篇》中说："是以陶钧文思，贵在虚静，疏瀹五脏，澡雪精神。"就是说，只有在相对虚静的状态下，才能进入创作的过程。在虚静的环境里，才能够文思活跃，想象驰骋。"故寂然凝虑，思接千载；悄然动容，视通万里。"怎样才能达到虚静的状态呢？最好的办法是饮酒。在酒中，最好在似醉非醉的微醺之时，最容易进入刘勰所说的虚静状态。即在酒精的作用下，把自己从现实喧闹中隔离出来，进入一个相对虚静的环境中，此时才能进入创作状态。此时的思维处于最活跃的状态，脑细胞之间的线路忽然接通，脑波的电流畅通无阻，诗思像电流一样，沿着诗思维的网络奔跑。此时的想象就像是插上了翅膀,在思维的时间和空间中自由地飞翔。此即刘勰所说的"思接千载"和"视通万里"了。张说的"出语总成诗",李白的"敏捷诗千首",杜甫的"诗成觉有神",也正在此时。

酒能激发出诗人的创作激情和灵感,关于此点白居易也深有体会。他在诗中多次写道:"醉来狂发咏"(《偶吟》)、"酒狂又引诗魔发"(《醉吟二首》其二),等等。他晚年的诗也多写于醉中。李贺在喝酒喝到兴头时,诗情便像潮水一样撞击着心胸,觉得腹中憋得难受,诗句像流水一样,直到天明时分才流淌完:"酒阑感觉中区窄,……吟诗一夜东方白。"(《酒罢张大彻索赠诗》)这种现象在唐人中是屡见不鲜的。

在醉中,诗人的想象力也特别丰富。平时想不到的奇思妙语、独特构思都会突然出现。有时连诗人自己也觉得不可思议。像"举杯邀明月,对影成三人"这样的奇思妙想,就是李白,若不在醉中,也很难想象出来。李贺的"桃花乱落如红雨"(《将进酒》)这样美妙的诗句也只能是醉中的产物。"客醉花能笑,诗成花伴吟"(戎昱《花下宴送郑炼师》),酒醉中常有独特之思,诗人高兴,花也会发笑,诗作已成,花也会跟着诗人伴吟。"诗句乱随青草发,酒肠俱逐洞庭宽。浮生聚散云相似,往事微茫梦一般。"(李群玉《重经巴丘追感》)诗人的想象确实十分丰富而奇妙,在醉中可谓是涉笔成趣,触目成诗。

同时,酒也能给诗人创造宽松的心理环境,可以让诗兴任意发挥。这点,唐人也有自觉的认识。杜甫诗曰:"宽心应是酒,遣兴莫过诗。"(《可惜》)朱庆馀说:"醉里求诗境。"(《陪江州李使君重阳宴百花亭》)看来,这是唐人的经验之谈,正是在酒中,诗人的思想最为解放。按照弗洛伊德的说法,此时诗人的"本我"已突破了"超我"的思想防线,他们能够大胆地、自由地写我之所思,书我之所想,坦率地表达自己的真思想、真性情。许多唐人的好诗,都是在这样的自由状态下写出来的。而这样良好的自由状态,正是酒创造出来的。酒对诗歌创作的贡献,过去人们很少提起,因此,这里说得再多些也不算过分。

四、诗丰富了酒的文化内涵

诗也给予酒以强烈的影响。前面已经指出,诗使酒的品味得以全面的提升,对其做了雅化。酒事成了文人骚客得以表现风流儒雅之风度的不可缺少的活动和手段。文人饮酒与武人或下层百姓的吆五喝六、大嚷大叫、猜拳划枚、大碗筛酒的饮酒方式有着很大的区别。且不说文人雅士的酒具比普通百姓的更加精美，造型更具有艺术性，其喝酒氛围更加有文化气息，其饮酒方式也更加有文化内涵。如文人行酒，其酒令就有许多种，或射覆，或投壶，或拔酒筹，或行文字令，或击鼓传花，或斗牌投骰，等等。诗人的雅集，常常是当场分韵赋诗，以诗决胜负。文人骚客给酒事赋予了深厚的文化内涵。酒不只是一种普通的饮料，饮酒也不仅仅是单纯地为了解渴过瘾，而是一项高雅的文化活动，同时酒也成了诗所歌咏的重要对象之一，酒事活动经诗歌的雅化，也具有了审美价值，成了诗歌内容中不可或缺的一部分。因此，从这个意义上来说，是诗予酒以雅怀。饮酒成了诗人风流高雅的表现，诗丰富提高了酒的文化内涵。酒的地位能与诗相比肩，是诗人的功劳。诗酒风流，甚至成了诗人雅士的一种标志。宋人有首诗说："有梅无雪不精神，有雪无诗俗了人。日暮诗成天又雪，与梅共作十分春。"（卢梅坡《雪梅》）此诗本来是咏雪与梅的，现我把它略改几字，改成咏诗与酒的关系：

有诗无酒不精神，有酒无诗俗了人。
日暮诗成人又醉，酒诗并作十分春。

第三节
无诗酒不雅，无酒诗不神——酒和酒文化与唐诗不可分割之关系

一、酒与酒文化是唐诗所反映的重要内容

前面已经说过，唐诗中涉及酒的有六千多首，间接与酒有关的几乎占唐诗的半数，酒与酒事活动是唐诗吟咏的重要对象之一，实际上酒已是唐诗不可分割的一部分。文学艺术包括诗歌，都是现实生活的反映，在唐人的生活中，酒扮演着重要角色。大凡朝廷官宴、乡社聚会、节日往来、送别饯行、朋友相逢、个人独酌、听歌观舞等等，上从帝王将相，下至平民百姓，都与酒密切相关。而这些都在唐诗中得到了充分的反映。唐代的酒与酒文化可以说是唐诗的重要组成部分。

唐诗中有相当的名篇，都是酒诗或与酒有关的诗。试想，唐诗中若没有了李白的《将进酒》《月下独酌》《把酒问月》，杜甫的《饮中八仙歌》，王维的《渭城曲》，孟浩然的《过故人庄》，王翰的《凉州词》，李贺的《致酒行》等名篇，唐诗无疑会大为减色。

再者，酒已经浸入了唐诗的灵魂。就是说，唐诗中充满了酒文化的精神。关于酒文化的精神，前面已有所论。酒文化精神和我国儒家的和乐认同精神、道家愤世嫉俗的逍遥自由精神及佛禅的超尘脱俗的遗世独立精神是相一致的。

其中心精神就是解放心灵束缚，追求精神自由和激发创造的活力。正因为如此，唐诗中浸透着尚侠重义、积极向上的奋发精神，浸透着大胆揭露黑暗现实、追求思想解放的批判精神，浸透着摆脱现实束缚、积极争取人格独立的自由精神，浸透着昂扬奋发、生机勃勃的创造精神。这些精神都与酒文化精神息息相关。

二、酒在诗人创作中的重要功用

作为唐诗的创造者，唐代的诗人们大都有嗜酒的爱好，他们根本离不开酒。酒已经成为他们生活中不可或缺的必需品，也是他们创作诗歌时不可缺少的基本物质条件。我们可以从大量的唐诗中看到这一点。王绩说："平生唯酒乐，作性不能无。朝朝访乡里，夜夜遣人酤。"（《田家三首》其三）李白说："三百六十日，日日醉如泥。"（《赠内》）杜甫说："把酒从衣湿，吟诗信杖扶。敢论才见忌？实有醉如愚。"（《徐步》）白居易说："但遇诗与酒，便忘寝与餐。高声发一吟，似得诗中仙。引满饮一盏，尽忘身外缘。"（《自咏》）韩愈说："一壶情所寄，四句意能多。秋到无诗酒，其如月色何？"（《酬马侍郎寄酒》）李敬方说："日日无穷事，区区有限身。若非杯酒里，何以寄天真？"（《劝酒》）从以上诗句来看，诗人实是离不开酒的。并且论起酒与诗的密切关系时，他们常在诗中将诗酒并提："一见醉漂月，三杯歌棹讴"（李白《楚江黄龙矶南宴杨执戟冶楼》）；"客醉挥金碗，诗成得绣袍"（杜甫《崔驸马山亭宴集》）；"林间暖酒烧红叶，石上题诗扫绿苔"（白居易《送王十八归山寄题仙游寺》）；"情为世累诗千首，醉是吾乡酒一樽"（温庭筠《杏花》）。唐代诗人与酒、唐诗与酒之间的密切关系，于此可窥一斑。

再者，酒对促进唐诗创作的繁荣和发展的作用，也不容忽视。无论是酒给唐诗创作提供的思维空间，还是酒楼酒肆给诗人所提供的诗歌创作交流场所，以及酒文化精神给诗歌所提供的精神理念和审美情趣，都给诗增添了十分丰富且具有活力的因素。

第四节
腹有诗酒气自华——唐代酒文化精神对中国文化的影响

一、唐代的酒诗给后人树立了样板

　　唐诗中的六千多首咏酒或涉及酒的诗，是一笔宝贵的文化财富。它将中国的酒文化与唐代诗歌完美地结合在了一起，形成了独具风味和特色的咏酒诗。这些诗仿佛散发着酒的芳香，闪耀着酒的晶莹色彩，映现出大唐时代丰富多彩的生活。大唐的酒仙、酒圣、酒学士和醉吟先生们，他们的风采，他们的狂放，他们的豪饮，他们的才情，都通过这些精彩纷呈的咏酒诗，向我们做了充分的展示。唐诗中那些优秀的篇章，当然也包括那些咏酒诗佳作，作为中国古典诗歌不可多得的艺术珍品，彪炳于文学史册，为后人树立了学习的样板。唐以后的咏酒诗词，大多都受唐代咏酒诗的影响。前文我们已经提到苏轼的"明月几时有，把酒问青天"化用了李白的诗句，他还有一首《月夜与客饮酒杏花下》，其中的"褰衣步月踏花影，炯如流水涵青苹。花间置酒清香发，争挽长条落香雪。山城薄酒不堪饮，劝君且吸杯中月"等句则明显受李白《月下独酌》"花间一壶酒"的影响。北宋词人秦观的《江城子》中"小槽春酒滴珠红，莫匆匆，满金钟"的词句，是从李贺《将进酒》中"琉璃钟，琥珀浓。小槽酒滴真珠红"的诗句化出的。杜牧《九日齐山登高》"江涵秋影雁初飞，与客携壶上翠微。……

但将酩酊酬佳节,不用登临恨落晖",其中的"与客携壶上翠微""不用登临恨落晖"二句,北宋诗人黄庭坚在其《南乡子》一词中直接袭用之:"黄菊满东篱,与客携壶上翠微。已是有花兼有酒,良期。不用登临恨落晖。"南宋诗人杨万里《重九后二日同徐克章登万花川谷月下传觞》诗曰:"天既爱酒自古传,月不解饮真浪言。举杯将月一口吞,举头见月犹在天。"是从李白《月下独酌》"天地既爱酒,爱酒不愧天""月既不解饮"等句中化出。南宋大诗人陆游《池上醉歌》中的"饮如长鲸海可竭,玉山不倒高崔嵬。半酣脱帻发尚绿,壮心未肯成低摧",是从杜甫《饮中八仙歌》中"饮如长鲸吸百川""脱帽露顶王公前"等句意中化出。金代诗人元好问《后饮酒五首》其四云:"酒中有胜地,名流所同归。人若不解饮,俗病从何医?……一饮三百杯,谈笑成歌诗。"其诗意也是从李白《将进酒》"会须一饮三百杯"等句意中化出。元代诗人杨维桢《红酒歌》中有句云:"桃花美酒斗十千,垂虹桥下水拍天。虹光散作真珠涎。……预恐沙头双玉尽,力醉未与长瓶眠。径当垂虹去,鲸量吸百川。我歌君扣舷,一斗不惜诗百篇。"此诗化用王维《少年行》"新丰美酒斗十千"、杜甫《醉歌行》"酒尽沙头双玉瓶"、《饮中八仙歌》"饮如长鲸吸百川""李白一斗诗百篇"等诗句的句意。明代高启、方孟式所作《将进酒》深受李白、李贺《将进酒》的影响。明代周宪王《拟不如来饮酒歌》则是全拟白居易的《劝酒十四首·不如来饮酒》。此外,还有许多诗人学唐代咏酒诗是袭其意而不袭其辞,着重发扬了唐诗那种兀傲不羁的精神与诗酒放浪的情怀。另有些诗是后人表达对杜甫及酒中八仙等人格的倾慕之情。这些都说明了唐代咏酒诗的巨大影响和唐代酒仙酒圣的人格魅力。

二、酒文化精神对中国民族性格的贡献

唐代的酒文化精神带有一种放浪不羁的浪漫色彩,那种追求自由、展示个性、追求独立人格的解放精神,颇具有大唐时代的精神风采。像李白"天生我材必有用"的豪迈自信,杜甫"酒酣击剑蛟龙吼"的愤世狂放,白居易"各以诗成癖,俱因酒得仙"的诗酒放达,李贺"少年心事当拏云"的雄心壮志,聂夷中"我愿东海水,尽向杯中流"的酒中豪气,戴叔伦"且向白云求一醉"的浪漫飘逸,

罗隐"酒贯余杭渌满樽"的落拓潇洒，无不显示唐人酒中心态的旷达大气，思想的自由开放。这种自由开放的酒神精神，给中国的民族性格增添了不少生机活力并注入了新鲜血液。

诗酒风流，一直是国人对中国文人潇洒人格的一种赞美和艳称，也是魏晋唐宋以来中国文化的一个美好传统。它给我们素称文静沉稳、少年老成的民族性格，注入了一种浪漫热情、激情狂放的激素，使得民族的心理性格变得活泼并充满生机。

中国人民族性格中崇尚中庸的思想，由来已久。孔夫子的哲学思想是"允执其中"（《论语·尧曰》），他的最高道德标准是中庸之道："中庸之为德也，其至矣乎！"（《论语·雍也》）孔子最喜欢的学生是"不违如愚"、少年老成的颜回，而批评最多的是有血气之勇的子路。因此，后代儒家还根据孔子的道德标准专门从《礼记》中节编了一本叫《中庸》的书，将中庸之道奉为修德立身之本。因此培养了一批循规蹈矩、谨小慎微、不敢越雷池半步的慎微君子，也使人动则得咎，无所适从。这样极大地束缚了中国人的自由意志和活泼的创造力。而道家提倡无为和虚静，一味讲"坐忘"的修身功夫；佛家提倡坐禅，使人入寂入静，息怒不争。这些都导致中国人的民族性格趋于文静沉稳，相对来说，中国人的民族性格沉稳冷静有余，而热情活泼、浪漫激情不足，缺乏青春的活力。而酒神精神，却以火一样热烈的激情，青春浪漫的活力，注入中国民族的精神性格之中，它使文静与活泼、沉稳与狂放、激情与老成相辅相成，优势互补，使中国人的民族性格发展得更加完善、成熟。

三、取其精华去其糟粕，发扬优秀文化传统

当然，酒与酒文化精神并不是完美无缺的。酗酒和酒文化精神中的非理性因素，一直是干扰和困惑中国人的思想与行动的一种负面因素。可以说，从酒的产生之日起，酒的副作用就被中国人所认识。中国最早的文献《尚书》中，就有《酒诰》一篇，诏告酗酒可招致亡国的训示。如同世上所有的事物都有两面性一样，酒既可以成事，也可以败事。历史上因酗酒亡国的事例屡有发生，如商纣王就是以酒乱亡国的古代帝王。历代的亡国之君差不多都是沉湎酒色的

昏聩之君。就连英明一时的盛唐天子唐玄宗，晚年也在酒色中玩物丧志，几乎失了天下。同时，酗酒对于身体健康也是有害的。如大诗人李白的死，就与饮酒过度有关。皮日休《七爱诗·李翰林》中说李白"竟遭腐胁疾，醉魄归八极"。据郭沫若考证，"腐胁疾"是"急性脓胸症"，是"酒精中毒"的结果[①]，酒的副作用不可小估。酒文化精神中纵酒行乐的享乐意识，对唐人也有着一定的消极影响。它在某种程度上消解了唐人奋发向上的斗志，淡化和疏解了唐人对国家民族的使命感和责任感，使人们退缩进乐天保和与自我享乐的个人小天地。如李白情绪颓废时，就以酒浇愁："处世若大梦，胡为劳其生。所以终日醉，颓然卧前楹"（《春日醉起言志》）、"三百六十日，日日醉如泥"（《赠内》），其高兴时也要"一日须倾三百杯"（《襄阳歌》）地纵乐狂饮。因此他的某些饮酒诗也有着相当浓厚的沉湎于酒、自我麻醉的颓废情绪。白居易晚年乐天保和，不复过问国事，尽日饮酒为事："年年老去欢情少，处处春来感事深。时到仇家非爱酒，醉时心胜醒时心"（《重到城七绝句·仇家酒》）、"诗听越客吟何苦？酒被吴娃劝不休。从道人生都是梦，梦中欢笑亦胜愁"（《城上夜宴》），等等。他在《醉吟先生传》中写道："若舍吾所好，何以送老？因自吟《咏怀》诗云：'抱琴荣启乐，纵酒刘伶达。放眼看青山，任头生白发。不知天地内，更得几年活？从此到终身，尽为闲日月。'吟罢自哂，揭瓮拨醅，又饮数杯，兀然而醉。既而醉复醒，醒复吟，吟复饮，饮复醉；醉吟相仍，若循环然。由是得以梦身世，云富贵，幕席天地，瞬息百年，陶陶然，昏昏然，不知老之将至。古所谓得全于酒者，故自号为醉吟先生。"晚年的白居易，过着衣食不愁，醉生梦死的富贵闲人的闲适生活，酒已消解了他当年当左拾遗时以诗谏君、为民请命的斗志。杜牧本是一个胸怀大志、很有抱负的志士，失意后却混迹青楼，以酒色自娱，过着"落魄江湖载酒行，楚腰纤细掌中轻。十年一觉扬州梦，赢得青楼薄幸名"（《遣怀》）的放荡生活。他们低沉消极的原因，虽不全在酒，然而，酒文化中的享乐的消极因素，酒的负面影响对唐人的消极影响也是显而易见的。

唐代诗人对酒的害处也有明智的认识："苟沈而乱，狂而身，祸而族，真蛊蛊之为也"（皮日休《酒中十咏》序），"甚矣频频醉，神昏体亦虚。肺伤

[①] 郭沫若《李白与杜甫》，第81页。

徒问药，发落不盈梳"（李建勋《中酒寄刘行军》），把酗酒的弊端和危害说得很明白。唐人不但对酒的弊端有所认识，而且还有人公然写诗宣布戒酒。如徐夤的《断酒》：

　　　　因论沈湎觉前非，便碎金罍与羽卮。
　　　　采茗早驰三蜀使，看花甘负五侯期。
　　　　窗间近火刘伶传，坐右新铭管仲辞。
　　　　此事十年前已说，匡庐山下老僧知。

此诗明确地表达了诗人戒酒的决心，他碎罍毁卮，烧了刘伶传，座前竖起了禁酒的座右铭，从此改饮酒为喝茶。这说明，唐人不光知道喝酒的好处，也清楚地知道酗酒的坏处。因此，我们在继承前人的文化遗产时，要分清精华与糟粕，好的方面要继承和发扬，其副作用和缺点要尽量地避免。这才是正确的态度。